華語
詩詞賞析

Easy to Learn
Chinese

你好

楊琇惠——編著

序

感謝北科教學卓越計畫的支持，讓本團隊得以持續在華語教材的園地上耕耘。

這回的《華語詩詞賞析》可以說是本團隊在華語教材研發上一個很重大的突破，因為以往多是專注於現代華語的應用教學，極少涉及到古漢語。是以此次從唐詩切入，乃是想讓同學接觸古漢語，並體會中國古典文學的優美。

其實，當同學的華語程度進入到中級時，都會開始對中華文化產生興趣。然而，歷史悠久的中華文化很難直接從現代用語上去汲取，非得從古典文學或是經史典籍上去習得才行。是以為了讓同學能進一步瞭解博大精深的中華文化，本團隊開始策畫「中國文學鑑賞」系列，而此次的《華語詩詞賞析》則是此系列之一。

本書在編撰時，考量到了學生對於古漢語的畏懼，因此撰文時多以淺顯易懂的文字來表達，此外還附有英文翻譯。如是的用心，乃是希望學生在學習時，能心情愉快，無所畏懼；不論是想藉由學習唐詩來加強自己中文程度的同學，或是只是純粹欣賞唐詩之美的同學，都能各取所需，開心學習。

然而，不容否認的，這本書只是個嘗試，若有不周之處，還請各界大老不吝斧正。

楊琇惠

北科大文化事業發展系

民國102年5月6日

CONTENTS 目録

CONTENTS

目錄

CONTENTS 目錄

CONTENTS

目録

C O N T E N T S

目録

CONTENTS

目錄

CONTENTS 目錄

CONTENTS

目錄

CONTENTS

目録

送别友人

sòngbié yǒurén

Friendship and farewells

＜送別　友人＞篇　賞析
＜sòngbié yǒurén＞ piān shǎngxī
Appreciation of Poetry: Farewell, My Friend!

作家　愛默生　曾　說：「友誼是　人生　的　調味品，
Zuòjiā Àimòshēng céng shuō, "Yóuyí shì rénshēng de tiáowèipǐn,

也　是　人生　的　止痛藥。」開心　的事若　能　和　朋友
yě shì rénshēng de zhǐtòngyào." Kāixīn de shì ruò néng hàn péngyǒu

分享，　快樂　就　能　加倍；悲傷　的事若　有　朋友
fēnxiǎng, kuàilè jiù néng jiābèi; bēishāng de shì ruò yǒu péngyǒu

安慰，痛苦　就　能　減輕。　朋友　是　這麼　重要　而
ānwèi, tòngkǔ jiù néng jiǎnqīng. Péngyǒu shì zhème zhòngyào ér

珍貴，　如果　有一天，因為　某　種　原因　必須　和
zhēnguì, rúguǒ yǒu yì tiān, yīnwèi mǒu zhǒng yuányīn bìxū hàn

他們　分開，　心中　的　難過　和　惆悵　是可　想　而
tāmen fēnkāi, xīnzhōng de nánguò hàn chóuchàng shì kě xiǎng ér

知　的。在古代，因為　交通　不便，　加上　時常　有
zhī de. zài gǔdài, yīnwèi jiāotōng búbiàn, jiāshàng shícháng yǒu

戰亂　的發生，一旦分開就可能是　永別，所以
zhànluàn de fā shēng, yídàn fēnkāi jiù kěnéng shì yǒngbié, suǒyǐ

古人　向來　非常　重視　送別，也留下了許多　感人
gǔrén xiànglái fēicháng zhòngshì sòngbié, yě liúxià le xǔduō gǎnrén

的　送別詩。
de sòngbiéshī.

The great author Ralph Waldo Emerson once said, "Friendship is, not only the seasoning of life, but also a painkiller to it." If shared with friends, things that make people happy can make them even happier. Likewise, sadness can also be eased with the comfort from friends. Friends are so important that people would definitely feel a great sorrow and lost if they have to separate from their friends due to certain reasons. The transportation in the past was far from being convenient. Coupled with wars from time to time, separation often meant to be apart forever. That's why people in the past put great emphasis on the moment of saying goodbye, and that's also why there are so many touching poems describing the moment of farewell.

在 這個 單元， 我們 選了 十 首 不同 風格 的
Zài zhège dānyuán, wǒmen xuǎnle shí shǒu bùtóng fēnggé de

送別詩。 雖然 都 是 和 朋友 分別 的 情景， 但
sóngbiéshī. Suīrán dóu shì hàn péngyǒu fēnbié de qíngjǐng, dàn

因為 詩人 個性 的 不同，詩的 內容 和 情調 就
yīnwèi shīrén gèxìng de bùtóng, shī de nèiróng hàn qíngdiào jiù

有著 各式各樣 的 風貌。 例如具有 俠客 氣質、 喜歡
yǒuzhe gèshìgèyàng de fēngmào. Lìrú jùyǒu xiákè qìzhí, xǐhuān

壯 遊 四方 的李白，即使 離愁 如 滔滔 江水 湧
zhuàng yóu sìfāng de Lǐ Bái, jíshǐ líchóu rú tāotāo jiāngshuǐ yǒng

上 心頭，也要 豪邁 地 大口 喝酒，揮一揮 手 之後
shàng xīntóu, yě yào háomài de dàkǒu hē jiǔ, huīyìhuī shǒu zhīhòu

瀟灑 地 乘 扁舟 而去。而隱居 在 山林 中 的 王
xiāosǎ de chéng piānzhōu ér qù. Ér yǐnjū zài shānlín zhōng de Wáng

維 則是 選擇 靜靜 地回家， 關上 門一個 人細細
Wéi zé shì xuǎnzé jìngjìng de huíjiā. Guānshàng mén yí ge rén xìxì

品嚐　寂寞的　滋味，符合他　潛心　修習　佛道的「詩佛」　形
pǐncháng jímò de zìwèi, fúhé tā qiánxīn xiūxí fódào de "Shī Fó" xíng

象。　兩　位　偉大　的　詩人，一個　是　入世　的　懷抱　無法
xiàng. Liǎng wèi wěidà de shīrén, yí ge shì rùshì de huáibào wúfǎ

實現，　漂泊　四方　歷經　無數　離別的　感傷；一個　是　有
shíxiàn, piāobó sìfāng lìjīng wúshù líbié de gǎnshāng; yí ge shì yǒu

著　出世　的　精神，不但　自己　看破　紅塵　尋求　平靜，
zhe chūshì de jīngshén, búdàn zìjǐ kànpò hóngchén xúnqiú píngjìng,

也　祝福　朋友　遠行　後　隱居的日子　能夠　平安　長
yě zhùfú péngyǒu yuǎnxíng hòu yǐnjū de rìzi nénggòu píngān cháng

久。不論　是　哪一　種　心境，都　是　對　人生　的　真實
jiǔ. Búlùn shì nǎ yì zhǒng xīnjìng, dōu shì duì rénshēng de zhēnshí

體會。
tǐhuì.

In this section, twelve farewell poems of various styles are cho-sen. Although all of them talk about occasions of leaving friends, the contents and the atmospheres they create are quite different. For example, Li Po behaved like a swordsman and loved traveling from place to place. He would drink without any constraint and then wave goodbye, leaving casually and elegantly in his small boat, despite that the sorrow of parting was still flushing through his mind like a waterfall pounding the rocks below. As for the Poetic Buddha, Wang Wei, who devoted to Buddhism and lived away from the society in the mountains, he would go home quietly and tasted the bitterness and loneliness by himself. Of these two great poets, the former could not realize his ambitions of being a government official and experi-enced much sadness of parting from drifting everywhere, while the latter, who had seen through the vanity of the outside world, would not only seek the peacefulness of mind, but wish that his friends could live peacefully and permanently outside the society after their long journey. In either case, both poets showed their profound realization toward life.

離別 的 感情 是 幽微 而 抽象 的。在 大時代 之
Líbié de gǎnqíng shì yōuwéi ér chōuxiàng de. Zài dàishídài zhī

中 人太 渺小，無法 掌握 生命 中 的 悲歡
zhōng rén tài miǎoxiǎo, wúfǎ zhǎngwò shēngmìng zhōng de bēihuān

離合，這些 送別詩 描寫了 各 種 離別的 場景，也
líhé, zhèxiē sòngbiéshī miáoxiělे gè zhǒng líbié de chǎngjǐng, yě

寄託了 對 世事 無常 的 感嘆。或許 就 像 王 勃 的
jìtuōle duì shìshì wúcháng de gǎntàn. Huòxǔ jiù xiàng Wáng Bó de

詩句 所 說：「海 內 存 知己，天 涯 若 比 鄰」，只有 跳
shījù suǒ shuō, "Hǎi nèi cūn zhī jǐ, tiān yá ruò bǐ lín," zhǐyǒu tiào

脫 空間 的 侷限，才 能 求得 心靈 真正 的解脫。
tuō kōngjiān de júxiàn, cái néng qiúdé xīnlíng zhēnzhèng de jiětuō.

詩人 用 文字 記錄了 對 朋友 的 珍重 告別，即使
Shīrén yòng wénzì jìlùle duì péngyǒu de zhēnzhòng gàobié, jíshǐ

過了 千 百 年，我們 仍 感受 到詩 裡那份 亙古 不
guòle qiān bǎi nián, wǒmen réng gǎnshòu dào shī lǐ nà fèn gèngǔ bú

變 的 溫暖 人情。
biàn de wēnnuǎn rénqíng.

Though deep and rather abstract, the emotion of parting is never strong. In an unrest times, one person is too insignificant to control the sadness, joyfulness, separation, and reunion of lives. These poems describe various occasions of seeing people off, and they also connote the lamentation toward the impermanence of lives. Perhaps just like what Wang Bo wrote in his poem, "A bosom friend afar brings a distant land near," only when people get over the limitation of space, can they really free their mind. Poets recorded their highly valued farewell to friends, and even though more than one thousand years have passed, we can still feel the never changing warmth of friendship from the poems.

1. 〈送友人〉
Sòng Yǒu Rén
Seeing a Friend Off

李白　　五言律詩
Lǐ Bái　Wǔyánlǜshī

原詩
Yuán shī

青 山 橫 北 郭 ， Qīng shān héng běi guō,	Azure mountains line the north of the ramparts; ❶
白 水 遠 東 城 。 Bái shuǐ rào dōng chéng.	White water runs around to the east of the town. ❷
此 地 一 爲 別 ， Cǐ dì yì wéi bié,	As soon as we exchange our good-byes here, ❸
孤 蓬 萬 里 征 。 Gū péng wàn lǐ zhēng.	The lone grass will march a great distance away. ❹
浮 雲 遊 子 意 ， Fú yún yóu zǐ yì,	The drifting clouds-wishes of the Wanderer- ❺
落 日 故 人 情 。 Luò rì gù rén qíng.	The setting sun-sentiments of the old friend. ❻
揮 手 自 茲 去 ， Huī shǒu zì zī qù,	Waving a hand, you set off from this point; ❼
蕭 蕭 班 馬 鳴 。 Xiāo xiāo bān mǎ míng.	Neigh, neigh, so whines the solitary horse. ❽

注釋
Zhùshì

1. 郭 guō	外圍 的 城牆。 Wàiwéi de chéngqiáng. The ramparts outside the town.

2. 白 水 bái shuǐ	陽光　　照射　下，閃著　白色 Yángguāng zhàoshè xià, shǎnzhe báisè 亮光　的　水面。 liàngguāng de shuǐmiàn.
	White water. This phrase depicts the surface of a river which gleams in the sunshine, which is brightly white. This phrase is intended to represent the peaceful beauty of the river water, and thus it is very different from the English word "whitewater."
3. 遶 rào	同　「繞」，環繞、　圍繞　的 意思。 Tóng "rào", huánrào, wéirào de yìsi.
	To surround.
4. 孤 蓬 gū péng	「孤」是 獨自一個 的 意思。「蓬」是 指 "Gū" shì dúzì yí ge de yìsi.　"Péng" shì zhǐ 蓬草。「孤蓬」是 指被　風　吹走， péngcǎo. "Gūpéng" shì zhǐ bèi Fēng chuīzuǒ, 四處　飛散　到 其他 地方 去 的　蓬草。 sìchù fēisàn dào qítā dìfāng qù de péngcǎo.
	The lone grass. Literally "lone fleabane." Fleabane is easily carried around by wayward wind and has no way to know where it will be settled, so this feeble plant is often used to symbolize the helplessness of a wanderer or an exile.
5. 遊 子 yóu zǐ	離開　家鄉　到　遠方　去 的 人。 Líkāi jiāxiāng dào yuǎnfāng qù de rén.
	People who leave hometowns and go far.
6. 故 人 gù rén	老朋友。 Lǎopéngyǒu.
	Old friends.

7. 自 茲 去 zì zī qù	「自」是 從，「茲」是 這裡，「去」是 "Zì" shì cóng, "zī" shì zhèlǐ, "qù" shì 離開。「自茲去」就是 從 這裡 離開 的 líkāi. "Zì zī qù" jiù shì cóng zhèlǐ líkāi de 意思。 yìsi.
	Zì is from; zī is here; qù is to leave. Zì zī qù means to leave here.
8. 蕭 蕭 xiāo xiāo	形容 馬 的 叫聲。 Xíngróng mǎ de jiàoshēng.
	It is used to describe the sound made by horses.
9. 班 馬 bān mǎ	離開 了 馬群 落單 的 馬。 Líkāi le mǎqún luòdān de mǎ.
	The horse that is left alone from other horses.

翻譯
Fānyì

青色 的 山脈 橫列 在 北邊 的 城牆 外，
Qīngsè de shānmài héngliè zài běibiān de chéngqiáng wài,

清澈 白亮 的 河水 圍繞著 東邊 的 城下。
qīngchè báiliàng de héshuǐ wéiràozhe dōngbiān de chéngxià.

我們 在 這裡 分別，
Wǒmen zài zhèlǐ fēnbié,

你 就 像 飛散 的 蓬草，飄到 萬里 遙遠 的 地方
nǐ jiù xiàng fēisàn de péngcǎo, piāodào wànlǐ yáoyuǎn de dìfāng

去。
qù.

離開 家鄉 的 遊子 像　天上　飄浮 的 白雲 一樣 四處
Líkāi jiāxiāng de yóuzǐ xiàng tiānshàng piāofú de báiyún yíyàng sìchù

飄盪，心　中　難免　會覺得　感傷。
piāodàng, xīn zhōng nánmiǎn huì juéde gǎnshāng.

你 的 離去就　像　太陽 下山　一樣，沒有　辦法 阻止
Nǐ de líqù jiù xiàng tàiyáng xiàshān yíyàng, méiyǒu bànfǎ zǔzhǐ

和　挽留。
hàn wǎnliú.

我們　互相　揮一揮 手，你 就要　從 這裡 離開 了，
Wǒmen hùxiàng huīyìhuī shǒu, nǐ jiù yào cóng zhèlǐ líkāi le,

冷清 的 草原　上，只 聽見 離群 的 馬兒 發出
Lěngqīng de cǎoyuán shàng, zhǐ tīngjiàn líqún de mǎr fāchū

哀傷 的　叫聲。
āishāng de jiàoshēng.

Line by line analysis:

1. The emerald-colored mountain range gives this departing place a perfect background, only to accentuate the imperfection (the fact that the friend has to leave) in the ties of friendship.
2. White sunshine dancing on the ripples of the river water in the background; such beauty widens the gap between natural harmony and the ruptures in the human world.
3. A shift is made from the description of the background to the act of bidding farewell.
4. As soon as they said goodbye, the old friend will dart to the other side of the horizon like a tiny stalk of the fleabane being carried away by strong gusts of wind. This line employs the image of "a grass in the wind" to show how little the chance by which they could meet again is.

⑤ The leaving friend must have some kind of reason, such as to flee political oppression, that makes him journey to distant places. He is very likely to think that he is adrift like the ever-moving clouds.

⑥ The Old Friend, referring to the poet himself, describes his feelings as the setting sun, implying that he wishes his friend could one day come back here just like the Sun will certainly go back to the horizon. The warm hues of the setting sun also show the warmness the poet has in mind for the leaving friend.

⑦ This line represents the departing moment, very probably the last moment the two friends are together.

⑧ After the departure of the friend, the poet can hear nothing but the saddening neighs of the solitary horse he is riding. In comparison with verbalizing his own emotions objectively (e.g. 'I was so sad' 'I was shedding tears'), bringing up what he subjectively perceives (e.g. 'I heard the horse crying') makes his sorrow even more palpable. When a person is really sad, he or she will set up an emotional filter automatically; only sad things could seep in his or her mind.

賞析
Shǎngxī

這是一首 送 朋友 遠行 的詩。一開始 先
Zhè shì yì shǒu sòng péngyǒu yuǎnxíng de shī.　Yìkāishǐ xiān

描寫 送別 的地點，用 鮮明 的色彩 描寫 景物。
miáoxiě sòngbié de dìdiǎn, yòng xiānmíng de sècǎi miáoxiě jǐngwù.

在 青山 綠水 圍繞 的美景 之 中 和 好朋友
Zài qīngshān lǜshuǐ wéirào de měijǐng zhī zhōng hàn hǎopéngyǒu

分離，更 是 使人 感傷。離開 了家鄉 的遊子，就
fēnlí, gèng shì shǐ rén gǎnshāng. Líkāi le jiāxiāng de yóuzǐ,　jiù

像　蓬草　和浮雲　一樣　東飄西盪，相聚　或　離散
xiàng péngcǎo hàn fúyún yíyàng dōngpiāo-xīdàng, xiāngjù huò lísàn

的　變化　無法預料，讓　人　感到　擔憂。最後，詩人
de biànhuà wú fǎ yùliào, ràng rén gǎndào dānyōu. Zuìhòu, shīrén

無奈　地　忍住了眼淚，用　馬匹　哀傷　的　鳴叫聲　代替
wúnài de rěnzhùle yǎnlèi, yòng mǎpī āishāng de míngjiàoshēng dàitì

自己的　哭聲，傳達　了　悲傷　的　心情。
zìjǐ　de kūshēng, chándá le bēishāng de xīnqíng.

Overal analysis:

This poem of Lǐ deals with the scene where he sees off a good friend of his, and every word in this poem contributes to reveal how deep their friendship is. The first couplet describes the place where they would probably meet for the last time: the pleasant scenery with such vivid colors contrasts sharply with the imminent, reluctant break in their ties. The second and third couplet employs images like "lone grass" and "drifting clouds" to emphasize how unpredictable the friend's life was going to be, so the poet could not stop worrying; however all he could do was wish his friend all the best, hoping he would return one day like the Sun goes back to the horizon each day. The last couplet conveys the poet's sorrow in a very tactical manner as if we could also feel the sadness ourselves. In terms of the language, the poem has two features: the simple diction and showing rather than telling. The simple diction gives a sincere tone to this poem. As for the showing rather than telling, the poet never directly says words like "sadness" "sorrow" or "grief" in the entire poem, but shows them with effective, concrete images. This clearly proves that Lǐ is really a master of poesy.

2. 〈宣州 謝 朓 樓 餞 別 校 書 叔雲〉

Xuānzhōu Xiè Tiào LóuJiàn bié Jiàoshū Shú Yún

Farewell Party at Xiè Tiào Tower in Xuānzhōu
for Uncle Lǐ Yún

李白　五言律詩
Lǐ Bái　Wǔyánlǜshī

13

原詩
Yuán shī

原詩	譯文
棄 我 去 者 ， Qì wǒ qù zhě,	What has abandoned me
昨 日 之 日 不 可 留 。 Zuó rì zhī rì bù kě liú.	Was the unstoppable day of yesterday; ❶
亂 我 心 者 ， Luàn wǒ xīn zhě	What disturbs my heart
今 日 之 日 多 煩 憂 。 Jīn rì zhī rì duō fán yōu.	Is the restive day of today. ❷
長 風 萬 里 送 秋 雁 ， Cháng fēng wàn lǐ sòng qiū yàn,	Long wind carries the autumn geese a great distance away; ❸
對 此 可 以 酣 高 樓 。 Duì cǐ kě yǐ hān gāo lóu.	Watching this, I long to get drunk high on this tower. ❹
蓬 萊 文 章 建 安 骨 ， Péng lái wén zhāng Jiàn ān gǔ,	Man of Pénglái writes with the vigor of Jiàn'ān school, ❺
中 間 小 謝 又 清 發 。 Zhōng jiān xiǎo Xiè yòu qīng fā.	Within that Little Xiè's lucid and luminant style is also found. ❻

俱 懷 逸 興 壯 思 飛 ， Jù huái yì xìng zhuàng sī fēi,	We all get ecstatic; our big thoughts fly; ❼
欲 上 青 天 覽 明 月 。 Yù shàng qīng tiān lǎn míng yuè;	We want to soar to grab the bright moon in blue sky. ❽
抽 刀 斷 水 水 更 流 ， Chōu dāo duàn shuǐ shuǐ gèng liú,	We unsheathe our knives to cut water but water still flows; ❾
舉 杯 銷 愁 愁 更 愁 。 Jǔ bēi xiāo chóu chóu gèng chóu.	We raise our vessels to kill sorrows but sorrows worsen. ❿
人 生 在 世 不 稱 意 ， Rén shēng zài shì bú chèng yì,	People are born to a world meeting not their wishes. ⓫
明 朝 散 髮 弄 扁 舟 。 Míng zhāo sàn fǎ nòng piān zhōu.	We will untie our hair and row our boats to-morrow! ⓬

注釋
Zhùshì

1. 宣州 Xuānzhōu	地名，就是 現在 的 安徽 省 Dìmíng, jiù shì xiànzài de Ānhuī Shěng 宣城 縣。 Xuānchéng Xiàn.
	Name of a prefecture, which is in nowadays Ānhuī Province.
2. 謝朓樓 Xiè Tiào Lóu	宣州 當地 的一座 高樓，為了 紀念 Xuānzhōu dāngdì de yí zuò gāolóu, wèile jìniàn 南北 朝 時 擔任 宣城 太守 Nánběi Cháo shí dānrèn Xuānchéng tàishǒu 的 詩人 謝 朓，所以 被 稱作 謝 de shīrén Xiè Tiào, suǒyǐ bèi chēngzuò Xiè

	朓　樓。 Tiào Lóu.
	It is a building located in Xuānzhōu built to commemorate the poet Xiè Tiǎo. Xiè Tiǎo is the prefecture chief of Xuānzhōu and a poet in Jìn Dynasty, approximately 300 years earlier than Lǐ. Lǐ loved and valued Xiè's works very much. Confusion may arise for some may call him Xiè Tiǎo (謝朓), but it should be pronounced in the fourth tone (謝朓). Tiǎo's radical is yuè the moon while tiào's radical is ròu the flesh.
3. 餞　別 jiàn bié	擺設　酒菜　為人　送別。 Bǎishè jiǔcài wèi rén sòngbié.
	To give a farewell dinner.
4. 校　書 jiào shū	校書　是　古代　的　官名。 Jiàoshū shì gǔdài de guānmíng.
	Secretarial official. A title of government official in Táng Dynasty, roughly equivalent to today's official working in the Secretariat.
5. 叔　雲 Shú Yún	人名，就是　詩　中　李白　所要　送 Rénmíng, jiù shì shī zhōng Lǐ Bái suǒ yào sòng 別　的　朋友。 bié de péngyǒu.
	Name of the leaving friend Shú Yún, who was also an uncle of Lǐ Bái's.
6. 酣 hān	喝醉。 Hēzuì.
	To get drunk.

7. 蓬萊 Péng lái	古人 把 秘書省 稱作 「蓬萊道 Gǔrén bǎ mìshūshěng chēngzuò "Péngláidào 山」，叔雲 當時 在 秘書省 擔 shān", Shú Yún dāngshí zài mìshūshěng dān 任 官職，所以 蓬萊 在 這裡 就 是 指 rèn guānzhí, suǒyǐ Pénglái zài zhèlǐ jiù shì zhǐ 叔 雲。 Shú Yún.
	Alias of the Secretariat of China in Táng Dynasty. The word was initially used to refer to a mythical mountain somewhere in the vast ocean.
8. 建安骨 Jiàn ān gǔ	建安 是 東漢 獻帝 的 年號，當 Jiàn'ān shì Dōnghàn Xiàndì de niánhào, dāng 時 文人（如 曹 操 父子 等 人）的 文 shí wénrén (rú Cáo Cāo fùzǐ děng rén) de wén 章 被 稱為 建安體。 建安骨 就 是 zhāng bèi chēngwéi Jiàn'āntǐ. Jiàn'āngǔ jiù shì 形容 文章 具有 像 建安體 那 xíngróng wénzhāng jùyǒu xiàng Jiàn'āntǐ nà 樣 的 風格 和 骨氣。 yàng de fēnggé hàn gǔqì.
	Vigor of Jiàn'ān school. The style and vigor found in the works by the members of a literary school formed in the era of Jiàn'ān (ca. 196-266).
9. 小 謝 xiǎo Xiè	就 是 指 謝 朓。 Jiù shì zhǐ Xiè Tiào.
	It indicates Xiè Tiào.

10. 清 發 qīng fā	清新　煥發。 Qīngxīn huànfā. Lucid and luminant. Xiè Tiào's works, according to Lǐ, feature lucidness and luminance. Luminance may mean how powerful and heart-stirring Xiè's language is, as if it is emitting light.	
11. 逸 興 yì xìng	飄逸　自由　的　興致。 Piāoyì zìyóu de xìngzhì.	Gracegul and free spirits.
12. 壯　思 zhuàng sī	豪放　壯闊　的　思想。 Háofàng zhuàngkuò de sīxiǎng.	Wild and ambitious ideas.
13. 覽 lǎn	看、　觀賞。 Kàn, guānshǎng.	To enjoy the sight of something
14. 銷 愁 xiāo chóu	消除　憂愁。 Xiāochú yōuchóu.	To dispel worries.
15. 不　稱　意 bú chèng yì	不 得意、不 如意。 Bù déyì, bù rúyì.	Not to one's liking; displeasing.
16. 明　朝 míng chāo	「朝」是　早上。　明朝　就是　明天。 "Zhāo" shì zǎoshàng. Míngchāo jiù shì míngtiān.	Tomorrow morning, or simply tomorrow.
17. 散 髮 sàn fà	把　原本　綁好　的 頭髮　散開。 Bǎ yuánběn bǎnghǎo de tóufà sànkāi.	Let one's originally tidy hair down.

18. 弄 扁 舟 nòng piān zhōu	「扁舟」 是 指 小船。 「弄扁舟」 "Piānzhōu" shì zhǐ xiǎochuán. "Nòngpiānzhōu" 就 是 駕著 小船。 jiù shì jiàzhe xiǎochuán. Piānzhōu is a small boat. Nòng piānzhōu means to sail a small boat.

翻譯
Fānyì

那 離我而去的，是昨日的 時光，已不可 挽留。
Nà lí wǒ ér qù de, shì zuórì de shíguāng, yǐ bù kě wǎnliú.

那 擾亂 我心思的，是今日的 時光，使我心 中
Nà rǎoluàn wǒ xīnsī de, shì jīnrì de shíguāng, shǐ wǒ xīn zhōng

非常 煩憂。
fēicháng fányōu.

看著 那 秋天的 雁鳥，讓 風兒一路 伴送 飛 向
Kànzhe nà qiūtiān de yànniǎo, ràng fēngr yí lù bànsòng fēi xiàng

遠方，我在 謝朓 樓 上 爲你送 行，這樣 的
yuǎnfāng, wǒ zài Xiè Tiào Lóu shàng wèi nǐ sòng xíng, zhèyàng de

情景，讓人 想 要在高樓 上 痛快 地 盡情
qíngjǐng, ràng rén xiǎng yào zài gāolóu shàng tòngkuài de jìnqíng

喝醉。
hēzuì.

叔 雲的 文章 有著 建安 文人那 種 高尚 的
Shú Yún de wénzhāng yǒuzhe Jiàn'ān wénrén nà zhǒng gāoshàng de

風格 和骨氣，同時 又具備 像 謝朓那 種 清新
fēnggé hàn gǔqì, tóngshí yòu jùbèi xiàng Xiè Tiào nà zhǒng qīngxīn

煥發 的才思。
huànfā de cáisī.

下筆時既有 飄逸自由的 興致，又有 豪放 壯闊
Xiàbǐ shí jì yǒu piāoyì zìyóu de xìngzhì, yòu yǒu háofàng zhuàngkuò

的 思想，感覺 就 像 要 飛上 天空 去 觀賞
de sīxiǎng, gǎnjué jiù xiàng yào fēishàng tiānkōng qù guānshǎng

日月 似 的。
rìyuè sì de.

拿出 刀子 想 要把 流水 斬斷， 水 卻依然不停
Náchū dāozi xiǎng yào bǎ liúshuǐ zhǎnduàn, shuǐ què yīrán bù tíng

地 流去，
de liúqù.

拿起 杯子 喝酒 想 要 消除 憂愁，心裡的 感傷
náqǐ bēizi hējiǔ xiǎng yào xiāochú yōuchóu, xīn lǐ de gǎnshāng

卻 更 嚴重 了。
què gèng yánzhòng le.

人 活在世 上，總 是 不能 順心 如意，倒 不如
Rén huó zài shì shàng, zǒng shì bùnéng shūnxīn rúyì, Dào bùrú

明天 散著 頭髮 去 划船，把這一切 煩惱 都 忘了
míngtiān sànzhe tóufà qù huáchuán, bǎ zhèyíqiè fánnǎo dōu wàng le

吧！
ba!

Line by line analysis:

① The poet sighs about how fleeting the joy is, how easily happiness slips into the past.

② The poet goes back to the present moment only to find even more disturbances are around him. This first couplet brings out a pessimistic tone for the whole poem.

③ The poet shifts suddenly from his internal reflections on the sad reality to the external nice view enjoyable from the high tower where the party took place before him.

④ The breathtaking autumnal scenery was enthralling, and drinking liquor with a good friend while watching that was even nicer.

⑤ This line is a praise toward the leaving friend. The poet is saying that the friend was talented in literary writing and was comparable to the leading figures among the writers back in the era of Jiàn'ān, roughly 500 years earlier than his time.

⑥ This line continues to praise the friend's writing skill was as "lucid and luminant" as that of Xiè Tiào, the favorite poet of Lǐ and also the person whom the tower commemorated.

⑦ The poet shifts again from praising to describing the atmosphere at the farewell party. Nice view and good liquor made an exhilarating party.

⑧ The poet's unfettered imaginative power made him easily believe he could actually fly up in the sky and grab the beautifully glittering moon with his own hand. This clearly shows how excited he was at that party, and how much he had liked to be with Uncle Yún.

⑨ This line marks an even sharper shift from seventh heaven to the cruel reality. Continuing the fantasy of a flying human grabbing the moon, the poet believed that he could defy natural laws (cutting flowing water into two like cutting a rope) but was confronted in no time with the fact that he actually could not (water was not cut and the current got even stronger).

⑩ This line shows that the previous line is a metaphor. The poet did not cut water at the party; he tried to mean that the wish to forget sorrows by drinking liquor was to no avail, just like wishing to stop water by cutting it.

⑪ This line concludes the previous couplet that life was intrinsically imperfect, and this mundane world was simply somewhere wishes were nothing more than wishes.

⑫ This line is the poet's hearty suggestions for the friend or even for every mortal that we should all "untie our hair and row a boat." These two actions are challenges against the Confucian society, which asks people to follow certain civil rules, including tying hair and avoiding activities just for fun. Confucians believed hair untied would look disheveled and show signs of uncivilized barbarism, and thus tying hair would mean conformity to social regulations. On top of that, rowing boats is a pure amusement and does no good in teaching Confucian values to people. A resolution to do the two clearly shows how much of a nonconformist (and Taoist) Lǐ Bái was.

賞析 Shǎngxī

李白在 宣州 的謝朓樓上 爲 好朋友
Li Bái zài Xuānzhōu de Xiè Tiào Lóu shàng wèi hǎopéngyǒu

叔雲 送行，寫下了這首 送別 的詩。詩的
Shú Yún sòngxíng, xiěxià le zhè shǒu sòngbié de shī. Shī de

一開始 描寫自己心 中 的 感傷，用「送」字
yì kāishǐ miáoxiě zìjǐ xīn zhōng de gǎnshāng, yòng "sòng" zì

點出 了主題。接著李白大大地 稱讚 了叔雲的
diǎnchū le zhǔtí. Jiēzhe Lǐ Bái dàdà de Chēngzàn le Shú Yún de

文章，表示 對他的 仰慕。要 和自己如此 欣賞
wénzhāng, biǎoshì duì tā de yǎngmù. Yào hàn zìjǐ rúcǐ xīnshǎng

的 朋友 分離，心 中 必定是 充滿 了失落 的
de péngyǒu fēnlí, xīn zhōng bìdìng shì chōngmǎn le shīluò de

心情。最後，面對 人生 中 這樣 無奈 的分別，
xīnqíng. Zuìhòu, miànduì rénshēng zhōng zhèyàng wúnài de fēnbié,

再多 想也 沒有用，還是 拋開 拘束，划著 小船
zài duō xiǎng yě méiyǒuyòng, háishì pāokāi jūshù, huázhe xiǎochuán

四處 飄盪 來排解 悲傷 吧！
sìchù piāodàng lái páijiě bēishāng ba!

Overal analysis:

Lǐ Bái changed his tone many times in this widely-known archaic poem. The first two couplets are pessimistic, saying life was not as good as it should be. They are followed by three couplets that describe the good time they had at the farewell party, including good view, good liquor, good character of the friend and good mood, culminating in the highly outlandishly crafted line: "We want to soar to grab the bright moon in blue sky." However, the very next line brutally drags the poet back to the reality-no matter how amusing the party was, departure was inevitable; to make the matters worse, the merrier the party was, the more torturing the departure was going to be. In the last line the poet decided to let go of all the social bonds and embrace a free life without fetters. The changing tones adequately represent the complicated feelings at a farewell party-happy and sad in the meantime.

3. 〈送 孟 浩然 之 廣陵〉
Sòng Mèng Hàorán Zhī Guǎnglíng
Seeing Mèng Hàorán Off to Guǎnglíng

李白　七言律詩
Lǐ Bái　Qīyánlǜshī

原詩
Yuán shī

故 人 西 辭 黃 鶴 樓 ， Gù rén xī cí Huáng Hè Lóu,	My old friend bade farewell at Yellow Crane Tower in the west, ❶
煙 花 三 月 下 揚 州 。 Yān huā sān yuè xià Yáng Zhōu.	In the smoky-flowery March sailing down to Yángzhōu. ❷
孤 帆 遠 影 碧 山 盡 ， Gū fán yuǎn yǐng bì shān jìn,	The lone sail's distant image vanished behind turquoise mountains; ❸
唯 見 長 江 天 際 流 。 Wéi jiàn Cháng Jiāng tiān jì liú.	I saw but the Yangtze River flowing across the skyline. ❹

注釋
Zhùshì

1. 之 zhī	動詞， 前往 的意思。 Dòngcí, qiánwǎng de yìsi.
	To leaver for.

2. 廣 陵 Guǎnglíng	地名，在今 江蘇　省。 Dìmíng, zài jīn Jiāngsū Shěng.	
	A place name. it's located in today's Jiāngsū Province.	
3. 辭 cí	告別。 Gàobié.	
	To bid farewell.	
4. 黃 鶴　樓 Huánghè Lóu	樓名，　在　現在　的　湖北　省。　　傳 Lóumíng, zài xiànzài de Húběi shěng. Chuán 說　曾　有　仙人　乘著　　黃 鶴 shuō céng yǒu xiānrén chéngzhe huánghè 經過　這裡。 jīngguò zhèlǐ.	
	The Name of a building which is located in today's Húběi Province. It's said that some celestials had once passed through here, flying on cranes.	
5. 煙 花 yān huā	形容　春天　花朵　盛　開，如 煙霧 Xíngróng chūntiān huāduǒ shèng kāi, rú yānwù 一般　迷濛　的　美景。 yìbān míméng de měijǐng.	
	It's used to describe the beautiful views of spring flowers in full bloom.	
6. 下 xià	順著　河流 而 下。 Shùnzhe héliú ér xià.	
	To sail downstream.	
7. 揚 州 Yángchōu	地名，就 是 指　廣陵。 Dìmíng, jiù shì zhǐ Guǎnglíng.	
	A place name, which indicates Guǎnglíng.	

8. 孤帆 gū fán	「孤」是 一個，「帆」在 這裡 代表 船。 "Gū" shì yí ge, "fán" zài zhèlǐ dàibiǎo chuán. 「孤帆」 表示 李 白 眼 中 只 看著 "Gū fán" biǎoshì Lǐ Bái yǎn zhōng zhǐ kànzhe 孟 浩然 所 乘坐 的 那一 艘 船。 Mèng Hàorán suǒ chéngzuò de nà yì sāo chuán.
	"Gū" means one; "fán" means boats. The poet used "gū fán" to indicate that he could only see the boat that Mèng Hàorán rode in.
9. 盡 jìn	隱沒、 消失 不見。 Yínmò, xiāoshī bújiàn.
	To disappear.
10. 唯 wéi	只。 Zhǐ.
	Only.
11. 天際 tiān jì	天邊。 Tiānbiān.
	The horizon; the skyline.

翻譯
Fānyì

我 的 老朋友 孟 浩然 離開 了 西邊 的 黃鶴 樓，
Wǒ de lǎopéngyǒu Mèng Hàorán líkāi le xībiān de Huánghè Lóu,

在 百花盛開、 春光明媚 的 三月裡，乘 船
zài bǎihuāshèngkāi, chūnguāngmíngmèi de sānyuè lǐ, chéng chuán

順著 江水 而下，前往 揚州 去。
shùnzhe jiāngshuǐ ér xià, qiánwǎng Yángzhōu qù.

我 站 在 樓 上， 看 著 那 船 影 漸 漸 地 遠 去，
Wǒ zhàn zài lóu shàng, kànzhe nà chuányǐng jiànjiàn de yuǎnqù,

消 失 在 青山 之 後， 最後 只 看見 長 江 的
xiāoshī zài qīngshān zhī hòu, zuìhòu zhǐ kànjiàn Cháng Jiāng de

流水 不 斷 地 向 天邊 奔流 而 去。
liúshuǐ búduàn de xiàng tiānbiān bēnliú ér qù.

Line by line analysis:

1 The poet is telling the readers one of his old friends was leaving eastward, and was exchanging goodbyes with him in the famous Yellow Crane Tower.

2 The friend, Mèng Hàorán, is going to Yángzhōu, which was a place with prettier scenery. The assumed beautiful scenery at the destination may be symbolic of a brighter, more promising future for the leaving friend.

3 The poet was there watching his friend's sail moving to the distant city, until it got out of sight. The word "lone" vividly points out the poet's special affections toward the friend.

4 When the friend sailed out of sight, the only thing he could see was the river flowing to the horizon; it was the river who carried his friend away.

賞析
Shǎngxī

這 首 詩 寫 李白 在 黃鶴 樓 上 爲 好朋友
Zhè shǒu shī xiě Lǐ Bái zài Huánghè Lóu shàng wèi hǎopéngyǒu

孟 浩然 送別。 春天 的 風景 美麗， 不 能 和
Mèng Hàorán sòngbié. Chūntiān de fēngjǐng měilì, bùnéng hàn

好友 一同 欣賞 遊玩，只 能 送 他 離開，實在 令
hǎoyǒu yìtóng xīnshǎng yóuwán, zhǐ néng sòng tā líkāi, shízài lìng

人 傷感。 望著 遼闊 的 江面，李白 專注 的
rén shānggǎn. Wàngzhe liáokuò de jiāngmiàn, Lǐ Bái zhuānzhù de

看著 那一艘 載著 朋友 的 船，一直到 船影
kànzhe nà yì sāo zàizhe péngyǒu de chuán, yìzhí dào chuányǐng

被 岸邊 的 山壁 遮住看不見爲止。那 長 江
bèi ànbiān de shān bì zhē zhù kàn bú jiàn wéi zhǐ. Nà Cháng Jiāng

的 江水 就 像自己無止盡的思念一般，不停地 向
de jiāngshuǐ jiù xiàng zìjǐ wúzhǐjìn de sīniàn yìbān, bùtíng de xiàng

天邊 流去。全 詩 充滿 了對老友 遠行 的
tiānbiān liúqù. Quán shī chōngmǎn le duì lǎoyǒu yuǎnxíng de

離情。
líqíng.

Overal analysis:

Lǐ had no direct mention of words like "sad" or "regret" in the poem, but his regret about parting from such a good friend permeates every nook and cranny in this quatrain. He pointed out the beauty of the friend's destination, but unavoidably implied that such beauty would by no means be shared. In the second half of this poem the poet wrote about his long gaze at the friend's sail: he was so concentrated that he could not notice the existence any other sails, which clearly displays how much he cared about that old friend. This "care" continued even when the sail was no longer in sight; he still could see no ther sails but the river water where the friend's sail was still supposed to be drifting on, and the water that carried his friend and his heart away.

4. 〈賦得古原草送別〉
Fù Dé Gǔ Yuán Cǎo Sòng Bié
Assigned Topic: Parting, Grass on Ancient Fields

白居易　五言律詩
Bái Jūyì　Wǔyán lǜshī

原詩
Yuán shī

離 離 原 上 草 ， Lí lí yuán shàng cǎo,	Flourishing are the grasses on the fields; ❶
一 歲 一 枯 榮 。 Yí suì yì kū róng.	In each year they wither and they thrive. ❷
野 火 燒 不 盡 ， Yě huǒ shāo bú jìn,	Wild fire is unable to consume them; ❸
春 風 吹 又 生 。 Chūn fēng chuī yòu shēng.	Vernal wind blows and they revive. ❹
遠 芳 侵 古 道 ， Yuǎn fāng qīn gǔ dào,	Far fragrance invades ancient paths; ❺
晴 翠 接 荒 城 。 Qíng cuì jiē huāng chéng.	Sunny greenness links deserted forts. ❻
又 送 王 孫 去 ， Yòu sòng wáng sūn qù,	Again did I see off the young noble one; ❼
萋 萋 滿 別 情 。 Qī qī mǎn bié qíng.	Luxuriant are my full sentiments for his going. ❽

1. 離 離 lí lí	草木　茂盛　的　樣子。 Cǎomù màoshèng de yàngzi.
	Flourishing plants.
2. 歲 suì	一年。 Yìnián.
	One year.
3. 枯 kū	草木　乾枯　死去。 Cǎomù gāndū sǐ qù.
	To wither.
4. 榮 róng	繁盛，　　充滿　　生命力。 Fánshèng, chòngmǎn shēngmìnglì.
	Flourishing; be full of vitality.
5. 野 火 yě huǒ	野外　因　天氣　乾燥　而　燃燒　起來的 Yěwài yīn tiānqì gānzào ér ránshāo qǐlái de 火。 huǒ.
	Fires that burn in the fields because of dry weather.
6. 遠　芳 yuǎn fāng	指　草　的　芳香　不斷　向　　遠方 Zhǐ cǎo de fāngxiāng búduàn xiàng yuǎnfāng 蔓　延。 mànyán.
	The grass continuously spreads fragrance far and wide.
7. 侵 qīn	入侵、　占領。 Rùqīn, zhànlǐng.
	To invade.

8. 古 道 gǔ dào	古時候 的 道路。 Gǔshíhòu de dàolù.	
	Ancient paths.	
9. 翠 cuì	綠色。 Lǜsè.	
	Green.	
10. 荒 城 huāng chéng	荒廢 的 古城。 Huāngfèi de gǔchéng.	
	Deserted ancient forts. Forts here can be forts, ramparts or castles; the important thing is that they are a ruin.	
11. 王 孫 wáng sūn	貴族子弟，在 這裡 指 要　遠行　的 Guìzú-zǐdì, zài zhèlǐ zhǐ yào yuǎnxíng de 友人。 yǒurén.	
	Young noble one. Originally meaning a 'young member of an aristocratic family,' but this phrase was often used in Táng poetry as an honorific term to refer to a 'friend.'	
12. 萋 萋 qī qī	草木　茂盛　的　樣子。 Cǎomù màoshèng de yàngzi.	
	Flourishing plants.	

翻譯
Fānyì

在 古原　上 的 野草 長 得 非常　茂盛，
Zài gǔyuán shàng de yěcǎo chǎng de fēicháng màoshèng,

每一年　總是在秋冬　時枯萎，到了春天　又
měi yì nián zǒng shì zài qiū dōng shí kūwēi,　dào le chūntiān yòu

快速地　生　長。
kuàisù de　shēngzhǎng.

就　算　在　原野　上　燃起了火也無法　將　它們　燒盡，
Jiù suàn zài yuányě shàng ránqǐ le huǒ yě wúfǎ jiāng tāmen shāojìn,

只要　春天　的　風一吹，很　快地又會　生長
zhǐ yào chūntiān de fēng yì chuī, hěn kuài de yòu huì shēngzhǎng

出來。
chūlái.

放眼望去，那　向　遠方　不斷　生長　的
Fàngyǎnwàngqù, nà xiàng yuǎnfāng búduàn shēngzhǎng de

花草，占據了古老的道路，
huācǎo, zhànjù le gǔlǎo de dàolù,

在　晴朗　的天氣裡，只見一大片翠綠的青草　連接
zài qínglǎng de tiānqì lǐ,　zhǐ jiàn yí dà piàn cuìlǜ de qīngcǎo liánjiē

到　荒廢倒塌的　城牆　邊。
dào huāngfèi dǎotā de chéngqiáng biān.

我又將　要　送你離開，
Wǒ yòu jiāng yào sòng nǐ líkāi,

心　中　依依不捨的離情就　像那　茂盛　的青草
xīn zhōng yīyībùshě　de líqíng jiù xiàng nà màoshèng de qīngcǎo

一樣，綿延　不斷，沒有　邊際。
yíyàng, miányán búduàn, méiyǒu biānjì.

Line by line analysis:

① Grasses grow flourishly. This line introduces the main image of the entire poem-grass.

② By giving a fact about wild grasses, the poet points out that grasses possess strong vitality.

③ ④ The poet continues to say even wild fire makes no foe of grasses, for the vitality of grasses is stronger than the fire's consuming power. Moreover, the great vitality of grasses can also be seen in the fact that they can revive with just a quick touch of the wind in springtime.

⑤ ⑥ These two lines emphasize how quickly the grasses are able to expand their territory. "Far fragrance" and "sunny greenness" both refer to grasses; they are examples of synecdoche, a poetic device which means referring to a thing by merely calling one distinctive part or quality of it (e.g. calling "head" to refer to "person," or "keel" to refer to "ship"). Verbs like "invades" and "links" put even more stress on the vitality of the grasses by comparing them to the beings which are capable of invading and linking, i.e. human beings (especially troops). "Ancient paths" and "deserted forts" set up a deadly background which provides a perfect foil for the vital and lively grasses. Overall, this couplet shows that grasses grow rapidly even when they set their roots in a liveless place.

⑦ The poet admits that he is describing a sad feeling that has arisen in his heart when he is parting from a friend.

⑧ The poet employs the word "luxuriant" to cleverly combine the image of grasses with the sad feeling about parting with the friend because they both grow uncontrollably.

賞析
Shǎngxī

這 是 一 首 藉著 歌頌 「草」 來 抒發 心 中 離情
Zhè shì yì shǒu jièzhe gēsòng "cǎo" lái shūfā xīn zhōng líqíng

的 詩。前 四 句 描 寫 草 的 生 命力，就算 經過 了
de shī. Qián sì jù miáoxiě cǎo de shēng mìnglì, jiù suàn jīngguò le

氣候 的 考驗， 甚至 野火 的 摧毀，也 都 能 堅強
qìhòu de kǎoyàn, shènzhì yěhuǒ de cuīhuǐ, yě dōu néng jiānqiáng

地 生 長 著， 給 人 一 種 堅忍 不 屈服 的 啓示。
de shēngzhǎngzhe, gěi rén yì zhǒng jiānrěn bù qūfú de qǐshì.

後 面 四 句 寫 詩人 在 草原 上 的 送別，用 草
Hòumiàn sì jù xiě shīrén zài cǎoyuán shàng de sòngbié, yòng cǎo

的 特性 把 心 中 綿綿不絕，無法 停止 的 思念
de tèxìng bǎ xīn zhōng miánmiánbùjué, wúfǎ tíngzhǐ de sīniàn

形容 得 非常 貼切。
xíngróng de fēicháng tiēqiè.

Overal analysis:

This poem overall is an ingenious metaphor for the sad emotions that arise when parting with a friend. The poet uses three quarters of the entire poem to describe how lifeful grasses are: they are capable of reviving any year, surviving wild fire and being easily revitalized by the spring wind, and expanding territories no matter how lifeless the environment is. In the last couplet the poet links the two, and tells the friend "and so is the sadness in my heart when I bid you good-bye." This poem is acclaimed mostly because it shows how talented the poet was-for he managed to compose such an exquisite work within the limited time given for an imperial official examination!

5.〈贈衛八處士〉
Zèng Wèi Bā Chǔ Shì
For the Recluse Wèi the Eighth

杜甫　五言古詩
Dù Fǔ　Wǔyán gǔshī

原詩
Yuán shī

人　生　不　相　見 ， Rén shēng bù xiāng jiàn,	life people are not to meet,
動　如　參　與　商 。 Dòng rú　Shēn yǔ Shāng.	Often like The Hunter and The Scorpion. ❶
今　夕　復　何　夕 ， Jīn xì　fù　hé　xì,	But again, what kind of night is tonight?
共　此　燈　燭　光 。 Gòng cǐ　dēng zhú guāng.	We are sharing this one candle's light. ❷
少　壯　能　幾　時 ， Shào zhuàng néng jǐ　shí,	How long can one stay young and vigorous?
鬢　髮　各　已　蒼 。 Bìn　fǎ　gè　yǐ　cāng.	Now both my sideburns and my hair have turned white. ❸
訪　舊　半　爲　鬼 ， Fǎng jiù　bàn wéi　guǐ,	I visit old friends; half of them are now spirits;
驚　呼　熱　中　腸 。 Jīng hū　rè　zhōng cháng.	Exclaiming, I feel my guts burn. ❹
焉　知　二　十　載 ， Yān zhī　èr　shí　zǎi,	How could I know? twenty years later-
重　上　君　子　堂 。 Chóng shàng jūn　zǐ　táng.	I would reappear in my Noble Friend's hall. ❺
昔　別　君　未　婚 ， Xí　bié　jūn　wèi　hūn,	When we parted back then, you were single;

兒 女 忽 成 行 。 Ér nǚ hū chéng háng.	In no time you have fathered a line of kids. ❻
怡 然 敬 父 執 ， Yí rán jìng fù zhí,	Gleefully they greeted their father's friend,
問 我 來 何 方 。 Wèn wǒ lái hé fāng	Asking me from which place I came. ❼
問 答 乃 未 已 ， Wèn dá nǎi wèi yǐ,	When the conversation was not yet finished,
驅 兒 羅 酒 漿 。 Qū ér luó jiǔ jiāng.	You sent the kids away to prepare our liquor. ❽
夜 雨 剪 春 韭 ， Yè yǔ jiǎn chūn jiǔ,	In the evening rain you cut me spring leeks;
新 炊 間 黃 粱 。 Xīn chuī jiàn huáng liáng.	The newly cooked rice was mixed with yellow millet. ❾
主 稱 會 面 難 ， Zhǔ chēng huì miàn nán,	The host claimed the reunion was not easy,
一 舉 累 十 觴 。 Yì jǔ lěi shí shāng.	So we toasted and I had ten vessels in a row. ❿
十 觴 亦 不 醉 ， Shí shāng yì bú zuì,	Ten vessels still did not get me drunk,
感 子 故 意 長 。 Gǎn zǐ gù yì cháng.	For I feel your long-lasting love is deep. ⓫
明 日 隔 山 岳 ， Míng rì gé shān yuè,	From tomorrow on there will be mountains between us;
世 事 兩 茫 茫 。 Shì shì liǎng máng máng.	Neither of us will know where life will take us to. ⓬

1. 衛 八 Wèi Bā	杜 甫 的 朋友， 姓 衛，在 家 中 Dù fǔ de péngyǒu, xìng Wèi, zài jiā zhōng 排行 第八，所以 被 稱為 衛 八。 páiháng dì-bā, suǒyǐ bèi chēngwéi Wèi Bā.
	Recluses. Referring to a person who possesses enough knowledge and capability to deal with political affairs but chooses to stay away from the power out of personal will. A "recluse" like this usually lives in seclusion to reduce the probability of being summoned by the imperial court.
2. 處 士 chǔ shì	隱士。 Yǐnshì.
	The old friend of the poet in this poem. "Wèi" is the surname, the given name remains unspecified, while "the Eighth" denotes he was the eighth eldest among all the male cousins in this Wèi family.
3. 參 與 商 Shēn yǔ Shāng	參 和 商 是 兩 個 星星 的 Shēn hàn Shāng shì liǎng ge xīngxīng de 名稱。 它們 各自 在 天空 的 東 西 míngchēng. Tāmen gèzì zài tiānkōng de dōng xī 兩 邊，一 顆 在 黃昏 時 出現，一 liǎng biān, yì kē zài huánghūn shí chūxiàn, yì 顆 在 天明 時 出現。 kē zài tiānmíng shí cūxiàn.

	The Hunter and The Scorpion. "Shēn" are three bright stars which form Orion's belt in Western astronomy, while "Shāng" are the three stars which form the body of Scorpius. In Western mythology, Orion the Hunter was stung to death by the Scorpion, and thus these two constellations never appear in the sky at the same time-while one vanishes in the west, the other emerges in the east. The same phenomenon was witnessed also by the Chinese people, but they do not interpret this as avoidance of the rival, but as reluctant separation by fate.
4. 夕 xì	夜晚。 Yèwǎn.
	Nights.
5. 復 fù	又。 Yòu.
	Again.
6. 蒼 cāng	灰白色。 Huībáisè.
	Off-white.
7. 訪舊 fǎng jiù	「訪」 是 拜訪，「舊」 是 指 老朋友。 "Fǎng" shì bàifǎng; "jiù" shì zhǐ lǎopéngyǒu. 「訪舊」 就 是 去 拜訪 老朋友。 "Fǎngjiù" jiù shì qù bàifǎng lǎopéngyǒu.
	"Fǎng" is to visit. "Jiù" is old friends. "Fǎngjiù" means to visit old friends.

8. 半 為 鬼 bàn wéi guǐ	多半 已 成為　鬼魂，就 是 死去 的 Duōbàn yǐ chéngwéi guǐhūn, jiù shì sǐqù de 意思。 yìsī.
	Most of the poet's friends are probably now spirits, or dead.
9. 驚 呼 jīng hū	吃驚　地　大叫 一　聲。 Chījīng dì dàjiào yì shēng.
	To scream in astonishment.
10. 中　腸 zhōng cháng	指 心 裡面。 Zhǐ xīn lǐmiàn.
	In the heart.
11. 焉 知 yān zhī	怎麼 會 知道。 Zěnme huì zhīdào.
	How could I know?
12. 重 chóng	再 一 次。 Zài yí cì.
	Once again.
13. 君 子 堂 Jūn zǐ táng	「君子」是 對 人 的 尊稱，「君子堂」 "Jūnzǐ" shì duì rén de zūnchēng, "Jūnzǐtáng" 就 是 指 衛 八 的 家。 jiù shì zhǐ Wèi Bā de jiā.
	"Jūnzǐ" is a respectful form of address. "Jūnzǐtáng" is the name of Wèi Bā's house.

14. 成 行 chéng háng	形容　數目　很　多，可以　排列　成　一 Xíngróng shùmù hěn duō, kěyǐ páiliè chéng yì 行。 háng.	
	A line of. Literal translation is "form a line," meaning the number was more than a few so that could line up.	
15. 怡 然 yí rán	高興　的　樣子。 Gāoxìng de yàngzi.	
	Happy.	
16. 父 執 fù zhí	父親　的　朋友。 Fùqīng de péngyǒu.	
	Father's friends.	
17. 乃 未 已 nǎi wèi yǐ	還　沒有　結束。 Hái méiyǒu jiéshù.	
	Have not finished yet.	
18. 羅 luó	安放　擺設。 Ānfàng bǎishè.	
	To put something in a proper place	
19. 春 韭 chūn jiǔ	蔬菜　的　名稱。 Shūcài de míngchēng.	
	Spring leeks. A delicious and fragrant vegetable. Since they were newly cut, they were fresh and even more delicious. The host was trying to provide the best food for the important guest.	
20. 炊 chuī	煮。 Zhǔ.	
	To cook.	

21. 間 jiàn	摻雜。 Chānzá.
	To mix.
22. 會面 huì miàn	見面。 Jiànmiàn.
	To meet face to face.
23. 故意 gù yì	故人 的 情意，也就是指 老朋友 的 Gùrén de qíngyì, yě jiù shì zhǐ lǎopéngyǒu de 友情。 yǒuqíng.
	The friendship with old friends.
24. 茫茫 máng máng	渺茫 不可知，完全 無法 明白。 Miǎománg bù kě zhī, wánquán wúfǎ míngbái.
	Cannot know something or totally cannot realize something.

翻譯
Fānyì

人生 在世 常常 不能 和 好朋友 見面，
Rénshēng zài shì chángcháng bùnéng hàn hǎopéngyǒu jiànmiàn,

總是 像 天上 的 參星 和 商星 一樣，
zǒng shì xiàng tiānshàng de Shēngxīng hàn Shāngxīng yíyàng,

無法 遇在 一起。
wúfǎ yù zài yìqǐ.

今晚 又 是 什麼 特別 的 夜晚，
Jīnwǎn yòu shì shénme tèbié de yèwǎn,

我 竟然 可以 和 你 在 這 燈火 燭光 下 相聚。
wǒ jìngrán kěyǐ hàn nǐ zài zhè dēnghuǒ zhúguāng xià xiāngjù.

年輕 的 時光，還 剩下 多久 呢？
Niánqīng de shíguāng, hái shèngxià duōjiǔ ne?

如今 你 我 的 鬢髮 都 已經 變成 灰白色 了。
Rújīn nǐ wǒ de bìnfǎ dōu yǐjīng biànchéng huībáisè le.

我 拜訪 了 其他 的 老朋友，卻 發現 他們 大多 已經
Wǒ bàifǎng le qítā de lǎopéngyǒu, què fāxiàn tāmen dàduō yǐjīng

死去。
sǐqù.

我 是 如此 地 驚訝，心 中 感到 激動 而 難過。
Wǒ shì rúcǐ de jīngyà, xīn zhōng gǎndào jīdòng ér nánguò.

想不到 二十 年 後，
Xiǎngbúdào èrshí nián hòu,

我 又 再度 來到 你 家 和 你 重逢。
wǒ yòu zàidù láidào nǐ jiā hàn nǐ chóngféng.

從前 分別 時 你 還 沒 結婚，
Cóngqián fēnbié shí nǐ hái méi jiéhūn,

一轉眼 現在 已 是 好 幾 個 孩子 的 父親 了。
Yìzhuǎnyǎn xiànzài yǐ shì hǎo jǐ ge háizi de fùqīn le.

孩子們 很 高興 地 來 問候 我，
Háizimen hěn gāoxìng de lái wènhòu wǒ,

問 我 是 從 什麼 地方 來 的？
Wèn wǒ shì cóng shénme dìfāng lái de?

我 還 沒 回答 完 他們 的 問題，
Wǒ hái méi huídá wán tāmen de wèntí,

你 便 叫 他們 快去 幫忙 把酒菜 準備 好。
nǐ biàn jiào tāmen kuài qù bāngmáng bǎ jiǔcài zhǔnbèi hǎo.

晚上 的 時候 外面 下著 雨，
Wǎnshàng de shíhòu wàimiàn xiàzhe yǔ,

你 剪了 新鮮 的 春韭 做爲下酒菜，
nǐ jiǎnle xīnxiān de chūnjiǔ zuòwéi xiàjiǔcài,

剛 煮好 的 飯裡，還 摻 雜 著 一些 黃 梁 米，散發
Gāng zhǔhǎo de fàn lǐ, hái chānzázhe yìxiē huángliángmǐ, sànfā

出 香氣。
chū xiāngqì.

身爲 主人 的 你 說 難得 見面，
Shēnwéi shǔrén de nǐ shuō nándé jiànmiàn,

舉起 酒杯 勸 我 喝酒，一口氣 連 喝了 十杯。
juéqǐ jiǔbēi quàn wǒ hējiǔ, yìkǒuqì lián hē le shí bēi.

我 連 喝了 十杯 也 不會 酒醉，
Wǒ lián hē le shí bēi yě búhuì jiǔzuì,

只 是 更加 覺得 我們 的 友情 特別 深長。
zhǐ shì gèngjiā juéde wǒmen de yǒuqíng tèbié shēncháng.

明天 我們 再次 分別 之 後，隔著 高山，距離 遙遠，
Míngtiān wǒmen zàicì fēnbié zhī hòu, gézhe gāoshān, jùlí yáoyuǎn,

未來 彼此 會 如何，我 們 都 無法 預料。
wèilái bǐcǐ huì rúhé, wǒmen dōu wúfǎ yùliào.

Line by line analysis:

❶ The poet starts with a general statement about an aspect of the helpless-
ness of the human kind-not able to meet those who you want to meet

anytime. This feeling was stronger back then when telephone or Internet had not yet been invented.

② In a contrast with the first couplet, this couplet emphasizes how precious it was to have a chance to meet up (share the same candle's light) with such a good friend in such a dubious world. This night seemed too special and too good to be true, so the poet even questioned: "What kind of night is tonight? Why can I witness such a miracle on this date?"

③ The poet mourns about how fast time flew-youth had been transient and he was already old.

④ Elaborating the previous couplet, the poet was stunned to discover so many of his old friends had not survived their long, long separation. This couplet accentuates how precious it is to have a chance to reunite with a good old friend at such an old age.

⑤ The reunion had been unimaginable, but it came true.

⑥ The friend had obviously overgone great changes-last time when they met he was a single man, but this time he had become a father of quite a handful of children. This big change shows how long they had been separated from each other.

⑦ ⑧ These two couplets vitalize the poem by narrating the interactions among the kids, the friend and the poet.

⑨ The host cut their freshest spring leeks and yellow millet, which probably were grown by the host's family, to make simple but delicious country dishes for the rare visitor. This couplet, on one side, points out how much the host valued the guest (he ran into the rain to collect fresh vegetables for him), and on the other side shows that the guest appreciated it.

⑩ ⑪ These two couplets describe the feast under way. The host and the guest were both in high spirits. The poet could, extraordinarily, drank ten vessels in a row without falling under the table, for the reunion itself was extraordinary enough, too. His miraculously increased capability to drink proved the event was a miracle itself.

⑫ The poet, in this last couplet, envisions the scarcity of chance for them to meet since the next day of their reunion. This last couplet harks back to the first: the world/the life seems unwilling to let people stay unseparated-it was so, it is so, and it will always be like that.

賞析
Shǎngxī

這　首　詩寫杜甫拜訪　朋友　衛八，到他家
Zhè shǒu shī xiě Dù Fǔ bàifǎng péngyǒu Wèi Bā, dào tā jiā

中　作客喝酒談心　的　經過。　充分　表現　了朋友
zhōng zuòkè hējiǔ tánxīn de jīngguò. Chōngfèn biǎoxiàn le péngyǒu

好久不見，再次　重逢　的　快樂。除此之外，作者
hǎojiǔbújiàn, zàicì chóngféng de kuàilè. Chúcǐzhīwài, zuòzhě

同時也對　人生　聚散無常　的　變化覺得　傷感，
tóngshí yě duì rénshēng jùsànwúcháng de biànhuà juéde shānggǎn,

歡喜和　悲傷　的交錯，形成　一　種　複雜的
huānxǐ hàn bēishāng de jiāocuò, xíngchéng yì zhǒng fùzá de

心情。在詩　中，主人家　準備　的飯菜雖然只是
xīnqíng. Zài shī zhōng, zhǔrén jiā zhǔnbèi de fàncài suīrán zhǐ shì

簡單　的　農家料理，但親自　採摘　蔬菜及作飯的熱
jiǎndān de nóngjiā liàolǐ, dàn qīnzì cǎizhāi shūcài jí zuòfàn de rè

情，令人十分　感動。　短暫　的相聚之後，到了
qíng, lìng rén shífēn gǎndòng. Duǎnzhàn de xiāngjù zhī hòu, dàole

明天　兩人又要分離，那麼　今晚　和朋友　見面
míngtiān liǎng rén yòu yào fēnlí, nàme jīnwǎn hàn péngyǒu jiànmiàn

的喜悅，就顯　得更加　地珍貴了。
de xǐyuè, jiù xiǎn de gèngjiā de zhēnguì le.

Overal analysis:

This long poem comprises a sketchy narration of a once-in-a-lifetime visit to an old friend he loved and some sad words of regrets about the human powerlessness in the face of the fickle life. The poet felt ambivalent about this visit-he was so happy because this chance was so rare and thus so precious, for he had not heard from him for so long and the extremely low probability that they were both alive, but meanwhile he was so sad because he knew so clearly that it would be so unlikely for such a visit to come to pass again before the demise of either of them. The representation of this kind of complicated but universal feelings makes this poem echo in so many people's hearts.

6. 〈送 別〉
Sòng Bié
Seeing Off

王維　　五言絕句
Wáng Wéi　Wǔyán juéjù

原詩
Yuán shī

山　中　相　送　罷　， Shān zhōng xiāng sòng bà,	When the farewells in the mountains were over, ❶
日　暮　掩　柴　扉　。 Rì　mù　yǎn　chai　fēi.	I shut my firewood gate at sunset. ❷
春　草　明　年　綠　， Chūn cǎo míng nián lǜ,	Grasses will turn green next year- ❸
王　孫　歸　不　歸　。 Wáng sūn guī bù guī.	Would my Noble One come back then? ❹

注釋
Zhùshì

1. 罷 bà	結束，完畢。 Jiéshù, wánbì.
	To be over.
2. 柴 扉 chái fēi	用　木柴　做　的　簡陋　小門。 Yòng mùchái zuò de jiǎnlòu xiǎomén.
	Firewood gates. By pointing out the gate was made of "firewood," which was clearly not supposed to be used in the making of gates, rather than fine timber, the poet meant the gate was rickety, and in the meantime implied that his living conditions were humble or he was leading a simple life.

3. 王 孫 wáng sūn	原 指 貴族子弟，這裡 指要 遠行 的 Yuán zhǐ guìzú-zǐdì, zhèlǐ zhǐ yào yuǎnxíng de 友人。 yǒurén.
	It means young men from aristocratic families originally, but according to this poem, it indicates the poet's friend that is going to travel to distant place.

翻譯
Fānyì

我 在 山 中 送 你 離開，
Wǒ zài shān zhōng sòng nǐ líkāi,

傍晚 時 回到 家 便 把 柴門 關上，屋子裡 顯 得
Bāngwǎn shí huídào jiā biàn bǎ cháimén guānshàng, wūzi lǐ xiǎn de

很 冷清。
hěn lěngqīng.

我 忍不住 猜想，到 了 明年 春天 草色 變綠 的
Wǒ rěnbúzhù cāixiǎng, dào le míngnián chūntiān cǎosè biàn lǜ de

時候，
shíhòu,

你 還 會不會 再 回到 這裡 來 呢？
nǐ hái huìbúhuì zài huídào zhèlǐ lái ne?

Line by line analysis:

① The speaker had bidden farewells to the friend who had just left after a visit to his home in the mountains.

② He returned home and closed his less-than-decent gate. This probably implies he had walked his friend some distance away from his abode, maybe because the visitor was an important friend to him.

③ Just like grasses turn green at a certain time of year regularly, many other things in this world also follow a fixed routine.

④ The speaker projects such an assumption revealed in the previous line to this line: So will my dear friend come back to visit me regularly? Since grasses would certainly turn green the next year according with the "timetable," the speaker hoped his friend would accord with the "timetable" too and come to visit him once more.

賞析
Shǎngxī

一般 有 關 送別 的 詩，作者 都會把 重點
Yìbān yǒu guān sòngbié de shī, zuòzhě dōu huì bǎ zhòngdiǎn

放 在 送別 的 場景 或 朋友 之間 依依不捨 的
fàng zài sòngbié de chǎngjǐng huò péngyǒu zhī jiān yīyībùshě de

難過 心情 上，但 這 首 詩 卻 只 用 第一 句 話
nánguò xīnqíng shàng, dàn zhè shǒu shī què zhǐ yòng dì-yī jù huà

簡單 點出 送別 的 主題，接著 就 很 快 的 開始
jiǎndān diǎnchū sòngbié de zhǔtí, jiēzhe jiù hěn kuài de kāishǐ

盼望 重聚 的 時間 到來。草木 的 生長 有
pànwàng chóngjù de shíjiān dàolái. Cǎomù de shēngzhǎng yǒu

固定 的 季節 時期，那麼 朋友 回來 的 時間，
gùdìng de jìjié shí qí, nàme péngyǒu huílái de shíjiān,

是不是 也 能 這樣 確定 呢？用 這樣 的 提問 來
shìbúshì yě néng zhèyàng quèdìng ne? Yòng zhèyàng de tíwèn lái

安慰自己，同時也替將來的　重逢，留下　想像
ānwèi zì jǐ, tóngshí yě tì jiānglái de chóngféng, liúxià xiǎngxiàng

的　空間。
de kōngjiān.

Overall analysis:

   This exquisite little poem is special among the "farewell poems" mainly because it makes no mention of the scene and feelings before the moment of parting. The poet understates the sadness but trains our focus on the passionate expectation to see that friend again right after the departure of the friend. The visit and the wish to see the friend visiting again have almost interval in between. If one person's daily life can only be categorized into "meeting the friend" and "impatiently waiting to see the friend again," how much do you think the friend means for that person?

7. 〈送 別〉
Sòng Bié
Seeing Off

王維　　五言絕句
Wáng Wéi　Wǔyán juéjù

原詩
Yuán shī

下　馬　飲　君　酒　， Xià mǎ yǐn jūn jiǔ,	Dismount, for I offer you liquor; ❶
問　君　何　所　之　。 Wèn jūn hé suǒ zhī.	I ask you whither you will go. ❷
君　言　不　得　意　， Jūn yán bù dé yì,	You say you have won no recogni-tion- ❸
歸　臥　南　山　陲　。 Guī wò Nán Shān chuí.	And will go sleep near Mt. Zhōngnán. ❹
但　去　莫　復　聞　， Dàn qù mò fù wèn,	Just go-I will not keep asking! ❺
白　雲　無　盡　時　。 Bái yún wú jìn shí.	The white clouds are never ending! ❻

注釋
Zhùshi

| 1. 何 所 之
hé suǒ zhī | 「何」是 哪裡，「之」是 指　前往。「何
"Hé" shì nǎlǐ, "zhī" shì zhǐ qiánwǎng. "Hé

所 之」就 是 要 往　什麼 地 方 去?
suǒ zhī" jiù shì yào wǎng shénme dì fāng qù? |

	"Hé" means where; "zhī" is to leave for. In other words, the poet is asking his friend where he is leaving for.
2. 言 yán	說。 Shuō.
	To say.
3. 不得意 bù dé yì	指自己的 理想及抱負 得不到 發展。 Zhǐ zìjǐ de lǐxiǎng jí bàofù dé bú dào fāzhǎn.
	Won no recognition. The friend did not have chances to realize his political ambitions. It might either mean he did not pass the imperial examination or the higher officials refused to put him in an important position for certain reasons.
4. 歸臥 guī wò	「歸」是 回去;「臥」是 躺著, 在 這裡 "Guī" shì huíqù; "wò" shì tǎngzhe, zài zhèlǐ 指 休息。「歸臥」就是 回去 過 隱居 的 zhǐ xiūxí. "Guī wò" jiù shì huíqù guò yǐnjū de 生活。 shēnghuó.
	"Guī" is to go back; "wò" is to lie down, but in this poem, it means to rest. "Guī wò" means to seclude oneself from the world and politics.
5. 莫 mò	沒有。 Méiyǒu.
	Not; no.

翻譯
Fānyì

下 馬 來 喝 一 杯 酒 吧！
Xià mǎ lái hē yì bēi jiǔ ba!

我 問 你 要 到 哪兒 去 呢？
Wǒ wèn nǐ yào dào nǎr qù ne?

你 說 因爲 在 政治 上 不 能 發揮 理想，
Nǐ shuō yīnwèi zài zhèngzhì shàng bùnéng fāhuī lǐxiǎng,

所以 決定 要 隱居 到 終南 山 去。
suǒyǐ juédìng yào yǐnjū dào Zhōngnán Shān qù.

你 離開 之 後 我 就 不再 聽到 您 的 消息，
Nǐ líkāi zhī hòu wǒ jiù búzài tīngdào nín de xiāoxí,

只 見 那 山 中 的 白雲 飄 向 遠方，似乎 沒有
zhǐ jiàn nà shān zhōng de báiyún piāo xiàn yuǎnfāng, sìhū méiyǒu

窮 盡 的 時候。
qióngjìn de shíhòu.

Line by line analysis:

① The poet came across a friend when riding on horseback. He was glad about this encounter so he told his friend to dismount and drink some liquor with him.

② Out of kindness, the poet asked the friend where he was going to.

③ The friend complained in reply that his political career was fraught with difficulty and had received little acknowledgment.

④ As a result, the friend determined to go to Mt. Zhōngnán to seclude himself, as a silent protest against the rulers.

⑤ However, the poet was not concerned with why the friend chose to give up the pursuit of fame; strangely (at least to people at that time), he spurred his friend into seclusion instead.

⑥ The poet claimed that life in seclusion in nature will be fun and worthy of lifelong exploration, for it will be as ever-changing and never-ending as the white clouds rising in the valleys-unlike the political career. To the poet, the decision should be easy-nature is far better than the society. Nature is rich in delightful surprises if you pay close attention, while the political career leads you away from them. In short, the poet wished that his friend did not choose to seclude himself because "politics is bad" but because "seclusion in nature is good."

賞析
Shǎngxī

這　首　詩　的　前　四　句　以　問答　的　方式，寫出
Zhè shǒu shī de qián sì　jù　yǐ wèndá de fāngshì, xiěchū

送行　時　朋友　之　間　的　對話，並且　用　喝酒　這
sòngxíng shí　péngyǒu zhī jiān de duìhuà, bìngqiě yòng hējiǔ zhè

件　事　來　點出　餞行　的　主題，使人　一目瞭然。最後
jiàn shì lái diǎnchū jiànxíng de zhǔtí,　shǐ rén yímùliǎorán. Zuìhòu

兩　句　用　景物　的　描寫　來　表現　心　中　的　感情，
liǎng jù yòng jǐngwù de miáoxiě lái biǎoxiàn xīn zhōng de gǎnqíng,

整　首　詩　給人　的　感覺　就　像　白雲　一樣，安靜
zhěng shǒu shī gěi rén de gǎnjué jiù xiàng báiyún yíyàng,　ānjìng

而　舒緩，而　詩人　對　朋友　的　關懷，也　像　白雲
ér shūhuǎn, ér shīrén duì péngyǒu de guānhuái, yě xiàng báiyún

一樣，繚繞　在　山谷　中，久久　不會　散去。
yíyàng, liáorào zài shāngǔ zhōng, jiǔjiǔ　būhuì sànqù.

Overal analysis:

Although this poem represents the scene of parting with a friend, it does not focus on the sad feelings about the imminent separation like many other poems with similar motif do. Instead, the poem takes advantage of the parting scene to convey his ideas that spiritual freedom is far more valuable than worldly fame. This adheres strongly to the poet Wáng Wéi's faith in Buddhism. While most of other poets who wrote about parting hoped their friends would stay, Wáng Wéi asked the friend to leave immediately, not because he disliked him, but on the contrary because he felt greater delight in that the friend would see how good it was to live in nature more than the sadness he would personally feel resulting from the separation. Although the actions taken were different in this poem and in other similar poems, the deep concern and love behind is nothing different, and thus the poems are equally touching.

8.〈渭　城　曲〉
Wèi Chéng Qǔ
The Tune at Wèichéng

王維　　七言絕句
Wáng Wéi　　Qīyán juéjù

原詩
Yuán shī

渭　城　朝　雨浥輕　塵　， Wèi Chéng zhāo yǔ　yì　qīng chén,	Morning rain in Wèichéng dampened the weightless dust; ❶
客　舍　青　青　柳　色　新　。 Kè　shè qīng qīng liǔ　sè　xīn.	The guesthouse looks greenish; the willows' color is new. ❷
勸　君　更　進　一　杯　酒　， Quàn jūn gèng jìn　yì　bēi　jiǔ,	I urge you to take one more vessel of liquor; ❸
西　出　陽　關　無　故　人　。 Xī　chū Yáng Guān wú gù　rén.	No acquaintance is there beyond the west of Yángguān. ❹

注釋
Zhùshì

1. 渭　城 Wèi Chéng	地名，在今　陝西　省。 Dìmíng, zài jīn Shǎnxī Shěng.
	A place name. it's located in today's Shǎnxī Province.
2. 朝　雨 zhāo yǔ	早晨　的雨。 Zǎochén de yǔ.
	The rain in the morning.
3. 浥 yì	溼潤。 Shīrùn.
	To dampen.

4. 輕 塵 qīng chén	細小 的 灰塵 及沙子。 Xìxiǎo de huīchén jí shāzi.
	Tiny dust and gravel sand.
5. 客 舍 Kè shè	旅舍、 旅館。 Lǚshè, lǚguǎn.
	Hostels.
6. 更 gèng	再。 Zài
	More; further.
7. 陽 關 Yáng Guān	關名， 是 唐 代 邊界 通往 Guānmíng, shì Táng Dài biānjiè tōngwǎng 西方 的 主要 通道。 Xīfāng de zhǔyào tōngdào.
	Literally "Sun Gate," was an outpost in nowadays Gānsù Province. This Sun-Gate outpost was on the border of the China in Táng Dynasty and the Western Territories (Xīyù, nowadays Xīnjiāng Province, China and part of the Central Asia), a vast area populated by ethnically non-Chinese peoples. People who needed to go to the Western Territories would choose to go via Yángguān for that route would be the safest and easiest.

翻譯
Fānyì

渭 城 在 早上 的 時候 下 了 一 場 雨，潤濕 了 路
Wèi Chéng zài zǎoshàng de shíhòu xià le yì chǎng yǔ, shīrùn le lù

上 輕輕 飛揚 的 沙塵。
shàng qīngqīng fēiyáng de shāchén.

旅館　外，草木　看 起來 很 翠綠，楊柳　的 顏色 也
Lǚguǎn wài,　cǎomù kàn qǐlái hěn cuìlǜ,　yángliǔ de yánsè yě

煥然一新。
huànrányìxīn.

我 在 這裡 爲 你 餞行，請 你 再 多 喝 一 杯 酒 吧！
Wǒ zài zhèlǐ wèi nǐ jiànxíng, qǐng nǐ zài duō hē yì bēi jiǔ ba!

　向　 西邊 走出 了 陽　關　 之後，可 就 見 不 到
Xiàng xībiān zuǒchū le Yáng Guān zhī hòu,　kě jiù jiàn bú dào

老 朋 友 了。
lǎopéngyǒu le.

Line by line analysis:

❶ The poet was having a farewell drink with two friends in a guesthouse at Wèichéng, the city where the two friends was about to leave the land of China. It rained on that day's morning, and the rainwater washed away the dust that covered on many objects there.

❷ Having been washed by the rainwater, the guesthouse and the willows now look even newer and greener. The poet was apparently not bothered by the rain, and inferrably not bothered by the parting either. As a Buddhist, Wáng Wéi seemed to be able to free himself from the fetters of personal emotions.

❸ About the upcoming separation, the poet had no other advice than to "keep drinking." "Why not enjoy each other's company to our hearts' content when we are aware that this may not happen again?" so he might think.

❹ The poet explained why he thought the two friends should drink one more cup: for when they went to the west of Yángguān (i.e. went past Yángguān) they would not find any old friends in that foreign land, which implies that he was the last old friend they would encounter, so they should make the most of the last minutes when an old friend was there.

賞析
Shǎngxī

這　首　詩 的 前　兩 句 描寫 了 送別 的 地點、
Zhè shǒu shī de qián liǎng jù miáoxiě le sòngbié de dìdiǎn,

時間、天氣。早晨 的 細雨 把 風沙　輕　輕 洗去，
shíjiān,　tiānqì. Zǎochén de　xìyǔ　bǎ fēngshā qīng qīng xǐqù,

使 邊塞 的 高原 地區 出現 了 煥然一新 的　面貌。
shǐ biānsà de gāoyuán dìqū chūxiàn le huànrányìxīn de miànmào.

後　兩 句 寫 餞別 時候　朋友 的 勸酒。老朋友
Hòu liǎng jù xiě jiànbié shíhòu péngyǒu de quànjiǔ. Lǎopéngyǒu

說話 不必 特別 的 修飾，如此 更　顯 出 彼此 情意 的
shuōhuà búbì tèbié de xiūshì,　rúcǐ gèng xiǎnchū bǐcǐ qíngyì de

真切。這　首 詩 是 唐 代 送別 詩 中　被 認爲
zhēnqiè. Zhè shǒu shī shì Táng Dài sòngbié shī zhōng bèi rènwéi

情意 最　深厚 的 一首，後來　更　被 譜　成　樂曲，
qíngyì zuì shēnhòu de yì shǒu, hòulái gèng bèi pǔ chéng yuèqǔ,

成爲　朋友 送別 時 所　唱　的 送別歌，在　當時
chéngwéi péngyǒu sòngbié shí suǒ chàng de sòngbiégē, zài dāngshí

非常　流行。
fēicháng liúxíng.

Overal analysis:

Wáng Wéi composed this poem for two of his friends, who were ambassadors of Táng, for they were sent on a diplomatic mission in the name of "Pacifying the West" (Ān Xī); that is why they had their farewell drink in Wèichéng, the city near Yángguān (cf. Annotation e.). The unembellished language in this poem was thought to have well represented the poet's genuine fraternal love toward the two friends, so this poem was very popular at that time-almost all those who saw off their friends would recite this poem to express their feelings.

9.〈芙蓉樓送辛漸〉
Fú Róng Lóu Sòng Xīn Jiàn
Seeing Off Xīn Jiàn at Lotus Tower

王　昌　齡　七言絕句
Wáng Chānglíng　Qīyán juéjù

原詩
Yuán shī

寒 雨 連 江 夜 入 吳 ， Hán yǔ lián jiāng yè rù Wú,	Cold rain connecting to the river, we arrived in Wú at night. ❶
平 明 送 客 楚 山 孤 。 Píng míng sòng kè Chǔ shān gū.	At breaking dawn I see my Guest off; Chǔ's hills stand lonely. ❷
洛 陽 親 友 如 相 問 ， Luò Yáng qīn yǒu rú xiāng wèn,	If our friends and relatives in Luòyáng ask about me- ❸
一 片 冰 心 在 玉 壺 。 Yí piàn bīng xīn zài yù hú.	A piece of heart of ice put in a pot made of jade. ❹

注釋
Zhùshì

1. 芙蓉樓 Fúróng Lóu	樓名，在現在的江蘇省。 Lóumíng, zài xiànzài de Jiāngsū Shěng. The name of a building which is located in Jiāngsū Province.
2. 辛漸 Xīn Jiàn	人名，王昌齡的朋友。 Rénmíng, Wáng Chānglíng de péngyǒu. The name of the poet's friend.

3. 平 明 píng míng	天 剛 亮 的 時候。 Tiān gāng liàng de shíhòu.
	At the crack of dawn.
4. 一 片 冰 心 yí piàn bīng xīn	指 心境 潔白 明況， 像 一 塊 Zhǐ xīnjìng jiébái míngkuàng, xiàng yí kuài 雪白 的 冰塊 一樣。 xuěbái de bīngkuài yíyàng.
	It's used to describe a pure and noble heart that does not pursue fame and fortune, just like ice.
5. 玉壺 yù hú	用 玉石 做 的 壺，古時候 用來 Yòng yùshí zuò de hú, gǔshíhòu yònglái 放置 冰塊 用。 fàngzhì bīngkuài yòng.
	The pot made of jade, which is used to put ice in.

翻譯
Fānyì

寒冷 的 雨水 落在 江面 上，昨天 夜裡我 來到
Hánlěng de yǔshuǐ luò zài jiāngmiàn shàng, zuótiān yè lǐ wǒ láidào

了吳地，
le Wú dì,

第二天 早上 我 送 朋友 離開，眼 前 的 楚 山
dì-èr tiān zǎoshàng wǒ sòng péngyǒu líkāi, yǎn qián de Chǔ Shān

看起來和我 一樣 孤獨；
kàn qǐlái hàn wǒ yíyàng gūdú;

你去到 洛陽 之 後，如果 親友們 問起 了我， 就 請
nǐ qùdào Luòyáng zhī hòu, rúguǒ qīnyǒumen wènqǐ le wǒ, jiù qǐng

你告訴 他們，
nǐ gàosù tāmen,

我的心情就 好像 把一塊 冰 放在玉做的壺
wǒ de xīnqíng jiù hǎoxiàng bǎ yí kuài bīng fang zài yù zuò de hú

中，
zhōng,

那樣 的潔白 明亮，沒有 任何 的雜念。
nàyàng de jiébái míngliàng, méiyǒu rènhé de zániàn.

Line by line analysis:

① Cold rain kept falling on the surface of the river as if the rain drops were connected to the river. In the rain, the poet and the friend arrived in Wú, the place where they would have to say goodbye. The heavy rain seemed to have added much sadness to the sad moment.

② The poet saw off the friend when the sun was rising at the horizon. When the poet saw the hills there, he believed the hills felt lonely too-since he himself started to feel lonely as well.

③ Many of the poet's kith and kin lived in Luòyáng, and they were very possibly also acquaintances of Xīn Jiàn. The poet believed they would show concerns and ask about him when Xīn Jiàn met them in Luòyáng.

④ This is the reply the poet wished his friend to answer the hypotetical question from the Luòyáng friends. He wanted to use the metaphor of ice in an jade pot to stop them from worrying-the message was that he didn't change; he was still as righteous as he should be.

賞析
Shǎngxī

這 首 送別詩 顯然 亦是在 爲一位 朋友
Zhè shǒu sòngbiéshī xiǎnrán yì shì zài wèi yí wèi péngyǒu

送行，然而此詩 不同 於其他詩作 的 地方，在於它
sòngxíng, ránér cǐ shī bùtóng yú qítā shīzuò de dìfāng, zàiyú tā

甚 爲 強調 道德意識。在氣氛的營造 上，其
shèn wéi qiángdiào dàodé yìshì. Zài qìfēn de yíngzào shàng, qí

以 夜雨，長河 和 遠 山 所 構築 出 的 清晨 來
yǐ yèyǔ, chánghé hàn yuǎn shān suǒ gòuzhú chū de qīngchén lái

描繪 臨別 時壓抑 的 心情。透過 詩文，我們 能
máihuì línbié shí yāyì de xīnqíng. Tuòguò shīwén, wǒmen néng

想像 詩人 對於 此次 的 別離 深 懷 歉意，實不
xiǎngxiàng shīrén duìyú cǐ cì de biélí shēng huái qiànyì, shí bù

忍離去，然而爲了追求 個人 成就，他 必須 遠行。
rěn líqù, ránér wèile zhuīqiú gèrén chéngjiù, tā bìxū yuǎnxíng.

不過 值得 注意 的 是，在 最後 一 行 的 詩文 中，
Búguò zhídé zhùyì de shì, zài zuìhòu yì héng de shīwén zhōng,

詩人 重申 將 堅守 美德的 決心，並 表明
shīrén chóngshēn jiāng jiānshǒu měidé de juéxīn, bìng biǎomíng

將 不會 與那些 腐敗 的 人 一起 陷 於 淤泥 中 打滾。
jiāng búhuì yǔ nàxiē fǔbài de rén yìqǐ xiàn yú yūní zhōng dǎgǔn.

詩人 以爲 此 堅持 乃是 送給 朋友 和 信任 他 的
Shīrén yǐwéi cǐ jiānchí nǎishì sònggěi péngyǒu hàn xìnrèn tā de

親戚 最 好 的 禮物。
qīnqī zuì hǎo de lǐwù.

Overal analysis:

Although this poem is apparently talking about seeing off a

friend, the key point of it should be a statement of his strict adher-
ence to moral values. The description about the night rain, river and
the solitary morning mountains creates a depressing atmosphere. We
can imagine the poet described such background both to convey his
regrets that he had to part with the friend and to compare this scene
to the hostile environment he was confronted in pursuit of personal
achievements. Under such circumstances, the last line especially
meaningful-he still would not change his observance of the virtues,
and would not stop reining in the drive from wallowing in the mire
with those corrupt people. He might believe that this was the best gift
for those friends and relatives, who had trust in him.

10. 〈送 杜 少 府 之 任 蜀 州〉
Sòng Dù Shào Fǔ Zhī Rèn Shǔ Zhōu
Seeing Dù Shào Fǔ Off to his Inauguration in Shǔzhōu

王勃　　五言律詩
Wáng Bó　Wǔyán lǜshī

原詩
Yuán shī

城　闕　輔　三　秦 ， Chéng què fǔ Sān Qín,	Forts and towers guard the Capital areas; ❶
風　煙　望　五　津 。 Fēng yān wàng Wǔ Jīn.	Windy, smoky-I gaze at the Five Fords. ❷
與　君　離　別　意 ， Yǔ jūn lí bié yì,	My feelings about parting with you- ❸
同　是　宦　遊　人 。 Tóng shì huàn yóu rén.	We both serve the people far from our homes. ❹
海　內　存　知　己 ， Hǎi nèi cún zhī jǐ,	Within the seas you have someone who knows yourself, ❺
天　涯　若　比　鄰 。 Tiān yá ruò bì lín.	And the borders of the sky will seem your neighbors. ❻
無　爲　在　歧　路 ， Wú wéi zài qí lù,	So stop doing this-that at this inter-section, ❼
兒　女　共　沾　巾 。 Ér nǚ gòng zhān jīn.	We wet our handkerchiefs like boys and girls. ❽

1. 少 府 shào fǔ	官名。 Guānmíng.
	The title of an official position.
2. 任 rèn	擔任官職。 Dānrèn guānzhí.
	To have an official position.
3. 蜀 州 shǔ zhōu	地名，就是 現在 的 四川。 Dìmíng, jiù shì xiànzài de Sìchuān.
	A place name. It's called Sìchuān now.
4. 三 秦 sān qín	指 長安 地區，是 唐 代 的 京城 Zhǐ Cháng'ān dìqū, shì Táng Dài de jīngchéng 所 在。 suǒ zài.
	It indicates Cháng'ān, the capital areas of China in ancient Táng Dynasty. Literally "Three Qin's" (Qin refers to the fief ruled by former Qín-dynasty generals who surrendered to the revolutionist Xiàng Yǔ), an alias of the region that is the present-day Shǎnxī (Shaanxi) Province. The capital of Táng Dynasty, Cháng'ān, was located in that area.
5. 五 津 Wǔ Jīn	「津」是 渡口，「五津」是 指 在 四川 "Jīn" shì dùkǒu, "Wǔjīn" shì zhǐ zài Sìchuān 的 五 個 渡口。 de wǔ ge dùkǒu.

	"Jīn" is the ford. "Wǔjīn" indicates the five main fords in the present-day Sìchuān Province. Here, the poet uses the famous Five Fords to refer to the entire Sìchuān areas.
6. 宦 遊 huàn yóu	「宦」 是 作官，「遊」是 離家 在 外。 "Huàn" shì zuòguān, "yóu" shì lí jiā zài wài. 「宦遊」 就 是 到 外地 作官 的 "Huàn yóu" jiù shì dào wàidì zuòguān de 意思。 yìsi.
	"Huàn" means to be an official; "yóu" means away from home. "Huàn yóu" means to be an official elsewhere.
7. 海 內 hǎi nèi	指 全 中國。 Zhǐ quán Zhōngguó.
	Within the seas. Chinese used to believe that the world is a square land surrounded by four seas in the four cardinal directions. China ("Central State" literally) is in the center of that land surrounded by minor, less-civilized tribes who populate the coastline areas and the islands. Therefore, ancient Chinese people used the expression "within the seas" to mean "throughout the country."
8. 比 鄰 bì lín	「比」是 靠近，「鄰」是 鄰居。「比鄰」就 是 "Bì" shì kàojìn, "lín" shì línjū. "Bìlín" jiù shì 指 住 在 附近 的 鄰居。 zhǐ zhù zài fùjìn de línjū.
	It means the neighbors that live nearby.

9. 無爲 wú wéi	「無」是 不要，「爲」是 做。「無爲」 就 "Wú" shì búyào, "wéi" shì zuò. "Wúwéi" jiù 是 不要 這麼 做。 shì búyào zhème zuò.
	"Wú" means not; "wéi" is to do something. "Wúwéi" means not to do something.
10. 歧路 qí lù	分岔 的 路口。古人 送行 常 是 Fēnchà de lùkǒu. Gǔrén sòngxíng cháng shì 在 道路 分岔處 分手。 zài dàolù fēnchàchù fēnshǒu.
	The intersection of the forked road. Acient Chinese usually part from each other at intersections.
11. 沾 zhān	弄 濕。 Nòng shī.
	To wet something.

翻譯
Fānyì

高聳 的 城樓 保護著 京城 長安 的 土地，從
Gāosǒng de chénglóu bǎohùzhe jīngchéng Cháng'ān de tǔdì, cóng

樓 上 向 遠處 望去，
lóu shàng xiàng yuǎnchù wàngqù,

似乎看見 四川 那裡的 渡口，正 瀰漫著 煙塵。
sìhū kànjiàn Sìchuān nàlǐ de dùkǒu, zhèng mímànzhe yānchén.

今日要 跟你分別，使我心 中 滿懷 憂愁。
Jīnrì yào gēn nǐ fēnbié, shǐ wǒ xīn zhōng mǎn huái yōuchóu.

因爲 我們 都是離開家鄉 在 外 作官 的人，如今
Yīnwèi wǒmen dōu shì líkāi jiāxiāng zài wài zuòguān de rén, rújīn

又 要 和 朋友分離，更 是 難過。
yòu yào hàn péngyǒu fēnlí, gèng shì nánguò.

但是，只要 我們 能 互相 關心，彼此 珍惜，
Dànshì, zhǐ yào wǒmen néng hùxiāng guānxīn, bǐcǐ zhēnxí,

即使被分隔在 遙遠 的 天邊，感情 仍然 可以 像
Jíshǐ bèi fēngé zài yáoyuǎn de tiānbiān, gǎnqíng réngrán kěyǐ xiàng

鄰居一樣 地親密 而 靠近。
línjū yíyàng de qīnmì ér kàojìn.

所以，別 難過 了，可別在 路口 分別 的 地方，
Suǒyǐ, bié nánguò le, kě bié zài lùkǒu fēnbié de dìfāng,

像 情侶 分手 一般 那樣 傷心 地哭泣。
xiàng qínglǚ fēnshǒu yìbān nàyàng shāngxīn de kūqì.

Line by line analysis:

❶ This line describes the magnificent, breathtaking view in Cháng'ān, where the poet was saying goodbye to Dù Shàofǔ. This place looked so good, but his friend had to leave there, so the poet felt sorry about him.

❷ The poet tried to see his friend's destination-Sìchuān-from Cháng'ān, which was a great distance away. Of course he could not see anything clearly but something smoky moving with the wind. This line shows the poet's concern about the future of the friend.

❸ This line can be made complete by adding these words to the end of it: "... are real and deep, trust me."

❹ The poet told his friend that he totally understood the friend's feelings because both of them were displaced-they shared the feelings because they shared the experience. His empathy was well-grounded.

⑤ ⑥The poet continued to elaborate about his empathy by saying this famous couplet to console his friend. This couplet altogether can be rephrased as "If you know there is somebody in the world who knows you, understands you, then you will never feel too far from that person, for your hearts are close." This adage has not only consoled the friend but many generations since then, even until today.

⑦ ⑧The previous couplet displays an open-minded attitude toward those imperfections in life, and in this couplet the poet also hoped the separation would not depress his friend too much. He seemed to be telling his friend: "We don't need to cry, for we are not really separated-my heart is always with you wherever you are."

賞析
Shǎngxī

王 勃 的 朋友 杜 少府 即將 離開 京城　去
Wáng Bó de péngyǒu Dù Shàofǔ jíjiāng líkāi jīngchéng qù

作官，王　勃前來爲他 送別。前　兩 句提到 兩
zuòguān, Wáng Bó qiánlái wèi tā sòngbié. Qián liǎng jù tídào liǎng

個 地名，説明　王 勃要在 長安　送　朋友
ge dìmíng, shuōmíng Wáng Bó yào zài Cháng'ān sòng péngyǒu

到 遙遠 的 四川 去。後面 六句 則是 以 朋友 的
dào yáoyuǎn de Sìchuān qù. Hòumiàn liù jù zé shì yǐ péngyǒu de

角度來安慰 遠行 的人。王　勃了解 朋 友 心　中
jiǎodù lái ānwèi yuǎnxíng de rén. Wáng Bó liǎojiě péngyǒu xīn zhōng

對 京城　的依戀，以及 被 外放 的 落寞 心情，所以
duì jīngchéng de yīliàn,　yǐjí　bèi wàifàng de luòmò xīnqíng, suǒyǐ

用 另一 種　觀點 來看待分離：不論 相隔 多麼
yòng lìng yì zhǒng guāndiǎn lái kàndài fēnlí:　búlùn xiānggé duōme

遙遠，只要 心 裡 仍然　思念著　對方，感情　就 能
yáoyuǎn, zhǐ yào xīn lǐ réngrán sīniànzhe duìfāng, gǎnqíng jiù néng

永遠　親近。用　灑脫 的 態度　面對　離別，提昇　了
yǒngyuǎn qīnjìn. Yòng sǎtuō de tàidù miànduì líbié, tíshēng le

朋友　之 間　友情　的 意義。
péngyǒu zhī jiān yǒuqíng de yìyì.

Overal analysis:

This poem is special in that it provides a good catharsis for many people who are faced with imminent separations from beloved ones. The positive attitude conveyed in ths poem is actually rare in the poems of the same kind; it effectively undermines the necessity to feel bad about saying goodbyes by saying that being physically away far is nothing important if we are mentally close. People who have shared similar experiences have, unsurprisingly, appreciated this new point of view and felt better in the following centuries. Like John Donne's A Valediction: Forbidding Mourning, this piece of work has also been valued and well loved ever since in the Chinese literary history.

閒 適 瀟 灑

xiánshì　xiāosǎ

Ease and Freeness

＜閒適 瀟灑＞ 篇 賞析
＜xiánshì xiāosǎ＞ piān shǎngxī

Appreciation of Poetry: Leisurely and Casually

中國　古代以科舉考試 取士，千千萬萬　的
Zhōngguó gǔdài yǐ kējǔ kǎoshì qǔ shì, qiānqiānwànwàn de

讀書人，爲了求取　功名　而努力著。唐代　那些　偉大 的
dúshūrén, wèile qiúqǔ gōngmíng ér nǔlìzhe. Tángdài nàxiē wěidà de

詩人，也都 曾　懷抱著　政治 的 抱負，希望 進入
shīrén, yě dōu céng huáibàozhe zhèngzhì de bàofù, xīwàng jìnrù

朝廷　作 官。雖然　讀書 的 理由 是基於 現實 的 功利，
cháotíng zuò guān. Suīrán dúshū de lǐyóu shì jīyú xiànshí de gōnglì,

但　從 他們 的　創作　裡，我們 也 發現 到 詩人
dàn cóng tāmen de chuàngzuò lǐ, wǒmen yě fāxiàn dào shīrén

心中　嚮往　寧靜 或 豪放　浪漫 的　眞實面。
xīnzhōng xiàngwǎng níngjìng huò háofàng làngmàn de zhēnshímiàn.

In Chinese dynasties, the government selected officials mainly through imperial examinations. Thus, hundreds and thousands of intellectuals did their utmost to be on the final list of the exams. Those great poets of Tang Dynasty also held their political ambitions and wanted to be government officials. Although their motivation for studying was mainly due to the chase of high official positions, we can find in their works that deep in their minds, there are still a part longing for serenity or romantic passion.

這 個 單元 選錄 的 詩，一大 部分 是 描寫
Zhè ge dānyuán xuǎnlù de shī, yí dà bùfèn shì miáoxiě

山水 田園 的 作品，另外 還有 幾首 充滿
shānshuǐ tiányuán de zuòpǐn, lìngwài háiyǒu jǐ shǒu chōngmǎn

想像 的 浪漫 作品。 王 維 經歷了 官場 的起
xiǎngxiàng de làngmàn zuòpǐn. Wáng Wéi jīnglìle guānchǎng de qǐ

落，最後 在 山林 中 找到 心靈 最大的 寧靜，
luò, zuìhòu zài shānlín zhōng zhǎodào xīnlíng zuì dà de níngjìng,

當 一個自在的 隱者； 孟 浩然 和 杜甫 在 純樸 的
dàng yí ge zìzài de yǐnzhě; Mèng Hàorán hàn Dù Fǔ zài chúnpú de

農村 中 找到 生活 的樂趣，忘卻 物質
nóngcūn zhōng zhǎodào shēnghuó de lèqù, wàngquè wùzhí

生活 的貧乏；更 多的 詩人 在 大自然 中 放鬆
shēnghuó de pínfá; gèng duō de shīrén zài dàzìrán zhōng fàngsōng

自己，得到 精神 上 的 滿足。 雖然 大部分 的 人心
zìjǐ, dédào jīngshén shàng de mǎnzú. Suīrán dàbùfèn de rénxīn

中 都有 一展長才 的 渴望，但 官場 上
zhōng dōu yǒu yìzhǎnchángcái de kěwàng, dàn guānchǎng shàng

的 榮華 不 可能 常 有，在 失意 或 遇到 挫折 時，
de rónghuá bù kěnéng cháng yǒu, zài shīyì huò yùdào cuòzhé shí,

寄情於 山水 或許 是一 種 解脫 的 方法。不然，也
jìqíng yú shānshuǐ huòxǔ shì yì zhǒng jiětuō de fāngfǎ. Bùrán, yě

可以 像 李白 那樣 及時 行樂，有時 在 月 下 傷感
kěyǐ xiàng Lǐ Bái nàyàng jíshí xínglè, yǒushí zà yuè xià shānggǎn

獨酌，有時 和 朋友 在 筵 前 歡 飲。「天 生 我
dúzhuó, yǒushí hàn péngyǒu zài yán qián huān yǐn. "Tiān shēng wǒ

才 必 有　用」是 對 自己 的　肯定 及 信心，也　唯有　如此，
cái bì yǒu yòng" shì duì　zìjǐ de kěndìng jí xìnxīn, yě wéiyǒu rúcǐ,

才 能 在 落魄 時 還 能　瀟灑 地　面對 自己 未來 的 路。
cái néng zài luòpò shí hái néng xiāosǎ de miànduì zìjǐ　wèilái de lù.

Most of the poems selected in this section describe countryside and landscape, mainly mountains and waters. There are also some romantic works full of imaginations. After going through the rise and fall of the official circles, Wang Wei chose to be a free hermit and found the deepest serenity of mind in the mountains. Meng Hao-ran and Du Fu found the joy of life in primitive rural villages, forgetting the poverty of material lives. More poets relaxed themselves in nature, gaining the satisfaction of consciousness. More or less, most people would thirst for fully elaborating their abilities, but after all, in official circles, no one can maintain the glory forever. When feeling frustrated or meeting setbacks, diverting the focus to nature might be a good way to free oneself, or else, making merry while one can, just like Li Po, drinking alone sentimentally under the moon, or drinking with friends happily at parties. As the proverb goes, "All things in their being are good for something." It surely is a way to affirm one's own ability as well as the source of confidence. Because of this faith, these poets could face their future casually and elegantly even in a setback.

現代 的人 每天　面對　不同 的壓力和　煩惱，
Xiàndài de rén měitiān miànduì bùtóng de yālì hàn fánnǎo,

不妨 偶爾　放鬆　一下，離開　喧囂　的　城市，　喘　口
bùfáng ǒuěr fàngsōng yí xià, líkāi xuānxiāo de chéngshì, chuǎn kǒu

氣，讀幾 首　詩，體會一下　完全　釋放 壓力的　悠閒
qì, dú jǐ shǒu shī, tǐhuì yí xià wánquán shìfàng yālì de yōuxián

心情　吧！
xīnqíng ba!

People nowadays usually face different stress and worries every day. It may be a good idea to get away from the hustle and bustle of cities and try to relax sometimes. Read a couple of these poems, and one may experience the leisure of fully releasing stress.

1.〈竹里館〉
Zhú Lǐ Guǎn
Zhúlǐ the Lodge

王　維　五言絕句
Wáng Wéi　Wǔyán juéjù

原詩
Yuáshī

獨　坐　幽　篁　裏　， Dú　zuò　yōu huáng lǐ,	Alone do I sit in a serene bamboo grove, ❶
彈　琴　復　長　嘯　。 Tán qín　fù cháng xiào.	Playing the zither and letting out long shouts. ❷
深　林　人　不　知　， Shēn lín　rén bù　zhī,	In this lush grove, no one knows me; ❸
明　月　來　相　照　。 Míng yuè　lái xiāng zhào.	The luminous moon comes to shine on me. ❹

注釋
Zhùshì

1. 竹里館 Zhúlǐ Guǎn	王　維　在　輞川　隱居，建造了　一 Wáng Wéi zài Wǎngchuān yǐnjū, jiànzàole yì 間　別墅。竹里館是　輞川　別墅裡 jiān biéshù. Zhúlǐ Guǎn shì Wǎnchuān biéshù lǐ 的　一個　景點。 de yí ge jǐngdiǎn.
	When Wáng Wéi isolated himself from all society in Wǎngchuān, he built a villa. Zhúlǐ Guǎn was a part of Wǎngchuān villa.

2. 幽 yōu	安靜。 Ānjìng	
	Serene. Depicting the bamboo grove as deep, remote, and quiet.	
3. 篁 huáng	竹林。 Zhúlín	
	A bamboo grove.	
4. 復 fù	又 Yòu	
	Again.	
5. 長　嘯 cháng xiào	嘯 是 發出 聲音 呼叫，長嘯 指 Xiào shì fāchū shēngyīn hūjiào, chángxiào zhǐ 的 就 是 拉長　聲音 呼喊。 de jiù shì lācháng shēngyīn hūhǎn.	
	To howl with a long and deep sound.	

翻譯
Fānyì

我 獨自 一個人 坐 在 幽靜 的 竹林 裏，
Wǒ dúzì　yí ge rén zuò zài yōujìng de zhúlín lǐ,

逍遙 自在 地 彈琴，又 盡情 地 拉長 聲音 吟詩
xiāoyáo zìzài de tánqín, yòu jìnqíng de lācháng shēngyīn yín shī

歌唱。
gēchàng.

沒人 知道 我 住 在 山林 的 深處 裡，
Méi rén zhīdào wǒ zhù zài shānlín de shēnchù lǐ,

只有 天上 的 明月 照著 我。
zhǐ yǒu tiānshàng de míngyuè zhàozhe wǒ.

Line by line analysis:

❶ The poet sits alone in a quiet dense bamboo grove located in a remote area. The bamboo grove is slightly dark because the sunlight is easily blocked out.

❷ The poet plays Chinese zither there, and sings along with the melody. The poet sings in long shouts since nobody will hear him; he feels very free and enjoys it very much.

❸ He does not have anybody to talk to since the place is too far away from the heavily populated areas. This is why he feels so carefree.

❹ The only friend of his is a big one-the moon above. The moon does not judge-it simply surrounds him with its mild moonlight, and keeps him company silently.

賞析
Shǎngxī

這 首 詩 是 描寫 詩人 一個人 獨處 時 閒適 的
Zhè shǒu shī shì miáoxiě shīrén yí ge rén dúchǔ shí xiánshì de

心情。 王 維 五十 歲的 時候 母親 過世，於是 他 辭
xīnqíng. Wáng Wéi wǔshí suì de shíhòu mǔqīn guòshì, yúshì tā cí

去了 官職 隱居 在 陝西 的 輞川。 這 時期 他 的
qù le guānzhí yǐnjū zài Shǎnxī de Wǎngchuān. Zhè shíqí tā de

作品 以 描寫 山林 田園 的 風景 爲 主,《竹里館》
zuòpǐn yǐ miáoxiě shānlín tiányuán de fēngjǐng wéi zhǔ, Zhúlǐ Guǎn

就是 其中 的 代表 作品。詩人 在 竹林 裡自在 地
jiù shì qízhōng de dàibiǎo zuòpǐn. Shīrén zài zhúlín lǐ zìzài dì

彈琴、唱歌、寫詩、遊玩，盡情 地 享受 孤獨的
tánqín, chànggē, xiěshī, yóuwán, jìnqíng dì xiǎngshòu gūdú de

樂趣。因爲 有 明月 的 相伴，隱居的 生活 雖然
lèqù. Yīnwèi yǒu míngyuè de xiāngbàn, yǐnjū de shēnghuó suīrán

孤獨，卻 不 寂寞。
gūdú, què bù jímò.

Overal analysis:

    Wáng's mother passed away when Wang was at the age of fifty. In the mourning period he isolated himself in the W ng River area. During this period, his works mostly dealt with the peacefulness of the natural, rural scenery he witnessed there, and Zhúl the Lodge was representative of the theme. Wang played his Chinese zither, sang songs, wrote poems and played freely in the bamboo grove, enjoying his life being alone to his heart's content. He had the moon as his friend; therefore, although he was alone, he was far from lonely.

2. 〈終南別業〉
Zhōngnán Biéyè
Zhōngnán Villa

王維　　五言律詩
Wáng Wéi　Wǔyán lǜshī

原詩
Yuáshī

中　歲　頗　好　道　， Zhōng suì　pǒ　hào dào,	Getting quite fond of dharma in my prime, ❶
晚　家　南　山　陲　。 Wǎn jiā　Nán shān chuí.	I lodge near the Zhōngnán mountains when I get old. ❷
興　來　每　獨　往　， Xìng lái　měi dú wǎng,	I went to explore alone whenever I had a whim; ❸
勝　事　空　自　知　。 Shèng shì kōng　zì　zhī.	Scenes were wonders but I had no one to share them with. ❹
行　到　水　窮　處　， Xíng dào shuǐ qióng chù,	I walked to the spot where the water ends… ❺
坐　看　雲　起　時　。 Zuò kàn yún　qǐ　shí.	I sat down and saw the moment when clouds emerged… ❻
偶　然　值　林　叟　， Ǒu rán　zhí lín sǒu,	I ran into an old, old forester; ❼
談　笑　無　還　期　。 Tán xiào　wú huán qī.	We talked and laughed-forgot to go home. ❽

1. 終南 Zhōngnán 別業 biéyè	終南 指的是 終南 山， Zhōngnán zhǐ de shì Zhōngnán Shān, 終南 別業就是 終南 山 上 Zhōngnán biéyè jiù shì Zhōngnán Shān shàng 的 別 墅，指的就是 王 維 在 de bié shù, zhǐ de jiù shì Wáng Wéi zài 輞川 的 別墅。 Wǎngchuān de biéshù. Wáng Wéi's villa in Wǎngchuān.
2. 中 歲 zhōng suì	指 中年， 大約 是四十歲 左右。 Zhǐ zhōngnián, dàyuē shì sìshí suì zuǒyòu. Wáng Wéi's middle age. According to this poem, that was the time when his interest in Buddhism grew.
3. 頗 pǒ	非常。 Fēicháng Very
4. 好 道 hào dào	好， 當 動詞 用，是 喜歡 的 意思。 Hào, dāng dòngcí yòng, shì xǐhuān de yìsi. 道 是 指 佛教 的 道理。好 道就是 Dào shì zhǐ fójiào de dàolǐ. Hào dào jiù shì 喜歡 研究 佛家 思想 的意思。 xǐhuān yánjiù fójiā sīxiǎng de yìsi. To like to study Buddha's teachings.

5. 家 jiā	當 動詞 用，是 居住 的 意思。 Dāng dòngcí yòng, shì jūzhù de yìsi.
	It's used as a verb which means to live in a place.
6. 南 山 陲 Nán Shān chuí	南 山 指 終南 山，陲 是 Nán Shān zhǐ Zhōngnán Shān, chuí shì 旁邊， 南 山 陲 指的 就 是 pángbiān, Nán Shān chuí zhǐ de jiù shì 終南 山 的 旁邊。 Zhōngnán Shān de pángbiān.
	Nearby Nán Shān.
7. 興 xìng	興致、 興趣。 Xìngzhì, xìngqù.
	Interest
8. 每 měi	常常。 Chángcháng.
	Often
9. 勝 事 shèng shì	勝 是 美好， 勝事 就 是 美好 的 Shèng shì měihǎo, shèngshì jiù shì měihǎo de 事情， 在 這裡 指 讓 心情 愉快 的 shìqíng, zài zhèlǐ zhǐ ràng xīnqíng yúkuài de 事。 shì.
	Beautiful things that can make one feel happy.
10. 行 xíng	當 動詞 用，是 走路 的 意思。 Dāng dòngcí yòng, shì zǒulù de yìsi.
	It's used as a verb which means to walk.

11. 水 窮 shuǐ qióng 處 chù	窮 是 盡頭，處 是 地方， 水窮處 Qióng shì jìntou, chù shì dìfāng, shuǐqióngchù 是 指 河流 的 盡頭。 shì zhǐ héliú de jìntou.
	The end of the river.
12. 雲 起 時 yún qǐ shí	起 是 指 向 上 升起， 雲起時 在 Qǐ shì zhǐ xiàng shàng shēngqǐ, yúnqǐshí zài 這裡 是 指 雲霧 漸漸 升起 時 的 zhèlǐ shì zhǐ yúnwù jiànjiàn shēngqǐ shí de 景色。 jǐngsè.
	It describes the scene that cloud and mist begin to rise.
13. 偶然 ǒurán	沒有 預期 的，忽然 發生 的 狀 Méiyǒu yùqí de, hūrán fāshēng de zhuàng 況。 kuàng.
	Unexpected; suddenly happened
14. 值 zhí	遇到。 Yùdào.
	To meet (someone)
15. 林 叟 lín sǒu	叟 是 老人 的意思，林叟 是 指 出現 Sǒu shì lǎorén de yìsi, línsǒu shì zhǐ chūxiàn 在 山林 裡的 老人。 zài shānlín lǐ de lǎorén.
	An old male dweller of forest.

16. 還 期 huán qí	還，是 回家 的意思。期是 指 時間。 Huán, shì huíjiā de yìsi.　Qí shì zhǐ shíjiān. 還期 就 是 回家 的 時間。 Huánqí jiù shì huíjiā de shíjiān.
	Time to go home

翻譯
Fānyì

年紀 過了 中年 之 後，我 很 喜歡 研究 佛理，
Niánjì guòle zhōngnián zhī hòu,　wǒ hěn xǐhuān yánjiù fólǐ,

所以 到了 晚年 就 決定 隱居在 終南 山 邊。
suǒyǐ dàole wǎnnián jiù juédìng yǐnjū zài Zhōngnán Shān biān.

興致 一來，我 常常 一 個人 到 山林 裡 遊玩，
Xìngzhì yì lái,　wǒ chángcháng yí ge rén dào shānlín lǐ yóuwán,

那 種 愉快 的 心情 只 有 自己 才 能 體會。
nà zhǒng yúkuài de xīnqíng zhǐ yǒu zìjǐ cái néng tǐhuì.

我 走到 流水 的 盡頭，
Wǒ zǒudào liúshuǐ de jìntou,

就 坐 下來看 那 白雲 冉冉 升 起 時 的 美景。
Jiù zuò xiàlái kàn nà báiyún rǎnrǎn shēng qǐ shí de měijǐng.

偶爾 遇到 住在 山 中 的 老人，
Ǒuěr yùdào zhù zài shān zhōng de lǎorén,

和他 一起 說說 笑笑 便 忘了 回家的 時間。
Hàn tā yìqǐ shuōshuō-xiàoxiào biàn wàngle huíjiā de shíjiān.

Line by line analysis:

1 The poet's interest in Buddhism grew since he turned middle-aged.

2 He decided to live closer to the Mother Nature when he got old. Buddhists tend to think that it is a better idea to stay away from the worldly things.

3 Whenever a new idea hit him all of a sudden to explore somewhere in the mountains, he could not but go alone since he lived alone there.

4 Although he witnessed the grandeur of the breath-taking spectaculars, he still felt a sense of loss because he himself only knew this majestic beauty. It was a pity that he could not share them with a friend or the like. Freedom usually brings loneliness.

5 The poet walked along a brook until he found the end of it.

6 He sat down on the ground near the end of the brook to watch the clouds emerging from the horizon. That was definitely a mind soothing scene.

7 The poet ran into a friend by sheer coincidence. The friend was an old man who lived in the forest. This incident was a "coincidence," which means it was not scheduled and was part of the "freedom" he loved; also, the loneliness brought by his pursuit of freedom was dispelled, too, because now the old forester could keep him company and share his feelings.

8 They talked and laughed the day away. The poet said he did not set a time for him to go back home, which shows he is free from any schedule-a form of bondage. He could continue talking and laughing until he was satisfied.

賞析
Shăngxī

這　首　詩　描　寫　王　維　隱居　在　終南　　山　時，
Zhè shǒu shī miáoxiě Wáng Wéi yǐnjū zài zhōngnán Shān shí,

在 森林 裡 散步 的 自在 心情。詩 的 前 半部 説明 了
zài sēnlín lǐ sànbù de zìzài xīnqíng. Shī de qián bàn bù shuōmíng le

王 維 隱居 在 山 中 是 爲了 研究 佛理，而 親近
Wáng Wéi yǐnjū zài shān zhōng shì wèile yánjiù fólǐ, ér qīnjìn

自然 則 是 生活 中 主要 的 樂趣。沉醉 在 山水
zìrán zé shì shēnghuō zhōng zhǔyào de lèqù. Chénzuì zài shānshuǐ

的 美景 之 中，似乎 可以 讓 人 忘記 所有 煩惱。
de měijǐng zhī zhōng, sìhū kěyǐ ràng rén wàngjì suǒyǒu fánnǎo.

王 維 追求 心靈 的 自由，卻 不 逃避 和 人 的
Wáng Wéi zhuīqiú xīnlíng de zìyóu, què bù táobì hàn rén de

相處，詩 的 最後 描寫 他 和 山 中 老人 的 談笑
xiāngchǔ, shī de zuìhòu miáoxiě tā hàn shān zhōng lǎorén de tánxiào

互動，表達 出 人 與 人 之間 單純 和諧 的 快樂。
hùdòng, biǎodá chū rén yǔ rén zhījiān dānchún héxié de kuàilè.

Overal analysis:

Wáng Wéi believed in Buddhism, so he often showed Buddhist philosophical notions through his poetry. He even won the name of "the Buddha of Poetry" / "Shī Fó." The first couplet explains Buddhism was the reason why Wáng Wéi chose to seclude himself from the world, and the rest tells us that the fun of his seclusion mainly lied in his easy contact with Nature. The scenery in the mountains seemed to have the power of washing all the worries away. Wáng Wéi valued the peaceful state of mind, liked to be alone but not aloof. In the last couplet, the natural interaction between the poet and the old forester shows us the simple and genuine joy that can flow among people, when nothing worldly is involved.

3. 〈山居秋暝〉
Shān Jū Qiū Mìng

王 維　五 言 律 詩
Wáng Wéi　Wǔyán lǜshī

An Autumn Evening During My Stay in the Mountains

原詩
Yuáshī

空 山 新 雨 後 ， Kōng shān xīn yǔ hòu,	After a fresh rain falling in the empty mountains, ❶
天 氣 晚 來 秋 。 Tiān qì wǎn lái qiū.	An autumn chill descends as it gets late. ❷
明 月 松 間 照 ， Míng yuè sōng jiān zhào,	The luminous moon shines among the pine trees; ❸
清 泉 石 上 流 。 Qīng quán shí shàng liú.	Clear spring water flows on the rocks. ❹
竹 喧 歸 浣 女 ， Zhú xuān guī huǎn nǚ,	Bamboos rustle when the laundering girls come back; ❺
蓮 動 下 漁 舟 。 Lián dòng xià yú zhōu.	Lotuses sway when they disembark from the smack. ❻
隨 意 春 芳 歇 ， Suí yì chūn fāng xiē,	No worry about the withering of the vernal bloom; ❼
王 孫 自 可 留 。 Wáng sūn zì kě liú.	Rich young men, stay if you want to. ❽

1. 山 居 shān jū	居住 在 山 裡。 Jūzhù zài shān lǐ.	
	To live in the mountain	
2. 秋 暝 qiū mìng	暝 是 晚上 的意思。秋暝 是 指 Mìng shì wǎnshàng de yìsi. Qiūmìng shì zhǐ 秋天 的 晚上。 qiūtiān de wǎnshàng.	
	Autumn nights	
3. 空 山 kōng shān	空 是 空曠, 空山 是 指 Kōng shì kōngkuàng, kōngshān shì zhǐ 空曠 的 山 上。 kōngkuàng de shān shàng.	
	The empty mountain	
4. 新 雨 xīn yǔ	新 是 剛剛 發生 的意思,新雨 就 Xīn shì gānggāng fāshēng de yìsi, xīnyǔ jiù 是 指 剛 下過 雨。 shì zhǐ gāng xiàguò yǔ.	
	According to this poem, it means it has rained just now.	
5. 喧 xuān	大聲 說話。 Dàshēng shuōhuà.	
	To talk loudly	
6. 歸 guī	回來。 Huílái.	
	To come back	

7. 浣 女 wǎn nǔ	在 河 邊 洗衣的 女子。 Zài hé biān xǐyī de nǔzǐ.
	Girls who do the laundry at the riverside. In ancient China, girls from different families usually did the laundry there, beating the clothes on clean hard rocks (so as to get rid of the dirt) and using river water to rinse them. The "laundering girls" tended to do this job at the same time in a day so they could chat the time away together.
8. 下 xià	動詞，指 順流而下。 Dòngcí, zhǐ shùnliúérxià.
	It's used as a verb which means to sail downstream.
9. 隨 意 suí yì	任 憑。 Rènpíng.
	At will
10. 春 芳 chūn fāng	指 春天 的 花草。 Zhǐ chūntiān de huācǎo.
	The flowers that bloom in the spring.
11. 歇 xiē	休息 停止，在 這裡 是 指 花朵 凋謝 Xiūxí tíngzhǐ, zài zhèlǐ shì zhǐ huāduǒ diāoxiè 了。 le.
	It means to rest originally, but in this poem, it used to describe the withering flowers.
12. 王 孫 wáng sūn	王族 的 後代，也 就 是 貴族 子弟。 Wángzú de hòudài, yě jiù shì guìzú- zǐdì.
	Young men from aristocratic families. They were young and rich, so they were the people who could most possibly travel around and enjoy themselves. Common people had to worry about food every day, and their rich parents were too old and too busy to have fun.

空曠 的 山上 剛剛 下了一 場 雨，
Kōngkuàng de shānshàng gānggàng xiàle yì chǎng yǔ,

天氣 到了 傍晚 的 時候，開始 有了 秋天 涼爽 的
tiānqì dàole bāngwǎn de shíhòu, kāishǐ yǒule qiūtiān liángshuǎng de

感覺。
gǎnjué.

明亮 的 月光 從 松林 間 的 空隙 照了 進來，
Míngliàng de yuèguāng cóng sōnglín jiān de kòngxì zhàole jìnlái,

清澈 的 泉水 在 溪底的 石頭 上 輕輕 流過。
qīngchè de quánshuǐ zài xī dǐ de shítou shàng qīngqīng liúguò.

這個 時候，竹林 裡 忽然 傳 來 說話 的 聲音，
Zhè ge shíhòu, zhúlín lǐ hūrán chuán lái shuōhuà de shēngyīn,

原來 是 在 河 邊 洗衣 的 女子們 說説 笑笑 地回來
yuánlái shì zài hé biān xǐyī de nǚzǐmen shuōshuō-xiàoxiào de huílái

了。
le.

水面 上 的 蓮葉 隨著 水波 搖動，原來 是 漁夫
Shuǐmiàn shàng de liányè suízhe shuǐbō yáodòng, yuánlái shì yúfū

駕著 船 順流 而下划 過去了。
jiàzhe chuán shùnliú èrxià huá guòqù le.

就算 春天 的 花草 都 凋謝 了也 沒關係，
Jiù suàn chūntiān de huācǎo dōu diāoxiè le yě méiguānxi,

出外 遊玩 的 貴族 子弟們，你們 還是 可以 留在 這裡，
Chūwài yóuwán de guìzú zǐdìmen, nǐmen háishì kěyǐ liú zài zhèlǐ,

欣賞　秋天　時　大自然的　另一　種　　風情　呀！
Xīnshǎng qiūtiān shí dàzìrán de lìng yì zhǒng fēngqíng ya!

Line by line analysis:

1 In the mountains visited by few, a good rain washed everything anew.

2 In this single line, the poet managed to describe the time of year was heading into fall, and the time of day, into night. Both show that the annoying summer heat was gradually being replaced by pleasant autumn chill.

3 The moon shone among the pine trees: a peaceful scene purely composed by the nature.

4 Clear spring water was running on the rocks. Readers are expected to hear the gurgle of the spring water, feel the coldness, and see the crystal-like clarity of it.

5 When the group of the laundering girls came back from their task at the riverside, they rustled through a bamboo grove so it seemed like the bamboos were making noise themselves, talking and laughing.

6 The girls also paddled through a lotus pond. When they disembarked, they were still playing happily so both the smack and the girls were pushing around the lotuses, like the flowers were trying to move and dance.

7 The poet said he did not care if the spring flowers withered or not. His mind seemed to have transcended the physical appearance of things.

8 The poet welcomed the freest lively young guys in the ancient Chinese society to stay in the mountains, even when there would be no flowers to see.

賞析
Shǎngxī

蘇 東坡 曾經 稱讚 王 維 是「詩中有畫，
Sū Dōngpō céngjīng chēngzàn Wáng Wéi shì "shīzhōngyǒuhuà,

畫中有詩」，這 首 詩 表現 的 就 是 秋天 時，山
huàzhōngyǒushī," zhè shǒu shī biǎoxiàn de Jiù shì qiūtiān shí, shān

上 在 黃昏 時 像 畫一般 的 美景。在 剛 下過
shàng zài huānghūn shí xiàng huà yìbān de měijǐng. Zài gāng xiàguò

雨的 山 上，景物 看起來 清新 而 美麗。 涼爽 的
yǔ de shān shàng, jǐng wù kàn qǐlái qīngxīn ér měilì. Liángshuǎng de

天氣也 讓 人 覺得 舒服，皎潔 的 月光 和 清澈 的
tiānqì yě ràng rén juéde shūfú, jiǎojié de yuèguāng hàn qīngchè de

泉水 勾畫 出 幽靜 的 美景。洗衣女子和 漁船
quánshuǐ gōuhuà chū yōujìng de měijǐng. Xǐyī nǚzǐ hàn yúchuán

的 出現 讓 氣氛一下子 變 得 熱鬧起來。在 這 美好
de chūxiàn ràng qìfēn yíxiàzi biàn de rè nào qǐlái. Zài zhè měihǎo

的 情境 中，任何 人 應該 都 會 捨不得 離開。王
de qíngjìng zhōng, rènhé rén yīnggāi dōu huì shěbùdé líkāi. Wáng

維 邀請 大家一起到 山 裡 欣賞 秋天 的 美景，
Wéi yāoqǐng dàjiā yì qǐ dào shān lǐ xīnshǎng qiūtiān de měijǐng,

同時 也 表達 出他 想 要 留在 山 中，繼續 過著
tóngshí yě biǎodá chū tā xiǎng yào liúzài shān zhōng, jìxù guòzhe

隱居 生活 的 心情。
yǐn jū shēnghuó de xīnqíng.

Overal analysis:

Wáng Wéi was acclaimed about four centuries later by another famous poet, Sū Shì, with these words: "Painting can be found in his poetry, and poetry can be found in his painting." This poem is a perfect example of his "painting-like poetry." First, he depicted the freshness, comfort and beauty of rain-washed mountain scenery. Second, the moon and the spring water well exemplify the beauty of nature. Third, the laundering girls add sounds and motions to enliven the scenes. Last but not least, the poet told the young men to stay for the mountains were equally great either in spring or autumn, with or without flowers. He hinted his willingness to stay there forever in this last couplet, and maybe he also hinted the idea of "carpe diem" as well-enjoy yourself year-round!

4.〈過故人莊〉
Guō Gù Rén Zhuāng

孟 浩然　　五言律詩
Mèng Hàorán　Wǔyán lǜshī

A Visit to an Old Friend's Farmstead

原詩
Yuáshī

故 人 具 雞 黍 ， Gù rén jù jī shǔ,	My old friend prepared poultry and millet, ❶
邀 我 至 田 家 。 Yāo wǒ zhì tián jiā.	And invited me to his rural home. ❷
綠 樹 村 邊 合 ， Lǜ shù cūn biān hé,	Green trees enclosed the entire village; ❸
青 山 郭 外 斜 。 Qīng shān guō wài xiá.	Blue mountains leaned beyond the ramparts. ❹
開 軒 面 場 圃 ， Kāi xuān miàn chǎng fǔ,	We opened the window facing the yard and the farm; ❺
把 酒 話 桑 麻 。 Bǎ jiǔ huà sang má.	We talked about mulberries and hemp with liquor in hands. ❻
待 到 重 陽 日 ， Dài dào chóng yáng rì,	When the day of Double Yang Festival comes, ❼
還 來 就 菊 花 。 Hái lái jiù jú huā.	I will come back here for your chrysanthemums. ❽

1. 過 guò	拜訪。 Bàifǎng.
	To visit.
2. 故人 gù rén	老朋友。 Lǎopéngyǒu.
	Old friends.
3. 莊 chuāng	農莊。 Nóngzhuāng.
	Farmstead.
4. 具 jù	準備。 Zhǔnbèi.
	To prepare.
5. 雞黍 jī shǔ	雞是雞肉，黍是小米。泛指各種 Jī shì jīròu, shǔ shì xiǎomǐ. Fànzhǐ gè zhǒng 飯菜。 fàncài.
	Chicken and millet; in this poem, it means every kinds of food.
6. 邀 yāo	邀請。 Yāoqǐng.
	To invite.
7. 田家 tián jiā	種田的農家。 Zhòngtián de nóngjiā.
	The farming family.

8. 合 hé	圍繞。 Wéirào.
	To surround.
9. 郭 guō	外圍 的　城牆。 Wàiwéi de chéngqiáng.
	Peripheral city walls.
10. 斜 xiá	橫向　排列。 Héngxiàng páiliè.
	To lean.
11. 開 軒 kāi xuān	開 是 打 開，軒 是　窗戶。　開軒　就 Kāi shì dǎ kāi, xuān shì chuānghù. Kāixuān jiù 是 打開　窗戶。 shì dǎ kāi chuānghù.
	To open windows.
12. 面 miàn	動詞，　面對　的 意思。 Dòngcí, miànduì de yìsi.
	To face.
13. 場 圃 chǎng fǔ	場　是指曬 穀 的 空地，圃是指 Chǎng shì zhǐ shài gǔ de kòngdì, fǔ shì zhǐ 菜 園。 càiyuán.
	The yard and the farm. "Yard" is for the farmers to dry their rice on. The farmers spread their newly harvested rice on the yard evenly so the sun can dry it up in days. "Farm" here specifically means the farm for vegetables, not for paddy or animals.

14. 把酒 bǎ jiǔ	把是 動詞，拿起 的意思。把酒 就是 拿起 Bǎ shì dòngcí, náqǐ de yìsi.　Bǎjiǔ jiù shì náqǐ 酒杯。 jiǔbēi.
	To take up winecups.
15. 話 huà	動詞，　說話　談論　的意思。 Dòngcí, shuōhuà tánlùn de yìsi.
	To talk and chat.
16. 桑 麻 sāng má	指　桑樹　和 麻，也可 代表 各　種 Zhǐ sāngshù hàn má, yě kě dàibiǎo gè zhǒng 農 作 物。 nóngzuòwù.
	Mulberries and hemp. Important produce in Chinese society. Mulberry leaves are used to feed silkworms in order to get silk, and both silk and hemp are major materials used to make fibers. Here "mulberries and hemp" are used as a synecdoche to stand for the old friend's agricultural business.
17. 待 dài	等。 Děng.
	To wait.
18. 重 陽 日 chóng yáng rì	農曆　九月 九日是　 重陽節，　 這 天 Nónglì jiǔyuè jiǔ rì shì chóngyángjié, zhè tiān 大家 會 一起 爬山、 喝酒，欣　賞 菊花。 dàjiā huì yìqǐ páshān, hējiǔ, xīn Shǎng júhuā.

		Double Yang Festival. A festival observed on the ninth day of September in the lunar calendar (usually falls in October). Also known as Double Ninth Festival. People are supposed to go to high mountains, drink liquor, and appreciate chrysanthemums, and are reminded to pay due respect to the elders.
19. 還 hái	再。 Zài.	
		Again.
20. 就 jiù	親近，在這裡是指欣賞。 Qīngjìn, zài zhèlǐ shì zhǐ xīnshǎng.	
		To get close to; in this poem, it means to admire.

翻譯
Fānyì

老朋友　準備了雞肉和小米　等　豐盛　的飯菜，
Lǎopéngyǒu zǔnbèile jīròu hàn xiǎomǐ děng fēngshèng de fàncài,

邀請我到他的　田莊　去作客。
yāoqǐng wǒ dào tā de tiánzhuāng qù zuòkè.

一路上　看見　大片的綠樹圍繞在　村莊
Yí lù shàng kànjiàn dàpiàn de lǜchá wéirào zài cūnzhuāng

旁邊，
pángbiān,

青翠的　高山　綿延　橫列在　城　外。
qīngcuì de gāoshān miányán héng liè zài chéng wài.

我們打開窗戶　面對著　庭院　前的曬穀場
Wǒmen dǎ kāi chuānghù miànduìzhe tíngyuàn qián de shàigǔchǎng

和　菜園，
hàn càiyuán,

拿起 酒杯 喝酒，聊著 今年 農作物 的 生長
náqǐ jiǔbēi hējiǔ, liáozhe jīnnián nóngzuòwù de shēngzhǎng

情形。
qíngxíng.

相約著 等到 重陽節 那一天，
Xiāngyuēzhe děngdào chóngyángjié nà yì tiān,

我 要 再來 這裡 欣賞 盛開 的 菊花。
wǒ yào zài lái zhèlǐ xīnshǎng shèngkāi de júhuā.

Line by line analysis:

① The poet's old friend prepared a lot of good food at his home. This line shows the host's genuine hospitality.

② The friend invited the poet to his home. The poet felt the hospitality while being his guest.

③ The poet saw endless green trees along his way to his friend's farm.

④ Blue mountains leaned against the sky, and were located far beyond the ramparts. This couplet shows the pleasant idyllic scenery, which appeared both near and far.

⑤ The poet and his friend sat in the cottage and opened a window that faced the drying yard and the vegetable farms. In so doing they could enjoy the view with less blockage.

⑥ They held the drinking vessels in their hands, talking about the friend's rural life and agricultural business. The poet obviously preferred to touch this kind of topic to civil service and secular fame.

⑦ The poet made a promise for the Double Ninth Festival (aka Double Yang Festival), an autumnal festival.

⑧ The poet promised to come back again to appreciate the chrysanthemums in his friend's farm. Chrysanthemums are most gorgeous in autumn. The fact that the poet thought his friend's chrysanthemums would be worth seeing shows that his old friend must be a skillful farmer. The promise the poet made tells us how much the poet had enjoyed his friend's feast and would love to enjoy the autumn with him again. In this couplet, the poet addresses us as if we were the old friend, which makes us feel their heart-warming relationship much more easily.

賞析
Shǎngxī

這　首《過　故　人　　莊》是　孟　浩然　的　代表
Zhè shǒu　Guò Gù Rén Zhuāng shì Mèng Hàorán de dàibiǎo

作品，敘述他到　　農莊　去拜訪　朋友，所
zuòpǐng, xùshù tā dào nóngzhuāng qù bàifǎng péngyǒu, suǒ

受到　的熱情　招待。詩　中　描寫　青山　綠樹美麗
shòudào de rèqíng zhāodài. Shī zhōng miáoxiě qīngshān lǜshù měilì

的自然　風光，　朋友　準備了　豐盛　的酒菜
de　zìrán fēngguāng, péngyǒu zhǔnbèi le fēngshèng de　jiǔcài

招待，表現　出　朋友之間　深厚的感情。最後
zhāodài, biǎoxiàn chū péngyǒu zhī jiān shēnhòu de gǎnqíng. Zuìhòu

要離開時，相　約著下次還要再見面，一起
yào líkāi　shí, xiāng yuē zhe xiàcì　hái yào zài jiànmiàn,　yìqǐ

欣賞　秋天的菊花。詩人　簡單地敘述了農村　的
xīnshǎng qiūtiān de júhuā.　Shīrén jiǎndān de xùshù le nóngcūn de

悠閒　生活，讓人似乎可以聞得到那清新的
yōuxián shēnghuó, ràng rén sìhū　kěyǐ wénde dào nà qīngxīn de

泥土 香味，也 感受 到 農民 的 熱情 好 客。
nítǔ xiāngwèi, yě gǎnshòu dào nóngmín de rèqíng hào kè.

Overal analysis:

This poem is undoubtedly Mèng Hàorán's most reputed and the most circulated work. In this poem, the poet told us how fun his visit to the friend's rural home was, how earnest his friend was, how cordially the host entertained him, how he loved the countryside scenery and, most importantly, how profound and genuine their friendship was. His down-to-earth and straightforward tone almost let us smell the fragrance of the freshly plowed soil in his friend's farm. Reading this poem, many Chinese find themselves not remembering any bit of the urban toils that entangle them but enjoying the peaceful, picturesque "scenery" embraced in the poet's tactfully plain words.

5. 〈江 雪〉
Jiāng Xuě
River's Snow

柳宗元　　五言絕句
Liǔ Zōngyuán　Wǔyán juéjù

原詩
Yuáshī

千　山　鳥　飛　絕　， Qiān shān niǎo fēi jué,	From thousands of mountains do all birds fly off; ❶
萬　徑　人　蹤　滅　。 Wàn jìng rén zōng miè.	In myriads of paths is not a trace of people. ❷
孤　舟　蓑　笠　翁　， Gū zhōu suō lì wēng,	In a lone boat, an old man in rain-proof clothes, ❸
獨　釣　寒　江　雪　。 Dú diào hán jiāng xuě.	Is alone fishing for the cold river's snow. ❹

注釋
Zhùshì

1. 千　山 qiān shān	比喻　連綿不絕　的　山。 Bǐyù liánmiánbùjué de shān.
	Continuous mountains.
2. 絕 jué	絕跡，消失　不見。 Juéjī, xiāoshī bújiàn.
	To disapper.
3. 萬　徑 wàn jìng	徑　是　小路，萬徑　是　指　無數　的 Jìng shì xiǎolù, wànjìng shì zhǐ wúshù de 小路。 xiǎolù.

4. 蹤 zōng	Countless paths.
	腳印 足跡。 Jiǎoyìn zújī.
	Footprints.
5. 滅 miè	消失。 Xiāoshī.
	To disapper.
6. 舟 zhōu	小船。 Xiǎochuán.
	Small baots.
7. 簑笠翁 suō lì wēng	簑 是 用 草 編成 的雨衣。笠 是 Suō shì yòng cǎo biānchéng de yǔyī. Lì shì 用 竹葉 做成 的 帽子，可以 防水 yòng zhúyè zuòchéng de màozi, kěyǐ fángshuǐ 遮 雨。翁 是 老人。 簑笠翁 是 指 zhē yǔ. Wēng shì lǎorén. Suōlìwēng shì zhǐ 穿著 簑衣，戴著 斗笠 的 老人。 chuānzhe suōyī, dàizhe dǒulì de lǎorén.
	The old man that wears an ancient kind of rainproof clothing. Suō and lì actually refer to two different items: the former is a raincoat made of coir (coconut fiber), and the latter is a conical hat made of bamboo leaves or straw. Here these are typical apparel of a fisherman at that time. Lì (modern name is dǒulì) is still widely used in some Asian countries including Vietnam, Japan and China mainly by farmers, but suō (modern name is suōyī) is only sporadically used nowadays.

翻譯
Fānyì

連綿 的 群山 中 看不見 任何的 飛鳥，
Liánmián de qúnshān zhōng kànbújiàn rènhé de fēiniǎo,

曲折的 山路 上 找 不 到 行人 的 足跡。
qūzhé de shānlù shàng zhǎo bú dào xíngrén de zújī.

只 看 見 一個 穿 簑衣戴斗笠的 漁翁 坐 在 船
Zhǐ kàn jiàn yí ge chuān suōyī dài dǒulì de yúwēng zuò zài chuán

上，
shàng,

在 下雪的 寒冷 江 邊獨自釣著 魚。
zài xiàxuě de hánlěng jiāng biān dúzì diàozhe yú.

Line by line analysis:

① The scene is as vast as thousands of mountains, but to our surprise, not a single bird can be seen. It shows that when winter comes, the whole world can be lifeless like this.

② Not a human being can be witnessed in every path within this vast area. The contrast between the breathtaking, spectacular scenery and the absence of any life form well exemplifies how powerful this winter is-thus, how hard the time is.

③ The old man in the lone boat is the only living thing in such an immense place. He can endure such coldness, so he must be someone special.

④ The old man is fishing there. This line has two readings: the old fisherman is fishing among the snow or, much more strangely, fishing for the snow. The second reading can be more romantic. Although the fisherman is aware that in such a cold environment, all fish have been gone (just like the birds and the people), he still insists on fishing there. It might be stubborn and foolish for him to fish under such circumstances, but it also can be perseverant of him to come here fishing despite the penetrating coldness. Confucian philosophy values perseverance; the fisherman knows what he is doing, so he stops at nothing.

賞析
Shăngxī

這 首 小詩 寫的是 江 邊 下雪的景色。寒冷
Zhè shǒu xiǎoshī xiě de shì jiāng biān xiàxuě de jǐngsè. Hánlěng

的 冬天裡，大雪 紛飛。山 中 的飛鳥不見了，路
de dōngtiān lǐ,　dàxuě fēnfēi. Shān zhōng de fēiniǎo bújiàn le,　lù

上 也看不見 行人，只有一個 漁翁 獨自在江
shàng yě kànbújiàn xíngrén, zhǐ yǒu yí ge yúwēng dúzì zài jiāng

上 釣魚。天氣那麼 冷，爲什麼 他不回去呢？
shàng diàoyú.　Tiānqì nà me lěng, wèishénme tā bù huíqù ne?

就 算 下著 大雪，氣候 環境 那麼地惡劣，漁翁
Jiù suàn xiàzhe dàxuě,　qìhòu huánjìng name de è liè,　yúwēng

還是 堅持 留在江 邊 釣魚。表面 上 看起來是
háishì jiānchí liúzài jiāng biān diàoyú. Biǎomiàn shàng kàn qǐlái shì

寫景，其實也表現 出柳 宗元 在 政治 改革
xiějǐng,　qíshí yě biǎoxiàn chū Liǔ Zōngyuán zài zhèngzhì gǎigé

失敗之後，不向 現實屈服的 精神。
shībài zhī hòu,　bú xiàng xiànshí qūfú de jīngshén.

Overal analysis:

This short poem describes a snowy scene on a river. Torrents of snow fall in winter. Birds that should have been flying above the mountains are all gone; no pedestrians are seen; the old man is the only one who insists on fishing on the river. Looking like a portrayal of nature, this poem is actually conveying an unbending attitude, like the one Liǔ Zōngyuán himself conceived when his political ambition had failed.

6. 〈客至〉

Kè Zhì

The Guest's Arrival

杜甫　七言律詩
Dù Fǔ　Qīyán lǜshī

原詩
Yuáshī

舍 南 舍 北 皆 春 水 ， Shè nán shè běi　jiē chūn shuǐ,	To both the north and south of the hut is water of springtime. ❶
但 見 群 鷗 日 日 來 。 Dàn jiàn qún　ōu　rì　rì　lái.	I can behold but flocks of seagulls coming daily. ❷
花 徑 不 曾 緣 客 掃 ， Huā jìng bù céng yuán kè sǎo,	Never have I swept the flowery path for the sake of guests- ❸
蓬 門 今 始 爲 君 開 。 Péng mén jīn　shǐ wèi jūn kāi.	Now I have begun to open my thornwood gate for you. ❹
盤 飧 市 遠 無 兼 味 ， Pán sūn shì　yuǎn wú jiān wèi,	The market is far, so there is only one dish for our meal; ❺
樽 酒 家 貧 只 舊 醅 。 Zūn jiǔ　jiā pín zhǐ jiù pēi.	My home's poor, so there is only old brew in our vessels. ❻
肯 與 鄰 翁 相 對 飲 ， Kěn yǔ　lín wēng xiāng duì　yǐn,	If you would drink with my old neighbor, ❼
隔 籬 呼 取 盡 餘 杯 。 Gé　lí　hū　qǔ jìn yú bēi.	I will call him through the fence to finish it off with us! ❽

注釋
Zhùshì

1. 至 zhì	到來。 Dàolái.
	To come; to arrive
2. 舍 shè	屋子。 Wūzi.
	Houses
3. 皆 jiē	都是。 Dōu shì
	All
4. 但 dàn	只有。 Zhǐ yǒu.
	Only
5. 鷗 ōu	水鳥。 Shuǐniǎo.
	Aquatic birds
6. 花 徑 huā jìng	開滿 花 的 小路。 Kāimǎn huā de xiǎolù.
	Paths full of flowers
7. 緣 yuán	因為 Yīnwèi.
	Because
8. 蓬 門 péng mén	用 蓬草 做成 的 簡陋 小門。 Yòng péngcǎo zuòchéng de jiǎnlòu xiǎomén.

Thornwood gate. The humble-looking gate for the yard of his humble-looking home. The Chinese believe that one way of being polite is to humble oneself. In this mentality, Chinese hosts should refer to their house and food as "humble" or "rough," so the guest would naturally be relatively "precious" and "important."

9. 盤飧 pán sūn	是　煮熟　的　食物。盤飧　就是指各 Shì zhǔshóu de shíwù. Pánsūn jiù shì zhǐ gè 種　食物及　飯菜。 zhǒng shíwù jí fàncài. Cooked food; in this poem, it means many kinds of dishes.
10. 市 shì	市場。 Shìchǎng. Markets.
11. 兼味 jiān wèi	同時　具備好幾種　肉類的食物，就 Tóngshí jùbèi hǎo jǐ zhǒng ròulèi de shíwù, jiù 是有魚　有肉　的意思。 shì yǒuyú-yǒuròu de yìsi. The dishes that includes different kinds of meat.
12. 樽酒 zūn jiǔ	樽　是　酒杯。樽酒指杯子裡的酒。 Zūn shì jiǔbēi. Zūn jiǔ zhǐ bēizi lǐ de jiǔ. The wine in the winecup.
13. 舊醅 jiù pēi	醅是沒有　過濾，還有　雜質的酒。 Pēi shì méiyǒu guòlǜ, háiyǒu zázhí de jiǔ. 舊醅　就是　先前　喝剩　的酒。 Jiùpēi jiù shì xiānqián hēshèng de jiǔ. Previous remaining wine.

我 所 居住的 地方，南邊 北邊 都 被 溪水 圍繞著，
Wǒ suǒ jūzhù de dìfāng, nánbiān běibiān dōu bèi xīshuǐ wéiràozhe,

現在 正是 春光 明媚 的 時候。
xiànzài zhèng shì chūnguāng-míngmèi de shíhòu.

平常 只有 成群 的 水鳥 每天 來這裡和我
Píngcháng zhǐ yǒu chéngqún de shuǐniǎo měitiān lái zhèlǐ hàn wǒ

作 伴。
zuòbàn.

長滿 花草 的 小路，從來 沒有 爲了客人來而
Zhǎngmǎn huācǎo de xiǎolù, cónglái méiyǒu wèile kèrén lái ér

打掃過。
dǎsǎoguò.

這 扇 蓬草 做的 小門，今天 才第一次爲了
Zhe shàn péngcǎo zuò de xiǎomén, jīntiān cái dìyīcì wèile

歡迎 你 而打開。
huānyíng nǐ ér dǎkāi.

因爲 距離市場 遙遠，所以 沒有 買到 大魚大肉來
Yīnwèi jùlí shìchǎng yáoyuǎn, suǒyǐ méiyǒu mǎidào dàyú-dàròu lái

做爲 飯菜 招待你。
zuòwéi fàncài zhāodài nǐ.

又 因爲家裡貧窮 沒錢 買酒，所以只能 拿出家裡
Yòu yīnwèi jiālǐ pínqióng méiqián mǎijiǔ, suǒyǐ zhǐ néng náchū jiālǐ

剩下 的 濁酒 來請你喝。
shèngxià de zhuójiǔ lái qǐng nǐ hē.

如果 你 願意 和 隔壁 的 老人 一起 喝酒 的 話，
Rúguǒ nǐ yuànyì hàn gébì de lǎorén yìqǐ hējiǔ de huà,

我 就 隔著 籬笆 喊他 過來 把酒 喝光 吧！
wǒ jiù gézhe líbā hǎn tā guòlái bǎ jiǔ hēguāng ba!

Line by line analysis:

1. The poet's hut was surrounded by beautiful stream water. Water of springtime is pleasantly cool and is abundant with fish and plants.

2. The flocks of seagulls coming for food add even more liveliness to the scene.

3. As a poor man living on the mountain, few people would visit him, and therefore he hardly had a reason to sweep the flowers off the path which linked the yard gate and the hut door. However, since this day he had a guest, he had to take care of it.

4. The yard gate opened for the first time for the guest. This means the guest is the first person who visited the poet, which shows on the one hand how isolated the poet was and, on the other, how much the guest meant to the poet.

5. The market was too far away, so there would be less than two kinds of savor on the dining table. It might not mean the poet had really prepared only one dish, for it could very possibly be a "polite" expression by making himself sound humble.

6. The poet had no money, so all he could bring was the unrefined liquor he left unfinished long time ago. Again, it could be that he was just showing his politeness.

7. 8. The poet said if the guest was willing to drink liquor with his old neighbor, he would call that old neighbor through the fence, telling him to come over to finish off all the liquor with them. This last couplet demonstrates the poet's free spirit and his carefree lifestyle.

杜甫 晚年 隱居在 四川，平時 很 少 與人
Dù fǔ wǎnnián yǐnjū zài Sìchuan, píngshí hěn shǎo yǔ rén

來往。在寂寞的 生活 中，對於 朋友 的 拜訪
láiwǎng. Zài jímò de shēnghuó zhōng, duìyú péngyǒu de bàifǎng

特別感到 高興，所以寫下了這 首 詩，描寫 他和
tèbié gǎndào gāoxìng, suǒyǐ xiěxià le zhè shǒu shī, miáoxiě tā hàn

朋友 談天喝酒的 情形。招待 朋友 的酒菜雖然
péngyǒu tántiān hējiǔ de qíngxíng. Zhāodài péngyǒu de jiǔcài suīrán

不是 什麼 珍貴 的食物，但 感情 卻是最 眞
búshì shénme zhēnguì de shíwù, dàn gǎnqíng què shì zuì zhēn

誠 濃厚的。整 首 詩表現 出 的是一 種
chéng nóng hòu de. Zhěng shǒu shī biǎoxiàn chū de shì yì zhǒng

親切 的 友情。
qīnqiè de yǒuqíng.

Overal analysis:

When Dù Fǔ was old, he spent all his time in the Thatched Hut, where he secluded himself, and therefore had little contact with the world. People need company; the poet needed some laughter in his too peaceful rural life from time to time. Overjoyed at a friend's unexpected visit, he wrote down this well-known poem. It generally described how they drank and chatted happily. Although the food and drink he offered were quite simple, the poet's hospitality was genuine, and his affection was deep and sincere. The poem overall showcases his straightforward but cordial way of welcoming a guest.

7. 〈山 行〉
Shān Xíng
A Trip to the Mountain

原詩
Yuáshī

遠　上　寒　山　石　徑　斜　， Yuǎn shàng hán shān shí　jìng　xiá,	I drove to the remote cold mountain and up the rocky slope. ❶
白　雲　生　處　有　人　家　。 Bái yún shēng chù yǒu rén jiā.	At where white clouds emerged was a human abode. ❷
停　車　坐　愛　楓　林　晚　， Tíng chē zuò ài fēng lín wǎn,	I halted the carriage for I loved the night in maple woods; ❸
霜　葉　紅　於　二　月　花　。 Shuāng yè hóng yú èr yuè huā.	Frosted foliage looked redder than the February bloom. ❹

注釋
Zhùshì

1. 山　行 shān xíng	在　山　間　行走。 Zài shān jiān xíngzuǒ.
	To walk in the mountains.
2. 寒　山 hán shān	深秋　時節　的　山。 Shēnqiū shíjié de shān.
	Late autumn mountains.
3. 石　徑 shí jìng	用　石板　鋪成　的　小路。 Yòng shíbǎn pūchéng de xiǎolù.
	Pathes paved with flagstones.

4. 斜 xiá	彎彎 曲曲的 樣子。 Wānwān-qūqū de yàngzi.
	Winding.
5. 生 shēng	產生， 出現。 Chǎnshēng, chūxiàn.
	To appear.
6. 坐 zuò	因為。 Yīnwèi.
	Because.
7. 霜 葉 shuāng yè	結著 霜 的 楓葉。 Jiézhe shuāng de fēngyè.
	Maple leaves that are frosted up
8. 二 月 花 èr yuè huā	二月 是 春天， 二月 花 就是 指 Èryuè shì chūntiān, èryuè huā jiù shì zhǐ 春天 的 花。 chūntiān de huā.
	It is spring in February, so it means spring flowers in this poem.

翻譯
Fānyì

寒冷 的 秋天，我 駕車 沿著 彎彎 曲曲的 石頭
Hánlěng de qiūtiān, wǒ jià chē yánzhe wānwān-qūqū de shítou

小路，要 前往 遠處 的 高山，
xiǎolù, yào qiánwǎng yuǎnchù de gāoshān,

一直 到了 深山 裡白雲 升起 的 地方，才 發現 了 有
yìzhí dàole shēnshān lǐ báiyún shēngqǐ de dìfāng, cái fāxiàn le yǒu

人 居住 的 小屋。
rén jūzhù de xiǎowū.

停下 車子，我 愉快 地 欣賞　傍晚　時候，夕陽 下
Tíngxià chēzi,　wǒ yúkuài de xīnshǎng bāngwǎn shíhòu, xìyáng xià

美麗 的 楓樹林。
měilì de fēngshùlín.

那些 被　寒霜　　凍過 的 楓葉，看 起來 比 春天
Nà xiē bèi hánshuāng dòngguò de fēngyè, kàn qǐlái　bǐ chūntiān

二月 時　盛開 的 花朵 還要　鮮紅　艷麗。
èryuè shí shèngkāi de huāduǒ hái yào xiānhóng yànlì.

Line by line analysis:

1. The poet drove a carriage (drawn by a horse) to a cold mountain far away from the city, and he found there was a sloping rocky path leading up to the peak.

2. When the poet reached the peak, where was described as the point where the clouds emerged, he surprisedly found a human abode up there. The fact that some people lived in such a cold environment actually adds some warmth to the scene.

3. The poet halted his carriage when he was driving through the maple woods. Why? Because he loved the night in such a beautiful forest. He could stop whenever he wanted because he did not have any worldly matters to attend to, and he valued the "beautiful moments" around him more than anything else.

4. Spring flowers are beautifully red, but autumn maple leaves are even redder, hence even more prettier. The poet could feel satisfied with things close to him-and not some dreams too beautiful to be real. Some of us may grumble all day long saying why the life is not as beautiful as our ideal life is, but Dù Mù would not be one of those.

賞析
Shǎngxī

這 是 一 首 描寫 秋天 時，山林 美景 的 小詩。
Zhè shì yì shǒu miáoxiě qiūtiān shí, shānlín měijǐng de xiǎoshī.

青綠 的 山、灰白的 石頭 小徑、潔白 的 雲、紅色 的
Qīnglǜ de shān, huībái de shítou xiǎojìng, Jiébái de yún, hóngsè de

楓葉，組合 成爲 一幅 色彩 豐富 的 美麗 圖畫。平常
fēngyè, zǔhé chéngwéi yì fú sècǎi fēngfù de měilì túhuà. Píngcháng

秋天 多半 給人 蕭條 的 感覺，但 詩人 看到 充
qiūtiān duō bàn gěi rén xiāotiáo de gǎnjué, dàn shīrén kàndào chōng

滿 雲霧 的 山林裡，一大片 鮮紅 的 楓樹，使他
mǎn yúnwù de shānlín lǐ, yídàpiàn xiānhóng de fēngshù, shǐ tā

深深 被吸引，即使到了 晚上 還捨不得離開。只
shēnshēn bèi xīyǐn, jíshǐ dàole wǎnshàng hái shěbùdé líkāi. Zhǐ

要 用心 觀察，任何季節都 有 值得 欣賞 的
yào yòngxīn guānchá, rènhé jìjié dōu yǒu zhídé xīnshǎng de

美景。
měijǐng.

Overal analysis:

This is a little poem describing the beautiful mid-autumn scene in the mountains and forests. Blue-hued mountains, a rocky path, white clouds, a small abode, and the crimson leaves of maple comprise a dazzlingly chromatic, picturesque view. Chinese had linked autumn to decline or sorrow for centuries, but in Dù Mù's eye, autumn could be more attractive than spring if you know how to appreciate things around you.

8. 〈月下獨 酌〉
Yuè Xià Dú Zhuó

Drinking Alone Under the Moon

原詩
Yuàshī

花 間 一 壺 酒 ， Huā jiān yì hú jiǔ,	A flagon of brew among flowers,
獨 酌 無 相 親 。 Dú zhuó wú xiāng qīn.	I savored it, with no one to endear. ❶
舉 杯 邀 明 月 ， Jǔ bēi yāo míng yuè,	I raised my vessel to invite Moon;
對 影 成 三 人 。 Duì yǐng chéng sān rén.	With my Shadow, we had three of us. ❷
月 既 不 解 飲 ， Yuè jì bù jiě yǐn,	Since Moon knew not drinking,
影 徒 隨 我 身 。 Yǐng tú suí wǒ shēn,	And Shadow was with me in vain, ❸
暫 伴 月 將 影 ， Zhàn bàn yuè jiāng yǐng,	I just kept them with me for now;
行 樂 須 及 春 。 Xíng lè xū jí chūn.	Pleasure should be done in spring. ❹
我 歌 月 徘 佪 ， Wǒ gē yuè pái huái,	I sang and Moon was lingering;
我 舞 影 零 亂 。 Wǒ wǔ yǐng líng luàn.	I danced and Shadow intertwined. ❺
醒 時 同 交 歡 ， Xǐng shí tóng jiāo huān,	While sober, we had fun together;

醉 後 各 分 散 。 Zuì hòu gè fēn sàn.	When drunk, we parted from each other. ❻
永 結 無 情 遊 ， Yǒng jié wú qíng yóu,	'Til forever I befriend these love-less beings,
相 期 邈 雲 漢 。 Xiāng qí miǎo yún hàn.	Promising to reunite in the distant galaxy. ❼

注釋
Zhùshì

1. 酌 zhuó	喝酒。 Hējiǔ.
	To drink alcohol.
2. 相 親 xiāng qīn	指 互相 親近 的 同伴。 Zhǐ hùxiāng qīnjìn de tóngbàn.
	One to endear; friends.
3. 舉 杯 jǔ bēi	舉起 酒杯。 Jǔqǐ jiǔbēi.
	To raise winecups.
4. 對 影 duì yǐng 成 三 人 chéng sān rén	指 月亮、李白 再加 上 李白 的 Zhǐ yuèliàng, Lǐ Bái zài jiā shàng Lǐ Bái de 影子， 總共 三 個 人。 yǐngzi, zǒnggòng sān ge rén.
	There were totally three people and they were the moon, Lǐ Bái, and Lǐ Bái's shadow.
5. 不 解 飲 bù jiě yǐn	解 是 明白， 了解。飲 是 喝酒。不 解 飲 Jiě shì míngbái, liǎojiě. Yǐn shì hējiǔ. Bù jiě yǐn 就是 不 了解 喝酒 的 樂趣。 jiùshì bù liǎojiě hējiǔ de lèqù.

	Jiě is to understand; yǐn is to drink alcohol. Bù yǐn jiě means one cannot understand the fun of drinking alcohol.
6. 徒 tú	只 有。 Zhǐ yǒu.
	Only.
7. 月 將 影 yuè jiāng yǐng	月 是 月亮， 將 是 和，影 是 李白 Yuè shì yuèliàng, jiāng shì hàn, yǐng shì Lǐ Bái 自己 的 影子。月 將 影 就是 月亮 zìjǐ de yǐngzi. Yuè jiāng yǐng jiù shì yuèliàng 和 李 白 的 影子。 hàn Lǐ Bái de yǐngzi.
	Yuè is the moon; jiāng is and; yǐng is Lǐ Bái's shadow. Yuè jiāng yǐng means the moon and Lǐ Bái's shadow.
8. 及 春 jí chūn	在 春天 時；在 春天 流逝 之 前。 Zài chūntiān shí; zài chūntiān liúshì zhī qián.
	In spring. Literally "catch up with springtime", thus "before springtime is gone", and "while it is still springtime." Spring is a common metaphor for good time and youth, which usually turns into "the good old time" later in one's life, for it is the first phase of a year, resembling the first phase of life.
9. 徘 徊 pái huí	停留 不 前 的 樣子。 Tíngliú bù qián de yàngzi.
	To stay at a place and not go forward.
10. 交 歡 jiāo huān	一 起 歡樂。 Yì qǐ huānlè.
	To have fun together.

11. 遊 yóu	交遊，在這裡指 朋友。 Jiāoyóu, zài zhèlǐ zhǐ péngyǒu.
	To make friends. According to this poem, it means friends here.
12. 期 qí	約定。 Yuēdìng.
	To promise.
13. 邈 miǎo	遙遠 的。 Yáoyuǎn de.
	Distant.
14. 雲 漢 yún hàn	天河，就 是 銀河。 Tiānhé, jiù shì yínhé.
	Tthe galaxy.

翻譯
Fānyì

我 在 花 叢 中 準備 了 一 壺 酒，
Wǒ zài huācóng zhōng zhǔnbèi le yì hú jiǔ,

獨自 一 人 喝著，身 邊 沒有 人 陪伴。
dúzì yì rén hēzhe, shēnbiān méiyǒu rén péibàn.

我 舉起 酒杯 邀請 明月，
Wǒ jǔqǐ jiǔbēi yāoqǐng míngyuè,

對著 月光 下 我 的 身影，合 起 來 算 正好 是
duìzhe yuèguāng xià wǒ de shēnyǐng, hé qǐlái suàn zhènghǎo shì

三 個 人。
sān ge rén.

月兒不了解喝酒的樂趣，
Yuèr bù liǎojiě hējiǔ de lèqù,

影子也只是跟在我的身邊走。
yǐngzi yě zhǐshì gēn zài wǒ de shēnbiān zǒu.

無奈的我也只好暫時和月兒及影子作伴，
Wúnài de wǒ yě zhǐhǎo zhànshí hàn yuèr jí yǐngzi zuòbàn,

因為人生在世，就要把握美好的時光及時
yīnwèi rénshēngzàishì, jiù yào bǎwò měihǎo de shíguāng jíshí

行樂。
xínglè.

我唱歌，月兒停留在天上靜靜地欣賞，
Wǒ chànggē, yuèr tíngliú zài tiānshàng jìngjìng de xīnshǎng,

我跳舞，影子在地上也跟著搖動，
wǒ tiàowǔ, yǐngzi zài dìshàng yě gēnzhe yáodòng,

清醒的時候，我和明月及影子一同歡樂，
qīngxǐng de shíhòu, wǒ hàn míngyuè jí yǐngzi yìtóng huānlè,

喝醉了之後，我們就各自散去，彼此分離。
hēzuìle zhī hòu, wǒmen jiù gèzi sàn qù, bǐcǐ fēnlí.

我願意永遠和它們成為忘情的好朋友，
Wǒ yuànyì yǒngyuǎn hàn tāmen chéngwéi wàngqíng de hǎopéngyǒu,

相約在高遠的銀河裡相見，再也不分開。
xiāngyuē zài gāoyuǎn de yínhé lǐ xiāngjiàn, zài yě bù fēnkāi.

Line by line analysis:

❶ At night, the poet brought a flagon of liquor to savor it in a floral garden. It would be more fun if he could share it with some friends, but he had no friends, largely due to his overly romantic personality against the relatively more conservative ancient Chinese culture.

❷ Romantic as the poet was, he personified the moon and his shadow as friends.

❸ When he was still sober, he knew very well that Moon and Shadow were not real people.

❹ He decided to forget the fact that Moon and Shadow were not "friends," and chose to cheat himself for the night, in order to exile himself from the torturous reality. He was aware that life was short, so carpe diem.

❺ He was depicting the "party" where Poet, Moon, and Shadow were singing and dancing together. He was getting drunk.

❻ He thought when they were having fun in the party he was "sober," but only to accentuate how drunk he was in the second line. He even felt his own shadow part from him after he fell drunk among the flowers.

❼ He liked the emotionless beings more than the human beings, and he wanted to meet with them somewhere unworldly. This couplet clearly shows the surreal elements typical in the poet's personality and his works. Also, he was much more sensitive than normal people, so he seemed to like to dramatize his feelings. Like the description in this couplet, time easily becomes eternity, and space, infinity; his scale is often much larger than that of normal people.

賞析
Shǎngxī

這 首 詩寫的是在月夜裡獨自飲酒的 冷清
Zhè shǒu shī xiě de shì zài yuèyè lǐ dúzì   yǐnjiǔ de lěngqīng

情景。李白用了豐富的 想像 力，把月亮 和
qíngjǐng. Lǐ Bái yòngle fēngfù de xiǎngxiàng lì,   bǎ yuèliàng hàn

月光 下自己的影子 當 作 是 朋友，讓 心情
yuèguāng xià zìjǐ de yǐngzi dāng zuò shì péngyǒu, ràng xīnqíng

從 一開始 獨酌 的 孤獨，變成　有月兒和 影子
cóng yìkāishǐ dúzhuó de gūdú, biànchéng yǒu yuèr hàn yǐngzi

相伴 的 不孤獨。但 畢竟 月亮 和影子 終究
xiāngbàn de bù gūdú. Dàn bìjìng yuèliàng hàn yǐngzi zhōngjiù

不是 眞　正 的 朋友，感慨 「月 既 不解 飲」及「影
búshì zhēn zhèng de péngyǒu, gǎnkài "yuè jì bù jiě yǐn" jí "yǐng

徒隨我 身」，心情 又 回到 了孤獨。然後 再以 積極
tú suí wǒ shēn," xīnqíng yòu huídào le gūdú. Ránhòu zài yǐ jījí

的 想法 提醒 自己 行樂 要 及時，決定 和月兒 及 影子
de xiǎngfǎ tíxǐng zìjǐ xínglè yào jíshí, juédìng hàn yuèr jí yǐngzi

相約 在 天上　見面，讓 孤獨的 心情 得到
xiāngyuē zài tiānshàng jiànmiàn, ràng gūdú de xīnqíng dédào

完全　地抒解。全 詩 充分　表現 出李白 浪漫
wánquán de shūjiě. Quán shī chōngfèn biǎoxiàn chū Lǐ Bái làngmàn

而 超凡 脫俗 的 襟懷。
ér chāofán tuōsú de jīnhuái.

Overal analysis:

This poem deals with the cold and lonely scene of drinking alone under the moon. Lǐ Bái managed to exercise his wild imagination power to transform the moon and his shadow into his "friends," and meanwhile transformed a lonely night into a night he could have fun with friends. However, he soon realized that Moon and Shadow were not really friends, and he sank back into the loneliness again. Later, he reminded himself to make merry while he could, and he made up his mind to join Moon and Shadow again in the heavens, so as to release himself from loneliness completely. To sum up, this poem sufficiently conveys the poet's romantic and unworldly mind.

9.〈將進酒〉
Jiāng Jìn Jiǔ
Liquor Will Be Served

李白　七言律詩
Lǐ Bái　Qīyán lǜshī

原詩
Yuáshī

君　不　見 Jūn　bú　jiàn	Don't you see
黃　河　之　水　天　上　來， Huáng Hé　zhī　shuǐ　tiān shàng lái,	the water of Yellow River comes from above,
奔　流　到　海　不　復　回。 Bēn liú　dào　hǎi　bú　fù　huí.	Roars its way to the sea and never returns. ❶
君　不　見 Jūn　bú　jiàn	Don't you see
高　堂　明　鏡　悲　白　髮， gāo tang míng jìng　bēi　bái　fǎ,	the sorrow over white hairs in the clear mirror of the grand hall,
朝　如　青　絲　暮　成　雪。 Zhāo rú　qīng　sī　mù chéng xuě.	Ebony at dawn and snowy at dusk. ❷
人　生　得　意　須　盡　歡， Rén sheng dé　yì　xū　jìn huān,	Make the most of time while life permits;
莫　使　金　樽　空　對　月。 Mò　shǐ　jīn　zūn kōng duì　yuè.	Never hold your gold vessels to Moon empty. ❸
天　生　我　材　必　有　用， Tiān sheng wǒ　cái　bì　yǒu yòng,	I must have been born to be useful in some way;
千　金　散　盡　還　復　來。 Qiān jīn　sàn　jìn　huán fù　lái.	Wealth squandered will come back to me again. ❹

烹 羊 宰 牛 且 爲 樂 ， Pēng yáng zǎi niú qiě wéi lè,	Lambs cooked, cattle slaughtered, enjoy for now!
會 須 一 飲 三 百 杯 。 Huì xū yì yǐn sān bǎi bēi.	We should drink three hundred cups at one time! ❺
岑 夫 子 ， 丹 丘 生 ， Cén Fū zǐ , Dān qiū Shēng,	Sir Cén, and my dear mate Dānqiū,
將 進 酒 ， 君 莫 停 。 Jiāng jìn jiǔ , jūn mò tíng!	More liquor will be served, so don't stop drinking! ❻
與 君 歌 一 曲 ， Yǔ jūn gē yì qǔ,	For you I'll sing a song;
請 君 爲 我 側 耳 聽 。 Qǐng jūn wèi wǒ cè ěr tīng!	Please turn your ear to me and listen! ❼
鐘 鼓 饌 玉 不 足 貴 ， Zhōng gǔ zhuàn yù bù zú guì,	Bells, drums, precious food are not worth valuing;
但 願 長 醉 不 願 醒 。 Dàn yuàn cháng zuì bú yuàn xǐng.	I just hope to be drunk for long and not to sober up. ❽
古 來 聖 賢 皆 寂 寞 ， Gǔ lái sheng xián jiē jí mò,	Since ages ago, saints have all been lonely;
惟 有 飲 者 留 其 名 。 Wéi yǒu yǐn zhě liú qí míng.	Only those who drink are to leave their names. ❾
陳 王 昔 時 宴 平 樂 ， Chén Wáng xí shí yàn Píng lè,	When King Sī of Chén dined guests in Pínglè Abbey back then,
斗 酒 十 千 恣 讙 謔 。 Dǒu jiǔ shí qiān zì huān nüè.	Ten thousand for a dipper of liquor, people reveled freely. ❿
主 人 何 爲 言 少 錢 ， Zhǔ rén hé wèi yán shǎo qián,	For what can a host say he has little money?
徑 須 沽 取 對 君 酌 。 Jìng xū gū qǔ duì jūn zhuó.	Just go get more liquor and I shall drink to you! ⓫

五 花 馬， 千 金 裘， Wǔ huā mǎ， qiān jīn qiú，	The Chromatic Horse, and the Gorgeous Coat,
呼 兒 將 出 換 美 酒， Hū ér jiāng chū huàn měi jiǔ，	I call my son to take them out to change for good liquor;
與 爾 同 銷 萬 古 愁。 Yǔ ěr tóng xiāo wàn gǔ chóu．	With you let's dump the eonian sorrow! ⑫

注釋
Zhùshì

1. 不 復 回 bú fù huí	復 是 再 的 意思。不 復 回 就 是 不再 Fù shì zài de yìsi． Bú fù huí jiù shì búzài 回來。 huílái．
	Never come back again.
2. 高 堂 gāo táng	指 父母 一 輩 年長 的 人。 Zhǐ fùmǔ yí bèi niánzhǎng de rén．
	The elder ones like our parents.
3. 朝 zhāo	白天 的 意思。 Báitiān de yìsi．
	Daytime.
4. 青 絲 qīng sī	比喻 黑 而 柔軟 的 頭髮。 Bǐyù hēi ér ròuruǎn de tóufǎ．
	Ebony. Literal translation would be "cold-colored silk." Ancient Chinese people did not distinguish cold hues like dark gray, green and blue, and called them collectively as qīng. Some interesting combinations in modern Chinese result, such as qīng cǎo (green grass), qīng tiān (blue sky) and qīng sī (dark

	gray silk). Silk here is synonymous with hair. Nearly all Chinese people are born with black hair, so black hair becomes a symbol for youth in Chinese literature.
5. 暮 mù	晚上。 Wǎnshàng
	Nights.
6. 盡 歡 jìn huān	盡情 的 歡樂。 Jìnqíng de huānlè.
	To have fun heartily.
7. 莫 mò	不要。 Búyào.
	Do not.
8. 金 樽 jīn zūn	樽 是 酒杯 的 意思。金樽 就 是 華麗 的 Zūn shì jiǔbēi de yìsi. Jīnzūn jiù shì huálì de 酒杯。 jiǔbēi
	Gorgeous vessels. A zūn, a kind of ancient liquor vessel in China, is cylindrical with a disproportionally wide lip.
9. 烹 pēng	煮。 Zhǔ.
	To cook.
10. 會 須 huì xū	應當， 應該。 Yīngdāng, yīnggāi.
	Should.

11. 岑夫子， Cén Fū zǐ, 丹丘生 Dān qiū Shēng	指 岑 勳 及 元 丹丘 兩 人，是李 Zhǐ Cén Xūn jí Yuán Dānqiū liǎng rén, shì Lǐ 白 的 好朋友。 Bái de hǎopéngyǒu.
	Cén Fūzǐ is Cén Xūn; Dānqiū Shēng is Yuán Dānqiū. They are Lǐ Bái's good friends.
12. 將 進 酒 jiāng jìn jiǔ	將 是 請，進酒是喝酒，將 進酒就 Jiāng shì qǐng, jìn jiǔ shì hējiǔ, jiāng jìn jiǔ jiù 是 請 再 喝 杯 酒 吧！ shì qǐng zài hē bēi jiǔ ba!
	Please drink one more cup of liquor.
13. 側 耳 cè ěr	把 耳朵 側一 邊， 表示 仔細 聽 的 意思。 Bǎ ěrduo cè yì biān, biǎoshì zǐxì ting de yìsi.
	To listen with one's head tilting to one side. It means to listen carefully.
14. 鐘 鼓 zhōng gǔ	指 宴會 時 敲鐘 擊鼓 演奏 音樂。 Zhǐ yànhuì shí qiāozhōng jígǔ yǎnzuò yīnyuè.
	To ring the chimes and to play the drum. According to this poem, it means to play music at the banquet.
15. 饌 玉 zhuàn yù	指 精美 珍貴 的 食物。 Zhǐ jīngměi zhēnguì de shíwù.
	Precious food. Literally "partake of jade." Jade is valued in China and becomes a token for precious things. Partaking of jade figuratively means partaking of precious food.
16. 不足貴 bù zú guì	不 值得 太 過 重視。 Bù zhíde tài guò zhòngshì.
	(Something) is not worth valuing.

17. 但 dàn	只。 Zhǐ.
	Only; just.
18. 願 yuàn	希望。 Xīwàng.
	To wish; to hope.
19. 長 醉 cháng zuì	長 是 永遠， 長醉 就是 Cháng shì yǒngyuǎn, chángzuì jiù shì 永遠 喝醉。 yǒngyuǎn hēzuì.
	To be drunk forever.
20. 古 來 gǔ lái	自古以來。 Zìgǔyǐlái.
	Since ages ago.
21. 聖 賢 shèng xián	聖人 和 賢能 的人。 Shèngrén hàn xiánnéng de rén.
	Saints and virtuous, talented people.
22. 惟 有 wéi yǒu	只 有。 Zhǐ yǒu.
	Only.
23. 飲 者 yǐn zhě	喝酒 的 人。 Hējiǔ de rén.
	People who drink liquor.
24. 陳 王 Chén Wáng	指 曹 操 之子曹 植，他曾 被 Zhǐ Cáo Cāo zhī zǐ Cáo Zhí, tā céng bèi 封為 陳 王。 fēngwéi Chén Wáng.

	King Sī of Chén. Namely Cáo Zhí, the talented younger brother of the first emperor of Wèi Dynasty (220-265). He was famous for his passion for poetry; he was said to be able to complete a masterpiece of poetry in seven paces. "King" means he is a ruler of a part of the kingdom, not the king of the entire kingdom.
25. 宴 平 樂 yàn Píng lè	宴 是 指 請客， 平樂 是 指 平樂 觀。 Yàn shì zhǐ qǐngkè, Pínglè shì zhǐ Pínglè Guàn. 宴 平樂 就 是 在 平樂 觀 請客。 Yàn Pínglè jiù shì zài Pínglè Guàn qǐngkè.
	Yàn is to treat someone to something; Pínglè indicates Pínglè Abbey, a Taoist temple. So Yàn Pínglè means to treat guests in Pínglè Abbey.
26. 恣 zì	任意 地。 Rènyì dì.
	To do something as one please.
27. 讙 謔 huān nüè	讙 就是 歡， 快樂 的 意思。謔 是 指 Huān jiù shì huān, kuàilè de yìsi. Nüè shì zhǐ 開玩笑。 讙謔 就是 快樂 地 開著 kāiyuánxiào. Huānnüè jiù shì kuàilè dì kāizhe 玩笑。 yuánxiào.
	Huān is happy; nüè is to joke. Huān nüè means to joke with someone happily.
28. 徑 須 jìng xū	直 須。 Zhí xū.
	To go ahead to do something.

29. 五花馬 wǔ huā mǎ	指 有 五色 花紋 的 好馬。 Zhǐ yǒu wǔsè huāwén de hǎomǎ.
	The Chromatic Horse. It means precious horses in this poem.
30. 千金裘 qiān jīn qiú	裘 是 指 用 動物 皮毛 做 的 衣服。 Qiú shì zhǐ yòng dòngwù pímáo zuò de yīfú. 千金裘 就 是 價值 千金 的 皮衣。 Qiānjīnqiú jiù shì jiàzhí qiānjīn de píyī.
	The Gorgeous Coat. It means precious fur coats in this poem.
31. 將 出 jiāng chū	拿出。 Náchū.
	To take out something.
32. 萬古愁 wàn gǔ chóu	萬古 指 很久 的 時間。 萬古愁 就 Wàngǔ zhǐ hěnjiǔ de shíjiān. Wàngǔchóu jiù 是 無窮無盡 的 憂愁。 shì wúqióng-wújìn de yōuchóu.
	Wàn gǔ means a very long time, so Wàn gǔ chóu indicates the eonian sorrow.

翻譯
Fānyì

你沒 看見 嗎?
Nǐ méi kànjiàn ma?

黃 河的水 從 遠處 天邊而來,
Huáng Hé de shuǐ cóng yuǎnchù tiānbiān ér lái,

一直 向 前 快速 地 流到 海裡之後,就 不再回頭
yìzhí xiàng qián kuàisù de liúdào hǎi lǐ zhī hòu, jiù búzài huítóu

了。
le.

你沒 看見 嗎？
Nǐ méi kànjiàn ma?

老一輩 的人 在 鏡子 裡看到 自己 的 白髮 而 感到
Lǎoyíbèi de rén zài jìngzi lǐ kàndào zìjǐ de báifǎ ér gǎndào

傷悲，
shāngbēi,

早上 還是 烏黑 的 髮色，到了 晚上 就 變 得 像
zǎoshàng háishì wūhēi de fǎsè, dàole wǎnshàng jiù biàn de xiàng

雪 那樣 地白。
xuě nàyàng de bái.

人生 平順 得意的 時候 就要 盡情 地 歡樂，
Rénshēng píngshùn déyì de shíhòu jiù yào jìnqíng de huānlè,

在 月色 優美 的 夜晚，不要 讓 酒杯 空著。
zài yuèsè yōuměi de yèwǎn, búyào ràng jiǔbēi kōngzhe.

上天 生 下我 這樣 的 資質，一定 有它的
Shàngtiān shēng xià wǒ zhèyàng de zīzhí, yídìng yǒu tā de

用處，
yòngchù,

即使把 所有 的 金錢 都 花光 了，最後 還是 可以
jíshǐ bǎ suǒyǒu de jīnqián dōu huāguāng le, zuìhòu háishì kěyǐ

賺 回來。
zhuàn huílái.

把牛 羊 殺了煮來 招待 朋友，大家 盡情 地 歡樂
Bǎ niú yáng shale zhǔ lái zhāodài péngyǒu, dàjiā jìnqíng de huānlè

吧，
ba,

可以的話 就 應該 喝他個 三百 杯酒。
kěyǐ de huà jiù yīnggāi hē tā ge sānbǎi bēi jiǔ.

岑 先生，丹丘 兄，
Cén xiānshēng, Dānqiū xiōng,

再喝吧，別 讓 杯子 停下來。
zài hē ba, bié ràng bēizi tíng xiàlái.

我 爲 你們 唱 一 首 歌，
Wǒ wèi nǐmen chàng yì shǒu gē,

請 大家 仔細 聽聽 我的 歌聲。
qǐng dàjiā zǐxì tīngting wǒ de gēshēng.

豪華 宴會裡的 音樂 和 美食 沒有 什麼 了不起，
Háohuá yànhuì lǐ de yīnyuè hàn měishí méiyǒu shénme liǎobùqǐ,

我 只 想 永遠 喝醉不要 清醒。
wǒ zhǐ xiǎng yǒngyuǎn hēzuì búyào qīngxǐng.

自古以來，偉大 的 人物 都 是 孤獨 地被 人 遺忘，
Zìgǔyǐlái, wěidà de rénwù dōu shì gūdú de bèi rén yíwàng,

只 有 喝酒的 人 才 會 在 歷史 上 留名。
zhǐ yǒu hējiǔ de rén cái huì zài lìshǐ shàng liúmíng.

從前 陳思王 在 平樂 觀 裡宴客，
Cóngqián Chén Sī Wáng zài Pínglè Guàn lǐ yànkè,

雖然 買一斗酒就要 花掉 一萬 錢，但 所有 人
Suīrán mǎi yì dǒu jiǔ jiù yào huādiào yíwàn qián, dàn suǒyǒu rén

仍然 盡情 地 嬉笑 喝酒。
réngrán jìnqíng de xīxiào hējiǔ.

身爲　主人　的　我　又　怎能　　説　沒　有　錢　呢？
Shēnwéi zhǔrén de　wǒ yòu zěnnéng shuō méiyǒu qián ne?

盡管　去　買　酒　來　和　你們　一起　　喝　吧！
Jìnguǎn qù mǎi jiǔ lái hàn nǐmen yìqǐ　hē ba!

家裡那　匹　名貴　的　五花馬　和　價值　千金　的　皮衣，
Jiālǐ　nà　pī míngguì de wǔhuāmǎ hàn jiàzhí qiānjīn de　píyī,

叫　我　的　兒子　把　它們　都　拿　出去　換　美酒　回來，
jiào wǒ de　érzi　bǎ tāmen dōu ná chūlái huàn měijiǔ huílái,

好　讓　我　能　跟　你們　一起　喝酒，消除　心　中　這
hǎo ràng wǒ néng gēn nǐmen　yìqǐ　hējiǔ,　xiāochú xīn zhōng zhè

無窮無盡　的　憂愁。
wúqióngwújìn de yōuchóu.

Line by line analysis:

1. The cycle of the water of Yellow River (rain > river water > sea water) never stops, and life is also as fleeting as the river.

2. Time flies so quickly that it feels like the black hair can turn silver in a day.

3. The poet advocates that when we are still young we should enjoy the youth to the heart's content. Carpe diem.

4. The poet thinks it is not good to care about accumulating wealth or learning skills when one should enjoy life. This couplet has a hedonistic notion: worry later; enjoy now!

5. Meat and drink were to be consumed with no limit. Since the poet was known to be very sensitive, a small incident is always likely to get tremendous according to his standards; his sorrow alike could not be dealt with if liquor, his sorrow-killer, was not consumed in a dramatically large amount.

⑥ The poet tries to urge his friends to drink more with him, and meanwhile publicizes his hedonistic belief.

⑦ The poet wants to entertain his friends by singing them a song, so as to maximize the fun.

⑧ The poet values drinking and the state of being far away from reality (that is, drunkenness) more than other earthly pleasures.

⑨ The poet states his belief that he would prefer drinking to morality and worldly fame. He is so convinced by this theory of his that he thinks the history will record big drinkers rather than influential philosophers.

⑩ The poet tries to justify himself by appealing to a historical anecdote, which is about a talented aristocrat who charged his guests at outlandishly high price for liquor. Nevertheless, the guests did not refrain nor abstain from drinking nor reveling. This supports his drinking-should-be-dominant theory.

⑪ The poet contends that it could be inappropriate for a host to care about the expenses on liquor for his guests.

⑫ The poet can give up all the treasures he possesses just in order to drink with his friends. He believes he carries the sorrow accumulated through millennia, and thus needs to drink for ever in order to get rid of all of it. This seemingly self-important tone is, actually, part of the beauty and sadness in the poet's personality and life.

賞析
Shǎngxī

《將 進酒》描寫 的 是 詩人 喝酒 高歌 的 豪放
Jiāng Jìn Jiǔ miáoxiě de shì shīrén hējiǔ gāogē de háofàng

感情，內容 簡單，態度 灑脱，使人 讀了也 感受
gǎnqíng, nèiróng jiǎndān, tàidù sǎtuō, shǐ rén dúle yě gǎnshòu

到 那 激昂的 情緒。 時光 像 奔流的 河水 一樣，
dào nà jiāng de qíngxù. Shíguāng xiàng bēnliú de héshuǐ yíyàng,

過去了就不會再回來，與其擔心 青春 的 消失，
guòqù le jiù bú huì zài huílái, yǔqí dānxīn qīngchūn de xiāoshī,

不如把握 時間 做 快樂的事，盡情 地 喝酒。因爲
bùrú bǎwò shíjiān zuò kuàilè de shì, jìnqíng de hējiǔ. Yīnwèi

金錢 和地位是 不能 永遠 擁有 的，只有 偉大
jīnqián hàn dìwèi shì bùnéng yǒngyuǎn yǒngyǒu de, zhǐ yǒu wěidà

文學家 的 作品 才 能 流傳 下來，所以李白 和
wénxuéjiā de zuòpǐn cái néng liúchuán xià lái, suǒyǐ Lǐ Bái hàn

朋友們 快樂地喝酒吟詩。詩 中 雖然 有著 對
péngyǒumen kuàilè de hējiǔ yínshī. Shī zhōng suīrán yǒuzhe duì

生命 短暫 的 無奈 心情，但也 有著「 天生
shēngmìng duǎnzhàn de wú nèi xīnqíng, dàn yě yǒuzhe "tiānshēng

我材必有用」的 樂觀 精神及 淡泊 金錢 的 開朗
wǒcái-bìyǒuyòng" de lèguān jīngshén jí dànbó jīnqián de kāilǎng

胸懷， 呈現 出李白 豪放 而且 率眞 的
xiōnghuái, chéngxiàn chū Lǐ Bái háofàng érqiǎn shuàizhēn de

詩歌 風格。
shīgē fēnggé.

Overal analysis:

This poem depicts the high emotion of the poet while drinking and singing. The language is ungarnished, the attitude direct and free - the poem has long been reported to be very heart-stirring and can get readers feel lofty very easily. Time goes by as quickly as the running river water, and it will never return once it is gone; it does not, however, mean that we should mourn for the transience of youth, but enjoy it, make the most of our young time while we still can.

Although several pessimistic notions, like the human inability in the face of the fate, do exist in this poem, basically this poem is infused with an optimistic tone (like "I must have been born to be useful in some way") and a free soul not bound by earthly goods, manifesting the diverse, direct and honest poetic styles of the great Chinese poet Lǐ Bái.

鄉 愁　情 愁
Xiāngchóu qíngchóu
Homesickness and Lovesickness

＜鄉愁　情愁＞ 篇 賞析

＜xiāngchóu qíngchóu＞ piān shǎngxī

Appreciation of Poetry:
Homesickness and Lovesickness

「詩詞 者，物 之 不得 其 平 而 鳴 者也。故 歡 愉
"Shī cí zhě, wù zhī bù dé qí píng ér míng zhě yě. Gù huān yú

之辭難 工，愁 苦 之 言易 巧。」這是 王 國維
zhī cí nán gōng, chóu kǔ zhī yán yì qiǎo." zhè shì Wáng Guówéi

在《人 間 詞 話》裡的 一 段 話，意思是 詩歌 的
zài《Rén Jiān Cí Huà》lǐ de yí duàn huà, yìsi shì shīgē de

創作， 多半 來自於 作者 遭遇 困頓 時，將 心中
chuàngzuò, duōbàn láizìyú zuòzhě zāoyù kùndùn shí, jiāng xīnzhōng

的 憾恨 藉由 文字 來 抒發。所以 描寫 快樂 的 詩詞 很
de hànhèn jièyóu wénzì lái shūfā. Suǒyǐ miáoxiě kuàilè de shīcí hěn

難 寫得 好，憂思 滿 懷 的 作品 較 容易 感動 人。
nán xiě de hǎo, yōusī mǎn huái de zuòpǐn jiào róngyì gǎndòng rén.

有 人 說：「文學 是 苦悶 的 象徵」，也 是 同樣
Yǒu rén shuō, "Wénxué shì kǔmèn de xiàngzhēng," yě shì tóngyàng

的 道理。這個 單元 以 人世間 最 普遍 的 一 種
de dàolǐ. Zhège dānyuán yǐ rénshìjiān zuì pǔbiàn de yì zhǒng

憂愁──「思念」爲 主題，收錄 了 客旅 思鄉 及 戀人
yōuchóu ── "sīniàn" wéi zhǔtí, shōulù le kèlǚ sīxiāng jí liànrén

相思 兩 種 題材的 作品。
xiāngsī liǎng zhǒng tícái de zuòpǐn.

"Poetry is, a literary work from injustice. Merry ones aren't easy to be written well, while great poems are more likely to be found among sad ones," written by Wang Guo-wei in The Criticism of Chinese Literature. The citing means that poetry is often written when authors are frustrated or in straitened circumstances. They would normally express their regret and hatred through words. As a result, poetry describing happiness is hard to be written well, while poems full of sadness, anxiety, and longing are often more touching. Some say that literature is the symbol of depression, which, in a way, confirms the condition of poetry creation. The poems selected in this section focus primarily on the most common depression - missing, both the missing of hometown and the missing of lovers.

離開　家鄉，思念　家鄉　的　心情　很　多　人　都
Líkāi jiāxiāng, sīniàn jiāxiāng de xīnqíng hěn duō rén dōu

經歷過。對於　故鄉　和　親人　的　依戀，是　人們　與生俱來
jīnglìguò. Duìyú gùxiāng hàn qīnrén de yīliàn, shì rénmen yǔshēngjùlái

的　孺慕　之　情。　詩人們　用　最　直接而　簡單　的　筆觸
de rúmù zhī qíng. Shīrénmen yòng zuì zhíjiē ér jiǎndān de bǐchù

描寫　離家的　心情，得到　世人　最　普遍　的　共鳴。
miáoxiě lí jiā de xīnqíng, dédào shìrén zuì pǔbiàn de gòngmíng.

望著　窗　外　明月　想著　家鄉，是一　種
Wàngzhe chuāng wài míngyuè xiǎngzhe jiāxiāng, shì yì zhǒng

淡淡　的　憂愁；在　江　邊　客船　上　聽著　鐘聲，
dàndàn de yōuchóu; zài jiāng biān kèchuán shàng tīngzhe zhōngshēng,

是一　種　夜不　成　眠的　惆悵；　遭逢　戰亂，
shì yì zhǒng yè bù chéng mián de chóuchàng; zāoféng zhànluàn,

想起　失散　的　親人　和　殘破　的　家園，除了　思念，更
xiǎngqǐ shīsàn de qīnrén hàn cánpò de jiāyuán, chúle sīniàn, gèng

是 焦急的　盼望。 對於離家 在 外 的 遊子，無 根 飄 然
shì jiāojí de pànwàng. Duìyú lí jiā zài wài de yóuzǐ, wú gēn piāo rán

在 天地 之 間，落葉歸根　應該 就 是 他們　內心　深處
zài tiāndì zhī jiān, luòyèguīgēn yīnggāi jiù shì tāmen nèixīn shēnchù

最 大 的　盼望。
zuì dà de pànwàng.

Many people have once in a while gone through the missing of their hometown when getting away from home. People are born to have the feeling of attachment to one's hometown and family. Although poets used the most direct and simplest style to describe their homesickness, these simple words and phrases can easily arouse the same feelings among people. Looking at the moon through the window and thinking of one's hometown tells a slight sorrow of the poet; listening to the ringing of the bell on the boat at riverside describes the melancholy of a sleepless night; born in war times and thinking of one's lost families and broken home, one would do not just yearning, but more to the desperate longing for the news of the safety of families. For people away from home, they drift from east to west, just like plants without roots. Going back to their hometown and stay should be the biggest hope hidden deeply in their mind.

詩人　哥德　說：「反覆 看 也 不會　生厭　的 東西
Shīrén Gēdé shuō, "Fǎnfù kàn yě búhuì shēngyàn de dōngxi

是　什麼？是 戀人　用心　寫來 的 信。」李　商隱　的
shì shénme? Shì liànrén yòngxīn xiělái de xìn." Lǐ Shāngyǐn de

愛情詩 就　像　是 他嘔心瀝血 寫下 的　情書，　充滿
àiqíngshī jiù xiàng shì tā ǒuxīnlìxiě xiěxià de qíngshū, chōngmǎn

義無反顧 的 熱情。 旁人 無法 理解，卻 看 得 出字裡
yìwúfǎngù de rèqíng. Pángrén wúfǎ lǐjiě, què kàn de chū zìlǐ

行間 的 深情，其 濃烈 的 風格 和 王 維 的
hángjiān de shēnqíng, qí nóngliè de fēnggé hàn Wáng Wéi de

淺白 小 詩 形成 強烈 對比。而 元 稹 懷念
qiǎnbái xiǎo shī xíngchéng qiángliè duìbǐ. Ér Yuán Zhěn huáiniàn

亡妻 所寫 的 詩作 則是 悼亡詩 的 經典 作品。
wángqī suǒ xiě de shīzuò zé shì dàowángshī de jīngdiǎn zuòpǐn.

Johann Wolfgang von Goethe said, "What can be read over and over again without getting tired of? The letters that lovers write with their true heart." The romantic poems of Li Shang-yin are just like the love letters written with his full heart and mind, filled with his wholehearted passions. Bystanders and onlookers may not fully understand the poems, but it's not difficult for them to feel the great love between the lines. The strong style of Li's poems makes a great contrast to the plain and simple short poems of Wang Wei. On the other hand, the poem written by Yuan Zhen in memory of his deceased wife is the classic of mourning poetry.

人事 的不 圓滿 是 憂愁 的 根源，詩人們
Rénshì de bù yuánmǎn shì yōuchóu de gēnyuán, shīrénmen

用 他們 的 生花妙筆，記錄 心中 美麗的 哀愁。
yòng tāmen de shēnghuāmiàobǐ, jìlù xīnzhōng měilì de āichóu.

The imperfection of human affairs makes people sad and frustrated, but the beautiful sorrow written by poets with their amazing literary talents ease the pain.

1.〈靜夜思〉
Jìng Yè Sī

Reminiscences in a Quiet Night

李白　五言絕句
Lǐ Bái　Wǔyán juéjù

原詩
Yuáshī

床　前　明　月　光　， Chuáng qián míng yuè guāng,	The bright moonlight before my bed- ❶
疑　是　地　上　霜　。 Yí shì dì shàng shuāng.	I suspect it is frost on the floor. ❷
舉　頭　望　明　月　， Jǔ tóu wàng míng yuè,	Raising my head, I gaze at the bright moon; ❸
低　頭　思　故　鄉　。 Dī tóu sī gù xiāng.	Lowering my head, I miss my hometown. ❹

注釋
Zhùshì

1. 明　月　光 　 míng yuè guāng	明亮　的　月光。 Míngliàng de yuèguāng. The bright moonlight.
2. 疑 　 yí	懷疑，猜想。 Huáiyí, cāixiǎng. To suspecy; to guess.
3. 霜 　 shuāng	天氣　冷　時，地面　或　植物　葉面 Tiānqì lěng shí, dìmiàn huò zhíwù yèmiàn 上　結成　的　薄冰。 shàng jiéchéng de bóbīng.

	Frost.	
4. 舉頭 jǔtóu	抬頭　仰望。 Táitóu yǎngwàng.	
	To raise one's head and look up.	
5. 望 wàng	向　遠方　看。 Xiàng yuǎnfāng kàn.	
	To look into the distance.	
6. 思 sī	思念　懷想。 Sīniàn huáixiǎng.	
	To miss or to think about with affection (a faraway person, place, etc.)	

翻譯
Fānyì

床　前 照進 一 片　明亮 的　月光，
Chuáng qián zhàojìn yí piàn míngliàng de yuèguāng,

潔白 的　光澤　讓 我 誤 以爲 那 是 地　上　結 的　霜。
jiébái de guāngzé ràng wǒ wù yǐwéi nà shì dì shàng jié de shuāng.

抬頭　望見　天上　皎潔 的　月亮，
Táitóu wàngjiàn tiānshàng jiǎojié de yuèliàng,

我　緩緩　低下 頭 來，思念 起 遠方　的　家鄉。
wǒ huǎnhuǎn dīxià tóu lái,　sīniàn qǐ yuǎnfāng de jiāxiāng.

Line by line analysis:

1 The poet was sitting in his bed, watching the moonlight that shone on the floor before his bed.

2 The moonlight was shining like frost on the floor. It was so shining that

it was confused with real frost. The image of "bright moon" and "frost" is suggestive of the autumn season and Mid-Autumn Festival, when family are supposed to get together.

❸ The poet raised his head to watch the bright moon ("bright" very probably because it was "full"), a symbol of a happy family reunion.

❹ The poet lowered his head to indulge himself in memory of his hometown, which implies he was then far away from home. The symblic meaning of the moon formed a stark contrast to his real situation.

賞析
Shǎngxī

這 是一首 描寫 遊子在月夜裡思念 故鄉 的
Zhè shì yì shǒu miáoxiě yóuzǐ zài yuèyè lǐ sīniàn gùxiāng de

詩。全 詩雖然 文字 簡短，但 意味 深長。 詩人
shī. Quán shī suīrán wénzì jiǎnduǎn, dàn yìwèi shēncháng. Shīrén

用 直接而平實 的 描寫 方式，表達 思 鄉 的
yòng zhíjiē ér píngshí de miáoxiě fāngshì, biǎodá sī xiāng de

情懷。在 他鄉 作客的夜 晚，詩人不 知在 煩惱
qínghuái. Zài tāxiāng zuòkè de yè wǎn, shīrén bù zhī zài fánnǎo

什麼 事情，直到 夜深 了卻 還 沒有 睡著。起身
shénme shìqíng, zhídào yèshēn le què hái méiyǒu shuìzháo. Qǐshēn

看看 天上 的月亮，忽然 想起 故鄉的家人。在
kànkàn tiānshàng de yuèliàng, hūrán xiǎngqǐ gùxiāng de jiārén. Zài

中國 古典 的 詩文裡，常 喜歡 用 天上 的
Zhōngguó gǔdiǎn de shīwén lǐ, cháng xǐhuān yòng tiānshàng de

月亮 來寄託思念的 情緒，圓圓 的 月亮 象徵
yuèliàng lái jìtuō sīniàn de qíngxù, yuányuánde yuèliàng xiàngzhēng

全家　團圓　的氣氛，有　缺口　的月亮　則令人
quánjiā tuányuán de qìfēn,　yǒu quēkǒu de yuèliàng zé lìng rén

聯想　起人事的不美滿。這　首《靜夜思》可算
liánxiǎng qǐ rén shì de bù měimǎn. Zhè shǒu《Jìng Yè Sī》 kě suàn

是　望　月思鄉　的代表作品。
shì wàng yuè sī xiāng de dàibiǎo zuòpǐn.

Overal analysis:

In this poem, a man traveling far away from home is missing his hometown in a moonlit night. Although the poem is short and simple, the feelings it was designed to convey are long and hard. The poet chose unembellished, straightforward language to express his homesickness. Late in a night staying in a strange land, some unidentified feelings were blocking sleep from the poet. He rose from the bed and saw the full moon, which reminded him of his family far away. "Moon" is a common image used in Chinese literature to express one's homesickness: one the one hand, the roundness of the full moon symbolizes a family reunion, while the moon's wax and wane symbolize the inconstancy of the "ideal" family model (i.e. accidental absence of a certain member) and the imperfection of the fickle life; on the other hand, no matter how far one's family are away, the traveling one is surely sharing the same moon with them, so they could feel not too far from each other. This fact could make the traveling one feel less lonely. This poem is the most typical among the "missing-home-while-gazing-at-the-moon" poems.

2.〈楓橋夜泊〉
Fēng Qiáo Yè Bó

The Mooring at Night by the Maple Bridge

原詩
Yuáshī

月　落　烏　啼　霜　滿　天　， Yuè luò wū tí shuāng mǎn tiān,	Moonset-ravens' cry-frost all over the sky- ❶
江　楓　漁　火　對　愁　眠　。 Jiāng fēng yú huǒ duì chóu mián.	River maples and fishing lights, I sleep before sorrows. ❷
姑　蘇　城　外　寒　山　寺　， Gū Sū Chéng wài Hán Shān Sì,	From the Hánshān Temple outside the city of Gūsū, ❸
夜　半　鐘　聲　到　客　船　。 Yè bàn zhōng shēng dào kè chuán.	Midnight tolls of a bell travel to my strange boat. ❹

注釋
Zhùshì

1. 楓　橋 Fēng Qiáo	橋　名。在　江　蘇　省　蘇州　市 Qiáo míng. Zài Jiāngsū Shěng Sūzhōu Shì 西邊　的　郊外。 xībiān de jiāowài.
	A bridge in a suburb to the west of the city of Sūzhōu, Jiāngsū Province.
2. 泊 bó	船　停靠　在岸　邊。 Chuán tīngkào zài àn biān.
	To be anchored off shore; to berth at the shore.

3. 烏啼 wū tí	烏 是 指 烏鴉，啼是 指 鳥類 鳴叫。 Wū shì zhǐ wūyā, tí shì zhǐ niǎolèi míngjiào. 烏啼就 是 烏鴉 發出了 啞啞的 啼叫聲。 Wū tí jiù shì wūyā fāchūle yāyāde tíjiàoshēng.
	Wū means ravens; tí is the call of birds. Wū tí indicates ravens' cry.
4. 霜 滿 shuāng mǎn 天 tiān	霜 原本 是 指 冰霜， 在 這裡 Shuāng yuánběn shì zhǐ bīngshuāng, zài zhèlǐ 「霜 滿 天」是 形容 寒冷， "shuāng mǎn tiān" shì xíngróng hánlěng, 感覺 上 天空 裡 到處 充滿了 gǎnjué shàng tiānkōng lǐ dàochù chōngmǎnle 霜 一般 寒冷 的 空氣。 shuāng yìbān hánlěng de kōngqì.
	It is used to describe the cold weather as if the frost were all over the sky.
5. 江 楓 jiāng fēng	生長 在 江 邊 的 楓樹。 Shēngzhǎng zài jiāng biān de fēngshù.
	Maple trees which grow by the riverside.
6. 漁 火 yú huǒ	漁船 上 微弱 的 燈火。 Yúchuán shàng wēiruò de dēnghuǒ.
	Literally "fishing fire." The faint lights that glow on the fishing boats mooring at night.
7. 愁 眠 chóu mián	因 心中 憂愁 而 無法 入睡。 Yīn xīnzhōng yōuchóu ér wúfǎ rùshuì.
	One cannot fall asleep because of gloominess and sadness.

8. 姑蘇 Gūsū	就是 指 蘇州。 Jiù shì zhǐ Sūzhōu.
	It indicates Sūzhōu.
9. 寒山寺 Hánshān Sì	寺廟 名，在 楓 橋 附近。 Sìmiào míng, zài Fēng Qiáo fùjìn.
	Hánshān Temple. Name of a temple, located close to the Maple Bridge. The literal translation of the name of this temple will be "Cold-Mountain Temple," which makes the scene even colder and lonelier.
10. 夜半 yèbàn	半夜。 Bànyè.
	Midnight.
11. 客船 kèchuán	客 是 指 離開 家鄉 在 外 作客 的人。 Kè shì zhǐ líkāi jiāxiāng zài wài zuòkè de rén. 客船 就是 旅人 所 搭乘 的 船。 Kèchuán jiù shì lǚrén suǒ dāchéng de chuán.
	My strange boat. The poet was sleeping in his boat, which was "strange" to those Sūzhōu people because the poet was not from Sūzhōu himself.

翻譯
Fānyì

月兒 向 西邊 漸漸 落下，烏鴉 啼叫 個 不停，天空
Yuèr xiàng xībiān jiànjiàn luòxià, wūyā tíjiào ge bùtíng, tiānkōng

充滿著 寒冷 的 空氣。
chōngmǎnzhe hánlěng de kōngqì.

孤單 的　晚上，只 有 那 江　邊 的　楓樹 和　漁船
Gūdān de wǎnshàng, zhǐ yǒu nà jiāng biān de fēngshù hàn yúchuán

　上　的　燈火，陪伴著　因 憂愁 而 睡 不 著　的 我。
shàng de dēnghuǒ, péibànzhe yīn yōuchóu ér shuì bù zháo de wǒ.

姑蘇　城　外 的 寒山 寺，
Gūsū Chéng wài de Hánshān Sì,

在　寧靜 的 半夜 裡 響 起 了 悠揚 的　鐘聲，一
zài níngjìng de bànyè lǐ xiǎngqǐ le yōuyáng de zhōngshēng, yì

　聲聲　傳到 了 我 這個 旅人 的 船　上。
shēngshēng chuándào le　wǒ zhège lǚrén de chuán shàng.

Line by line analysis:

❶ The sinking moon, crying ravens, and the frosty air-all create a sad and lonely atmosphere.

❷ The wordless riverside maples stood facing the faint glow on those off-duty fishing boats floating quietly above water, just like the poet, trying hard to dispel the disturbance by homesickness and get to sleep, was lying in his boat facing the depressing images floating quietly before his eyes. This line provides a sight that continues to be sad and lonely, and also zooms the camera in on the poet himself-the center of the poem.

❸ This Buddhist temple whose name means Cold Mountain outside the Sūzhōu City is not far from the spot where the poet's boat was moored. Its name helps a lot in creating the gloomy feelings in the scene. The temple has been a popular sightseeing spot since the poem was widely circulated.

❹ At midnight, tolls of a bell were heard by the sleepless homesick traveler who lay alone in his boat, which did not belong to the place it was. If Sūzhōu had been his home, he would not have had to spend time missing his family and friends back there, would have had a carefree night's sleep, and would not have heard the tolls. Since he did not belong to the place where he was staying, he could not but lie sleepless and thus was able to hear the tolls so late at night. In other words, each sound from the temple bell was reminding him of the fact that he was not at home, and he did not belong there. This made him even sadder and lonelier.

賞析
Shǎngxī

這 是一首 描寫 旅人愁思 的詩。詩人 先 用
Zhè shì yì shǒu miáoxiě lǚrén chóusī de shī.　Shīrén xiān yòng

景物及 聲音 的描寫，營造 出一 種 淒涼 冷清
jǐngwù jí shēngyīn de miáoxiě, yíngzào chū yì zhǒng qīliáng lěngqīng

的 氣氛。夜深 了，樹上 的 烏鴉 或許 是 因爲 天氣太
de qìfēn. Yèshēn le, shùshàng de wūyā huòxǔ shì yīnwèi tiānqì tài

冷，發出了 啞啞的 叫聲，聽來 特別 哀傷。孤獨 的
lěng, fāchūle yāyā de jiàoshēng, tīnglái tèbié āishāng. Gūdú de

旅人，只有 江楓 和 漁火 作伴。在 寧靜 的 夜裡，
lǚrén, zhǐyǒu jiāngfēng hàn yúhuǒ zuòbàn. Zài níngjìng de yèlǐ,

忽然 傳來 了 寒山 寺的 鐘聲。 一般人 這 時候
hūrán chuánlái le Hánshān Sì de zhōngshēng. Yìbānrén zhè shíhòu

都 睡熟 了，詩人 因爲 心情 憂愁，睡不著 覺，
dōu shuìshóu le, shīrén yīnwèi xīnqíng yōuchóu, shuì bù zháo jiào,

所以 注意 到了 周圍 景物 的細微 動靜， 感受 到
suǒyǐ zhùyì dào le zhōuwéi jǐngwù de xìwéi dòngjing, gǎnshòu dào

鐘 聲裡隱含 的 冷清 寂寞 心情。據説 這 首 詩
zhōng shēng lǐ yǐnhán de lěngqīng jímò xīnqíng. Jùshuō zhè shǒu shī

是 張 繼參加科舉考試 落榜 後，心懷 憂愁 所
shì Zhāng Jì cānjiā kējǔ kǎoshì luòbǎng hòu, xīn huái yōuchóu suǒ

寫下 的。他可能 作夢 也沒 想到，這次 失眠 時
xiěxià de. Tā kěnéng zuòmèng yě méi xiǎngdào, zhè cì shīmián shí

的 創作， 能夠 受到 這麼 多人 的喜愛，流傳
de chuàngzuò, nénggòu shòudào zhème duō rén de xǐài, liúchuán

千古。
qiāngǔ.

Overal analysis:

This poem conveys the sad feelings that assail a lonely traveler far away from home. The poet described the scene with many visual (moonset, river maples, fishing lights), auditory (raven's cry, tolls of bells) and tactile (frosty air) images, creating a gloomy, cold and lonely atmosphere. Late at night, the ravens perching in the tree cry cacophonously probably due to the bitter cold, making the lone traveler feel sad. Accompanied by only river maples and fishing lights, he suddenly heard the tolls of the bell of the Cold-Mountain Temple that broke the silence at midnight. Most people were sleeping, so the tolls only bothered the poet, who was too disturbed to sleep. Sleepless and vigilant, he could sense the subtlest changes in the environment around him, as well as the subtlest sad sounds brought by the midnight tolls. It is believed by some scholars that this poem was composed when the poet just learned he failed the imperial examination he had just taken. Perhaps he could not even dream of the great success and popularity exhibited by this poem, which was originally nothing more than a product of insomnia.

3. 〈宿建德江〉
Sù Jiàn Dé Jiāng
Staying Overnight by the River Jiàndé

孟浩然　　五言絕句
Mèng Hàorán　Wǔyán juéjù

原詩
Yuáshī

移　舟　泊　煙　渚　， Yí　zhōu　bó　yān　zhǔ,	Moving the boat and mooring it to the smoky sandbank, ❶
日　暮　客　愁　新　。 Rì　mù　kè　chóu xīn.	At dusk, the traveler's sorrows are new. ❷
野　曠　天　低　樹　， Yě kuàng tiān　dī　shù,	The wild field is spacious-the sky is lower than trees- ❸
江　清　月　近　人　。 Jiāng qīng yuè jìn　rén.	The river is clear-the moon is close to us. ❹

注釋
Zhùshì

1. 宿 sù	住、 過夜。 Zhù, guòyè.
	To live, over night stay
2. 建 德 江 Jiàn dé Jiāng	江　名，就是　現在　的　新安　江，在 Jiāng míng, jiù shì xiànzài de Xīnān Jiāng, zài 浙江　省　境内，流經　建德　縣。 Zhèjiāng Shěng jìngnèi, liú jīng Jiàndé Xiàn.

	Name of a river, in the present-day Zhèjiāng Province.
3. 移 舟 yí zhōu	移 是 指 移動 位置，移 舟 就 是 開 Yí shì zhǐ yídòng wèizhì, yí zhōu jiù shì kāi 船 的 意思。 chuán de yìsi.
	Steering the boat.
4. 煙 渚 yānzhǔ	煙 是 指 江 上 的 霧氣，渚 是 指 Yān shì zhǐ jiāng shàng de wùqì, zhǔ shì zhǐ 水 中 的 沙洲。 煙渚 就 是 被 shuǐ zhōng de shāzhōu. Yānzhǔ jiù shì bèi 霧氣 籠罩 的 沙洲。 wùqì lǒngzhào de shāzhōu.
	The sandbank that is hidden beneth aveil of mist.
5. 暮 mù	黃昏， 太陽 下山 時。 Huánghūn, tàiyáng xiàshān shí.
	Dusk.
6. 客 愁 kè chóu	「客」是 指 離鄉 在 外 作客 的 人，「客 "Kè" shì zhǐ lí xiāng zài wài zuòkè de rén, "kè 愁」指 思念 故鄉 的 憂 愁。 chóu" zhǐ xīniàn gùxiāng de yōu chóu.
	Kè indicates those who tear themselves away from their native place. Kèchóu means the sadness that is brought by missing hometowns.
7. 曠 kuàng	空曠 開闊。 Kōngkuàng kāikuò.
	Expansive and open.

157

8. 江 清 jiāng qīng	江水　清澈。 Jiāngshuǐ qīngchè. The river is clear.

翻譯
Fānyì

我 所 乘坐 的 船 行駛 到了建德 江，停靠 在
Wǒ suǒ chéngzuò de chuán xíngshǐ dào le Jiàndé Jiān, tíngkào zài

煙霧 迷濛 的 沙洲 旁，
yānwù míméng de shāzhōu páng,

黃昏 時的景色，引起我 心中 思念 故鄉 的
huánghūn shí de jǐngsè, yǐnqǐ wǒ xīnzhōng sīniàn gùxiāng de

憂愁。
yōuchóu.

望著 空曠 的 原野，那被 雲霧 籠罩 的 黯淡
Wàngzhe kōngkuàng de yuányě, nà bèi yúnwù lǒngzhào de àndàn

天空，看 起來 比樹 還低，
tiānkōng, kàn qǐlái bǐ shù hái dī,

江水 清澈，月亮 的 影子 照 在 水 中 看 得
jiāngshuǐ qīngchè, yuèliàng de yǐngzi zhào zài shuǐ zhōng kān de

很 清楚，彷彿 更 靠近 人 了。
hěn qīngchǔ, fǎngfú gèng kàojìn rén le.

Line by line analysis:

➊ The poet steered his boat and moored it to the sandbank in the middle of the River Jiàndé.

❷ As the sun was going down, homesickness started to rise in inside him.

❸ The poet showed us a panorama of an immense wilderness, where the heavily cloudy sky looked even lower than the bushes at the horizon.

❹ The river water was clear, and the moon's reflection in the water looked so close to the people living on the ground.

159

賞析 Shǎngxī

　　這 是 一 首　描寫 旅人 憂愁 的 詩，第一句寫
　　Zhè shì yì shǒu miáoxiě lǚrén yōuchóu de shī,　dì-yī jù xiě

地點，第二句寫 時間，後　兩 句寫景物，全　詩 的
dìdiǎn,　dì-èr jù xiě shíjiān, hòu liǎng jù xiě jǐngwù, quán shī de

層次　分明。詩人 的 船　停靠 在 江　邊，黃昏
céngcì fēnmíng. Shīrén de chuán tíngkào zài jiāng biān, huánghūn

時 太陽　下山，周圍 起了白色的霧氣，所有 在
shí tàiyáng xiàshān, zhōuwéi qǐle báisè de wùqì,　suǒyǒu zài

白天 時熱鬧 鮮明　的景色都 不見了，只 剩下
báitiān shí rènào xiānmíng de jǐngsè dōu bújiàn le,　zhǐ shèngxià

孤獨的自己，原本 壓抑在　心 中　的　鄉愁，漸漸 地
gūdú de　zìjǐ, yuánběn yāyì zài xīnzhōng de xiāngchóu, jiànjiàn dì

被　釋放　出來。空曠　的 原野 景色 雖然　讓 詩人
bèi shìfàng chūlái. Kōngkuàng de yuányě jǐngsè suīrán ràng shīrén

覺得 孤單，但　月亮 的 影子 親切 地靠近自己，也 算
juéde gūdān,　dàn yuèliàng de yǐngzi qīnqiè de kàojìn zìjǐ,　yě suàn

是 得到了 一些 小小　的 安慰，讓 詩裡的 情感 不至於
shì dédào le yīxiē xiǎoxiǎo de ānwèi, ràng shī lǐ de qínggǎn búzhìyú

沉溺 在 自悲自憐 的 情緒　中。
chénnì zài zìbēizìlián de qíngxù zhōng.

Overal analysis:

This poem expresses the sorrows of a traveler. The first line specifies the location, the second the time, the last two lines the scenery-the structure of this poem is clear and orderly. The poet moored his boat to the riverside while the sun was setting at dusk. White fog rose around him, covering up and changing all the colorful pleasant scenery in daytime except the lonely poet, who was as lonely as usual. The homesick feelings which the poet had been suppressing so hard started to surface and release themselves bit by bit. Although the vastness of the wilderness simply accentuated the loneliness of the poet, the moon's reflection which was just a few steps away served as a little comfort to him, since if the distant moon could seem close, his hometown would not feel that far away either. The moon saved the poet and this poem from wallowing in self-pity.

4. 〈旅夜書懷〉
Lǚ Yè Shū Huái

杜甫　五言律詩
Dù Fǔ　Wǔyán lǜshī

Writing Down my Contemplations in a Night During Travel

原詩
Yuáshī

細　草　微　風　岸　， Xì　cǎo　wéi fēng　àn,	Fine grasses, breeze, the riverbank, ❶
危　檣　獨　夜　舟　。 Wéi qiáng dú　yè　zhōu.	A tall mast, and my lone nocturnal boat. ❷
星　垂　平　野　闊　， Xīng chuí píng yě　kuò,	Stars drape, and the plain is vast, ❸
月　湧　大　江　流　。 Yuè　yǒng dà　jiāng liú.	The moon surges, and the great river flows. ❹
名　豈　文　章　著　， Míng qǐ　wén zhāng zhù,	Should fame be manifested by some writings? ❺
官　應　老　病　休　。 Guān yīn　lǎo　bìng xiū.	My official service ended for my age and poor health. ❻
飄　飄　何　所　似　， Piāo piāo hé　suǒ　sì,	Adrift and adrift, what do I resemble? ❼
天　地　一　沙　鷗　。 Tiān dì　yì　shā　ōu.	A single seagull between the sky and the earth. ❽

注釋
Zhùshì

1. 書 懷 shū huái	「書」在 這裡 是 動詞，就 是 寫 的 意思。 "Shū" zài zhèlǐ shì dòngcí, jiù shì xiě de yìsi. 「懷」指 胸懷。「書 懷」就 是 把 "Huái" zhǐ xiōnghuái. "Shū huái" jiù shì bǎ 心中 的 情懷 寫 下來。 xīnzhōng de qínghuái xiě xiàlái. Shū serves as a verb, which means to write. Huái means the poet's contemplation in his mind.
2. 危 wéi	高。 Gāo. Tall.
3. 檣 qiáng	船上 用來 掛 帆 的 桅杆。 Chuánshàng yònglái guà fán de wéigān. A tall pole on which the sails or flags on a ship are hung.
4. 垂 chuí	低。 Dī. Low.
5. 平野 píngyě	地勢 平坦 的 原野。 Dìshì píngtǎn de yuányě. Flat fields without any slopes or hills.
6. 湧 yǒng	水 由 下 冒 上來。 Shuǐ yóu xià mào shànglái. Water bobs up from the surface of the earth.

7. 大 江 dà jiāng	指　長江。 Zhǐ Chángjiāng.
	It indicates the Changjinang River.
8. 名 míng	名聲。 Míngshēng.
	Reputation.
9. 豈 qǐ	難道。 Nándào.
	A function word that marks the question is rhetorical, i.e. the answer is clearly negative.
10. 著 zhù	顯著、　有名　的意思。 Xiǎnzhù, yǒumíng de yìsi.
	Famous.
11. 休 xiū	辭官　退休。 Cíguān tuìxiū.
	To resign a government post and retire.
12. 飄飄 piāopiāo	形容　像被風　吹動，四處 Xíngróng xiàng bèi fēng chuīdòng, sìchù 飄泊　不定　的樣子。 piāobó bú dìng de yàngzi.
	Being blown around by the wind. It implies that one has no fixed place to live.

翻譯
Fānyì

微風　吹拂著岸邊　細小的野草，
Wéifēng chuīfúzhe àn biān xìxiǎo de yěcǎo,

夜晚，我　乘坐　的　小船　孤獨地停靠在岸邊，
yèwǎn, wǒ chéngzuò de xiǎochuán gūdú de tíngkào zài àn biān,

船桅　高高 地指 向　天空。
chuánwéi gāogāo de zhǐ xiàng tiānkōng.

天上　的　星光　閃爍，照耀著　廣大 而 遼闊
Tiānshàng de xīngguāng shǎnshuò, zhàoyàozhe guǎngdà ér liáokuò

的 平野，
de píngyě,

月影　映照 在　江面　上，江水　湧動，不停
yuèyǐng yìngzhào zài jiāngmiàn shàng, jiāngshuǐ yǒngdòng, bùtíng

地 向　前 奔流。
de xiàng qián bēnliú.

人的　名聲　難道 是靠　文章 寫得 好而 得到
Rén de míngshēng nándào shì kào wénzhāng xiě de hǎo ér dé dào

的 嗎？
de ma?

如今的我身體 衰老　生病，是 應該辭 官 退休的
Rújīn de wǒ shēntǐ shuāilǎo shēngbìng, shì yīnggāi cí guān tuìxiū de

時候 了。
shíhòu le.

想想　我 現在　這樣 四處 飄泊，就　像 是　什麼
Xiǎngxiǎng wǒ xiànzài zhèyàng sìchù piāobó, jiù xiàng shì shénme

呢？
ne?

也許就　像 是 飛翔 在天地 之 間一隻孤獨 的 沙鷗
Yěxǔ jiù xiàng shì fēixiáng zài tiāndì zhī jiān yì zhī gūdú de shāōu

吧！
ba!

Line by line analysis:

① The breeze blew over the tiny grasses growing on the riverbank. This night scene did not seem unpleasant.

② A single boat with a tall mast was floating on a river alone in the night. The mast is the only tall thing in the entire picture, so it makes the boat look especially solitary.

③ The star-spangled night sky covered the surroundings like a dark-blue drape, and under it was the vastnesses of a spectacular plain stretching away from the riverside. The word "drape" suggests that even the stars close to the horizon line were also quite visible, which means light on the vast land was scarce, so the land was almost not inhabited. The poet successfully stressed his loneliness by skillfully presenting such a view.

④ The moon's reflection bobbed up and down in the great river's surging surface, which flew quietly eastward. The scenery described from [1] to [4] is surely spectacular, but we have to admit that it surely does not seem homey.

⑤ The poet questioned whether fame should be obtained through one's writings. His answer was no, although he was a famous writer himself, he believed real achievements were political rather than literary. In other words, he wanted success in his political career and did not really care whether he was a successful writer or not.

⑥ Sadly enough, however, his political career was forced to come to an end before he could do anything significant for his old age and poor health conditions. He was, imaginably, disappointed.

⑦ He asked a question in order to sum up his wandering life: "What am I, who have led such a rootless life, like?"

⑧ He provided the answer himself: "I am like a seabird flying alone in the immense universe." He was nonstop traveling, without a roost to perch himself.

賞析
Shǎngxī

這　首　詩是杜甫辭去官職，坐　船　要　離開
Zhè shǒu shī shì Dù Fǔ cíqù guānzhí, zuò chuán yào líkāi

成都　時所寫的作品。詩　中　感　懷自己即將要
Chéngdū shí suǒ xiě de zuòpǐn. Shī zhōng gǎn huái zìjǐ jíjiāng yào

開始　過著　漂泊的　生活。　前面　四句點出了「旅
kāishǐ guòzhe piāobó de shēnghuó. Qiánmian sì jù diǎnchūle "lǚ

夜」的主題，描寫離　鄉　的夜晚，在　船上　　所
yè" de zhǔtí, miáoxiě lí xiāng de yèwǎn, zài chuánshàng suǒ

看見　的景物。先以岸　邊　冷清　景象，營造　出
kànjiàn de jǐngwù. Xiān yǐ àn biān lěngqīng jǐngxiàng, yíngzào chū

孤獨　無依的氣氛，再寫　遼闊　的平野　和　大　江，來
gūdú wúyī de qìfēn, zài xiě liáokuò de píngyě hàn dà jiāng, lái

襯托　出自己的　渺小。　後面　四句開始「書　懷」，
chèntuō chū zìjǐ de miǎoxiǎo. Hòumiàn sì jù kāishǐ "shū huái",

雖然杜甫的　詩文　受到　大家的　欣賞而有了名氣，
suīrán Dù Fǔ de shīwén shòudào dàjiā de xīnshǎng ér yǒule míngqì,

但是他的　政治　理想　卻　始終　無法施展。
dànshì tā de zhèngzhì lǐxiǎng què shǐzhōng wúfǎ shīzhǎn.

事實上，杜甫辭官　是　因爲　出於無奈，而不是
Shìshíshàng, Dù Fǔ cí guān shì yīnwèi chū yú wúnài, ér búshì

眞的　生　病，「官　應老病　休」這句　話　隱含著
zhēnde shēng bìng, "Guān yīng lǎo bìng xiū" zhè jù huà yǐnhánzhe

深沈　的 感慨。古代 的 讀書人 大部分 都 懷 有
shēnchěn de gǎnkǎi. Gǔdài de dúshūrén dàbùfèn dōu huái yǒu

政治上　　的 抱負，可是 杜甫的 一生 過 得 並 不
zhèngzhìshàng de bàofù,　kěshì Dù Fǔ de yīshēng guò de bìng bú

順利，遭遇 許多 的 困難 和 阻礙。他 在 詩 的 最後
shùnlì, zāoyù xǔduō de kùnnán hàn zǔài.　Tā zài shī de zuìhòu

說 自己 飄泊不 定 的　生活，就　像　到處　飛翔
shuō zìjǐ piāobó bú dìng de shēnghuó, jiù xiàng dàochù fēixiáng

居無定所 的 沙鷗 一樣，讀 起來 真是　使人　感到
jūwúdìngsuǒ de shāōu yíyàng,　dú　qǐlai zhēnshì shǐ rén gǎndào

悲傷。
bēishāng.

Overal analysis:

The poet wrote the work after he quit his office in Chéngdū City, Sìchuān Province, and when he was about to embark on his boat to leave there. In this poem, the poet expressed his worries about the approach of a "drifting" life. The first half of the poem deals with one part of the topic-"a night during travel," describing the things he witnessed on a boat in a night far away from home. He started with the riverside scene with slight traces of human presence to create a cold and lonely atmosphere, and followed it by images of a vast plain and a great river to contrast the insignificance of his lone self. The second half deals with the other part of the topic-"writing down" his "contemplations": although Dù Fǔ's literary works had been widely acclaimed and well-renowned, he still felt lost since he never managed to accomplish his highest dream-to become successful as a political figure to make all China a better place. According to the historical records, Dù Fǔ did not quit because he was old and unwell; the fact that he had no choice but conceal the real reasons why he gave up makes this poem even sadder and more profound. Almost everyone who studied hard in ancient China had political ambitions, and Dù Fǔ was no exception; however, too many difficulties and obstacles confronted him incessantly, and finally his pursuit turned out to be futile. Like his political ambitions, even his physical body could not find a place to settle down either, just like a lone boat on a great river, a lone seagull flying in the boundless universe. This was sad to the core.

5.〈春 望〉
Chūn Wàng

A Survey in the Spring

杜甫　五言律詩
Dù Fǔ　Wǔyán lǜshī

原詩
Yuáshī

原詩	翻譯
國 破 山 河 在 ， Guó pò shān hé zài,	The state crumbles but the landscape survives. ❶
城 春 草 木 深 ， Chéng chūn cǎo mù shēn.	The city enters spring and the plants thrive. ❷
感 時 花 濺 淚 ， Gǎn shí huā jiàn lèi,	The time shakes me; flowers can spill my tears; ❸
恨 別 鳥 驚 心 。 Hèn bié niǎo jīng xīn.	Separations agonize me; birds can stun my heart. ❹
烽 火 連 三 月 ， Fēng huǒ lián sān yuè,	Flames of war have persisted for three months. ❺
家 書 抵 萬 金 。 Jiā shū dǐ wàn jīn.	A letter from home is worth a great fortune. ❻
白 頭 搔 更 短 ， Bái tóu sāo gèng duǎn,	My hair's been silver, scratching's made it thinner; ❼
渾 欲 不 勝 簪 。 Hún yù bù shēng zān.	It is almost about to fail to sustain a hair stick. ❽

1. 春 望 chūn wàng	在 春天 時向 遠方 眺望。 Zài chūntiān shí xiàng yuǎnfāng tiàowàng.
	To gaze at the panoramic view from a high place in spring.
2. 國 破 guó pò	國家 殘破。 Guójiā cánpò.
	The state crumbles.
3. 城 chéng	指 的 是 長安 城。 Zhǐ de shì Cháng'ān Chéng.
	It indicates Cháng'ān.
4. 草 木 深 cǎo mù shēn	草木 生長 茂盛， 暗示著 這裡 Cǎomù shēngzhǎng màoshèng, ànshìzhe zhèlǐ 的 人煙 稀少。 de rényān xīshǎo.
	Plants flourish, which implies that a place sparsely populated.
5. 感 時 gǎn shí	感傷 這個 動亂 的 時局。 Gǎnshāng zhège dòngluàn de shíjú.
	To feel sad about the current unrestful situation.
6. 濺 淚 jiàn lèi	「濺」是 指 水 灑出。 濺 淚就 是 流淚 "Jiàn" shì zhǐ shuǐ sǎchū. Jiàn lèi jiù shì liúlèi 的 意思。 de yìsi.
	Jiàn is water splashes. Jiàn lèi means to burst into tears.

7. 烽火 fēnghuǒ	原 是 指　戰爭　時 發出 信號 Yuán shì zhǐ zhànzhēng shí fāchū xìnhào 傳遞　消息 的 煙火，這裡 用來　表示 chuándì xiāoxí de yānhuǒ, zhèlǐ yònglái biǎoshì 戰爭。 zhànzhēng.
	It originally means signal fires used in wars. In this poem, it implies wars.
8. 家書 jiāshū	家人　所 寄來的 信。 Jiārén suǒ jìlái de xìn.
	Letters from home.
9. 抵 dǐ	值得。 Zhídé.
	To be worth.
10. 萬金 wàn jīn	萬　兩　黃金。 Wàn liǎng huángjīn.
	Ten thousand pieces of gold.
11. 搔 sāo	用　手指甲　抓。 Yòng shǒuzhǐjiǎ zhuā.
	Scratching. A personal habit occurring when he was faced with some bad things in life but could not get over it.
12. 渾 hún	簡直。 Jiánzhí.
	Almost; virtually.
13. 不勝 bù shēng	承受。「不勝」就是 不能 Chéngshòu. "Bù shēng" jiù shì bùnéng 承受，　承受 不住 的意思。 chéngshòu, chéngshòu bú zhù de yìsi.
	Cannot sustain.

翻譯
Fānyì

國家 遭受 到 戰火 的 破壞，但 山脈 和 河川
Guójiā zāoshòu dào zhànhuǒ de pòhuài, dàn shānmài hàn héchuān

依然 存在。
yīrán cúnzài.

春天 到了，長安 城 裡草木 雜亂 地 生長
Chūntiān dào le, Cháng'ān Chéng lǐ cǎomù záluàn de shēngzhǎng

著，到處 是一片 荒蕪。
zhe, dàochù shì yí piàn huāngwú.

感嘆 這 動亂 的 時局，心中 的 感傷 特別 深，
Gǎntàn zhè dòngluàn de shíjú, xīnzhōng de gǎnshāng tèbié shēn,

看到 花 開，也 忍不住 傷心 落淚。
kàndào huā kāi, yě rěnbúzhù shāngxīn luò lèi.

和 家人 分別 太久了，既 思念 又 擔心，連 聽到
Hàn jiārén fēnbié tài jiǔ le, jì sīniàn yòu dānxīn, lián tīngdào

鳥叫聲， 都 被 嚇 得 心驚膽跳。
niǎojiàoshēng, dōu bèi xià de xīnjīngdǎntiào.

戰爭 已經 持續 好 幾 個 月 了，
Zhànzhēng yǐjīng chíxù hǎo jǐ ge yuè le,

在 這 種 兵荒馬亂 中，要是 能 收到 一
zài zhè zhǒng bīnghuāngmǎluàn zhōng, yàoshì néng shōudào yì

封 家書，那 可 眞 是 比 萬 兩 黃金 還
fēng jiāshū, nà kě zhēn shì bǐ wàn liǎng huángjīn hái

珍貴 啊！
zhēnguì a!

我 因為 憂愁 而 常 抓 頭髮，頭 上 的白髮已經
Wǒ yīnwèi yōuchóu ér cháng zhuā tóufǎ, tóu shàng de báifǎ yǐjīng

愈 抓 愈 少，
yù zhuā yù shǎo,

髮簪 都 幾乎 快 要 插 不 住 了。
fǎzān dōu jīhū kuài yào chā bú zhù le.

Line by line analysis:

1. The time was turbulent. Gazing at the capital of Táng, the poet sighed about although the scenery was still the same, the political situation had changed so much.

2. The season was spring, so plants were growing quite well. However, the flourishing of the plants also implied the lack of human presence. In the troubled time, many people died in the war either killed or starved.

3. Emotionally much influenced by the turbulence of the time, the poet was put to a state in which even the beauty of the blooming flowers, which should make one smile, could make him cry.

4. War had frequently been separating the poet from his families and friends. He had become too sensitive about almost anything for fear that any slight changes might result in another separation. He felt stunned and frightened even when just a bird started to sing.

5. The war had been fought for a long time, and consequently the country was in bad shape.

6. The war had sabotaged a lot in normal life, and that was why it was almost a miracle that a letter sent from home was a precious treasure to anybody who could receive it.

7. The protracted war gave rise to many, many worries in the poet. Those worries whitened his hair, and the habit he developed as the worries multiplied aggravated his hair loss.

8. This line tells us the result of the hair loss-the remaining silver hair on his head was too thin to sustain a hair stick, which was not a heavy thing at all.

賞析
Shǎngxī

這　首　詩是杜甫在安史之亂　時　被　叛軍
Zhè shǒu shī shì Dù Fǔ zài Ān Shǐ zhī luàn shí bèi pànjūn

抓到　　京城　　長安　所寫下的作品。杜甫　眼見
zhuādào Jīngchéng Cháng'ān suǒ xiěxià de zuòpǐn. Dù Fǔ yǎnjiàn

原本　熱鬧　繁華的　京城，被　戰火　破壞　得殘破
yuánběn rènào fánhuá de Jīngchéng, bèi zhànhuǒ pòhuài de cánpò

不堪，心中　　充滿　憂時憂國的　心情。　前面
bù kān, xīnzhōng chōngmǎn yōu shí yōu guó de xīnqíng. Qiánmiàn

四句，描寫　國家　破亡了，長安　　城　裡雖然已是
sì jù, miáoxiě guójiā pòwáng le, Cháng'ān Chéng lǐ suīrán yǐ shì

春天，卻四處　荒蕪　殘破。從前　開心　欣賞　的
chūntiān, què sì chù huāngwú cánpò. Cóngqián kāixīn xīnshǎng de

美麗　花朵　和悦耳　鳥叫聲，如今反　讓自己覺得
měilì huāduǒ hàn yuèěr niǎojiàoshēng, rújīn fǎn ràng zìjǐ juéde

感傷、驚心。深刻　地表達　出國家　受到　　戰爭
gǎnshāng, jīngxīn. Shēnkè de biǎodá chū guójiā shòudào zhànzhēng

破壞，家人被迫離散的　痛苦。
pòhuài, jiārén bèi pò lísàn de tòngkǔ.

後　面　的四句，杜甫　利用「家書」——這　種
Hòumiàn de sì jù, Dù Fǔ lìyòng "jiāshū" — zhè zhǒng

平時　隨時可得到的信件，説出了　遭逢　戰亂　時
píngshí suíshí kě dédào de xìnjiàn, shuōchū le zāoféng zhànluàn shí

人民的　心聲。要是　能　收到　家人寄來報　平安
rénmín de xīnshēng. Yàoshì néng shōudào jiārén jìlái bào píngān

的 書信，那 真的 會 比 得到 千萬 的 黃金 更 令
de shūxìn, nà zhēnde huì bǐ dédào qiān wàn de huángjīn gèng lìng

人 高興。而 除了 擔心 家人 的 安危 外，杜甫 也 擔憂
rén gāoxìng. Ér chúle dānxīn jiārén de ānwéi wài, Dù Fǔ yě dānyōu

國家 的 前 途，才 會 急 得 把 白 頭髮 愈 抓 愈 少，
guójiā de qián tú, cái huì jí de bǎ bái tóufǎ yù zhuā yù shǎo,

整 首 詩 表現 出 知識 分子 憂 國 思家，真切 的
zhěng shǒu shī biǎoxiàn chū zhīshì fènzǐ yōu guó sī jiā, zhēnqiè de

情意。
qíngyì.

Overal analysis:

Dù Fǔ wrote this poem when he was held captive in Cháng'ān, the captial, by the rebelling party during the famous Revolt of Ān Lùshān and Shǐ Sīmíng (aka Ān Lùshān Rebellion). Watching the war-ruined sight of the once-lively capital city, heated patriotism burnt in him, and grief seized him. The first four lines are focused on the deserted scene of the city before his eye-the coming of the spring, the supposedly vigorous season, ironically made the scene look even more desolate. During this abnormal period of time, he felt sad and stunned even when seeing flowers and hearing birds sing, both of which used to be delightful to him. These four lines contain a fierce accusation against the cruelty of war.

In the later four lines, the poet utilized the phrase "a letter from home" to point out the aberrance of war. "A letter from home" was supposed to be one of the commonest things in everyday life, but in a country ravaged by war, the chance to receive one such letter from home that carried a message of safety was so slim, and it was thus so precious. Moreover, the poet was anxious about not only the safety of families and friends but also the future of the entire country, and it was exactly the anxiety that, either directly or indirectly, caused his silver hair and baldness. Overall, this poem well represents the genuine, spontaneous concern about the society expressed by an intellectual like the poet himself.

6.〈月夜憶舍弟〉
Yuè Yè Yì Shè Dì

杜甫　五言律詩
Dù Fǔ　Wǔyán lǜshī

Recalling about My Young Brothers in a Moonlit Night

原詩
Yuáshī

原詩	譯文
戍 鼓 斷 人 行 ， Shù gǔ duàn rén xíng,	The watchtowers' drumming stops people from walking about; ❶
邊 秋 一 雁 聲 。 Biān qiū yí yàn shēng.	In the autumn in this borderland is one call of a wild goose. ❷
露 從 今 夜 白 ， Lù cóng jīn yè bái,	The dew is whiter since tonight; ❸
月 是 故 鄉 明 。 Yuè shì gù xiāng míng.	The moon is brighter back at home. ❹
有 弟 皆 分 散 ， Yǒu dì jiē fēn sàn,	I have brothers but all of them are scattered; ❺
無 家 問 死 生 。 Wú jiā wèn sǐ shēng.	I have no place to ask if they are dead or alive. ❻
寄 書 長 不 達 ， Jì shū cháng bù dá,	I send letters but the letters seldom reach them, ❼
況 乃 未 休 兵 。 Kuàng nǎi wèi xiū bīng.	Let alone arms have not yet been laid down. ❽

注釋
Zhùshì

1. 舍弟 shèdì	稱呼 自己 家中 的 晚輩 會 用 Chēnghū zìjǐ jiāzhōng de wǎnbèi huì yòng 「舍」字，「舍弟」就 是 指自己 的 弟弟。 "shè" zì, "shèdì" jiù shì zhǐ zìjǐ de dìdi.
	When calling the young in our families, we Chinese will use the word "shè". Shèdì indicates the poet's younger brother.
2. 戍鼓 shùgǔ	戍樓 是 指 建築 在 城中， 用來 Shùlóu shì zhǐ jiànzhú zài chéngzhōng, yònglái 警戒 防守 的 樓臺。戍鼓 是 指 戍樓 jǐngjiè fángshǒu de lóutái. Shùgǔ shì zhǐ shùlóu 上 的 鼓聲。 shàng de gǔshēng.
	Watchtowers were built in a city in order to guard and defend the city from assaults. There was a drum up in each watchtower; guards could hit the drum to forbid people from walking around in the city.
3. 斷 人 行 duàn rén xíng	指 鼓聲 響起 後，人們 就 不能 Zhǐ gǔshēng xiǎngqǐ hòu, rénmen jiù bùnéng 四處 走動。 sìchù zǒudòng.
	After the drum is beat, people cannot walk around.
4. 邊 秋 biān qiū	邊塞 地區 的 秋天。 Biānsài dìqū de qiūtiān.
	Autumn in the frontier fortress.

5. 露 從 今 Lù cóng jīn 夜 白 yè bái	「白露」是 秋天 的一個 節氣　名稱， "Báilù" shì qiūtiān de yí ge jiéqì míngchēng, 白露 以後，天氣 會　漸漸　冷。 Báilù yǐhòu, tiānqì huì jiànjiàn biàn lěng.
	Báilù is one of the 24 solar terms (24 points that divide a year into 24 sections; farmers and fishermen usually act according to the solar terms), literally "White Dew." In China, when the solar term of White Dew comes, the temperature will start to go down, so the dew will almost freeze and turn white. The weather will be colder and colder after Báilù.
6. 問 死 生 wèn sǐ shēng	探問　生 死 的 消息。 Tànwèn shēng sǐ de xiāoxí.
	To ask the news of the poet's brothers; to ask if the poet's brothers are dead or alive.
7. 書 shū	書信。 Shūxìn.
	Letters.
8. 長 不 達 cháng bù dá	往往　不能　送達。 Wǎngwǎng bùnéng sòngdá.
	Letters always connot be sent to the poet's brothers.
9. 況 乃 kuàng nǎi	更　何況　是。 Gèng hékuàng shì.
	Let alone.
10. 未 休 兵 wèi xiū bīng	戰爭　還 未　停止 的 意思。 Zhànzhēng hái wèi tíngzhǐ de yìsi.
	Wars have not ended yet.

翻譯
Fānyì

戍樓　上　傳來了一陣　鼓聲，路上　的　行人　也
Shùlóu shàng chuánláile yí zhèn gǔshēng, lùshàng de xíngrén yě

都　失去了　蹤影，
dōu shīqùle zōngyǐng,

在　這　邊塞　地區的秋夜裡，只　聽到　孤雁　悲傷　的
zài zhè biānsài dìqū de qiūyè lǐ, zhǐ tīngdào gū yàn bēishāng de

叫聲。
jiàoshēng.

時間　過得　眞　快，從　今夜起，節氣　就　要　進入
Shíjiān guò de zhēn kuài, cóng jīn yè qǐ, jiéqì jiù yào jìnrù

白露，
báilù,

人在　他鄉，總　覺得　故鄉　的　月亮　最皎潔　明亮。
rén zài tāxiāng, zǒng juéde gùxiāng de yuèliàng zuì jiǎjié míngliàng.

我　的　弟弟們，因爲　戰亂　的　原因，被迫　分散　在
Wǒ de dìdimen, yīnwèi zhànluàn de yuányīn, bèi pò fēnsàn zài

不同　的　地方，
bùtóng de dìfāng,

現在　連　故鄉　的老家也被　戰火　給破壞，彼此　無法
xiànzài lián gùxiāng de lǎojiā yě bèi zhànhuǒ gěi pòhuài, bǐcǐ wúfǎ

打聽　生　死的消息。
dǎtīng shēng sǐ dì xiāoxí.

我　不斷　地寄信回去，卻　一直　沒有　回音，可能　是
Wǒ búduàn dì jìxìn huíqù, què yīzhí méiyǒu huíyīn, kěnéng shì

因爲路途遙遠 而無法寄達吧，
yīnwèi lùtú yáoyuǎn ér wúfǎ jì dá ba,

更 何況 現在 戰爭 還沒結束，那就 更 難
gèng hékuàng xiànzài zhànzhēng hái méi jiéshù, nà jiù gèng nán

互 通 消息 了。
hù tōng xiāoxí le.

Line by line analysis:

1. "Watchtowers," "drumming," and the lack of "people walking about" set a cold, highly-alert wartime atmosphere.

2. This line points out the time when (autumn) and the place where (borderland) he heard the heart-wrenching call of the solitary wild goose. Both "autumn" and "borderland" strengthen the coldness and loneliness revealed in the poem.

3. The day of White Dew came today, so the coldness will be even more severe.

4. With a hope deep in his heart to go back home as soon as possible, and while he could not possibly do it, nostalgia began to let everything in the poet's memory about his hometown flatter the reality. Thus he said, "The moon in my hometown is brighter," which implies "being in hometown is better."

5. He had brothers but all of them were dispersed by war.

6. Consequently, he had no way to find them, and no way to know whether they had survived or not.

7. The letters he had sent could hardly reach his brothers since he did not know where they were.

8. Moreover, another even more crucial reason for this was that the war had not ended yet, so of course the postal system had not completely recovered.

賞析
Shǎngxī

這是一首描寫在戰亂中思念手足
Zhè shì yì shǒu miáoxiě zài zhànluàn zhōng sīniàn shǒuzú

心情的詩。一開始就用戍鼓點出了戰爭時
xīnqíng de shī. Yìkāishǐ jiù yòng shùgǔ diǎnchū le zhànzhēng shí

到處保持警戒，街道冷清的氣氛。「邊秋」
dàochù bǎochí jǐngjiè, jiēdào lěngqīng de qìfēn. "Biān qiū"

說明了季節和地點。秋天時，花草樹木都開始
shuōmíngle jìjié hàn dìdiǎn. Qiūtiān shí, huācǎoshùmù dōu kāishǐ

凋落，身在邊塞，聽到孤雁悽慘的叫聲，令
diāoluò, shēn zài biānsài, tīngdào gū yàn qīcǎn de jiàoshēng, lìng

人覺得更加地空虛寂寞。白露除了表示節氣，也
rén juéde gèngjiā de kōngxū jímò. Báilù chúle biǎoshì jiéqì, yě

同時藉由「白」這個顏色來強調出那種冷
tóngshí jièyóu "bái" zhège yánsè lái qiángdiào chū nà zhǒng lěng

清淒涼的感覺。最後四句，杜甫抒發他思念兄弟
qīng qīliáng de gǎnjué. Zuìhòu sì jù, Dù Fǔ shūfā tā sīniàn xiōngdì

的心情。因為戰爭的關係，兄弟們分散在
de xīnqíng. Yīnwèi zhànzhēng de guānxi, xiōngdìmen fēnsàn zài

不同的地方，收不到家書，所以擔心著大家是否
bùtóng de dìfāng, shōu bú dào jiāshū, suǒyǐ dānxīnzhe dàjiā shìfǒu

平安。從思念故鄉到思念弟弟，整首詩在
píng'ān. Cóng sīniàn gù xiāng dào sīniàn dìdi, zhěng shǒu shī zài

情感的表達上非常地自然而完整。
qínggǎn de biǎodá shàng fēicháng de zìrán ér wánzhěng.

Overal analysis:

This poem expresses the feelings of the poet's when he was missing his brothers during wartime. "Watchtowers' drumming" brings out the tension while the empty streets display the cold and cheerless mood in the background. The season was autumn, when plants start to die; the place was the borderland, which could most easily turn into battlefields; both help build a deathly atmosphere, magnified by a plangent cry of a stray bird. "White Dew" not only points out the time but the color "white" also adds a cold hue to the poem. In the last four lines, the poet disclosed how sorely he missed his brothers. His brothers were scattered around the country in the turmoil of war, and the poet tried to contact them by letters but to no avail, so his worries did not have a chance to abate. It was simply natural to miss from hometown to his brothers, and thus the emotional flow in this poem is as natural and complete, too.

7. 〈夜雨寄北〉
Yè Yǔ Jì Běi

李商隱　七言絕句
Lǐ Shāngyǐn　Qīyán juéjù

Sending a Letter Northward in a Rainy Night

原詩
Yuáshī

君 問 歸 期 未 有 期 ， Jūn wèn guī qí wèi yǒu qí,	You asked me about my return date but I had not a date yet. ❶
巴 山 夜 雨 漲 秋 池 。 Bā Shān yè yǔ zhàng qiū chí.	The night rain in Mount Bā was flooding the autumn pond. ❷
何 當 共 剪 西 窗 燭 ， Hé dāng gòng jiǎn xī chuāng zhú,	When will we trim the wick by the west window together, ❸
卻 話 巴 山 夜 雨 時 。 Què huà Bā Shān yè yǔ shí.	To relate my time during the night rain in Mount Bā? ❹

注釋
Zhùshì

1. 夜 雨 寄 北 Yè Yǔ Jì Běi	在 下雨 的 夜裡，寫信 寄到 北方 去。 Zài xiàyǔ de yèlǐ, xiěxìn jìdào běifāng qù.
	In the raining night, the poet wrote a letter to the North.
2. 歸期 guīqí	回家 的 日期。 Huíjiā de rìqí.
	The date of going home.
3. 未 有 期 wèi yǒu qí	還 沒有 預定 的 日期。 Hái méiyǒu yùdìng de rìqí.
	The date has not set yet.

4. 巴 山 Bā Shān	大巴 山，在 四川 省 境内。 Dàbā Shān, zài Sìchuān Shěng jìngnèi.
	Mt. Dàbā, located in the present-day Sìchuān Province, or this is a generic term for any mountain in Sìchuān Province, whose alias is Bā.
5. 漲 秋 池 zhàng qiū chí	漲 是 指 水位 上升。 漲 秋 Zhàng shì zhǐ shuǐwèi shàngshēng. Zhàng qiū 池 是 指 秋天 的 雨 使 池水 裡的 水 chí shì zhǐ qiūtiān de yǔ shǐ chíshuǐ lǐ de shuǐ 高漲 起來。 gāozhǎng qǐlái.
	Autumn rain makes the water in the pond rise.
6. 何 當 hé dāng	何時。 Héshí.
	When.
7. 共 剪 西 gòng jiǎn xī 窗 燭 chuāng zhú	一起 在 西邊 的 窗戶 修剪 燭芯， Yīqǐ zài xībiān de chuānghù xiūjiǎn zhúxīn, 徹夜 談心。 古時候 的 油燈 或 chèyè tánxīn. Gǔshíhòu de yóudēng huò 蠟燭， 點燃 一 段 時間 後 要 把 làzhú, diǎnrán yí duàn shíjiān hòu yào bǎ 燈芯 燒焦 的 棉線 修剪 一下， dēngxīn shāojiāo de miánxiàn xiūjiǎn yí xià, 才會 更 亮。 Cái huì gèng liàng.

	In order to make a candle burn longer, the user of a candle needs to trim the wick to relight it effectively, because the burnt wick does not catch fire easily. Generally speaking, a candle wick requires trimming every two to three hours. To trim a candle with somebody implies to talk the night away with her.
8. 卻 話 què huà	「卻」是 回頭， 回想。「話」是 談話。 "Què" shì huítóu, huíxiǎng. "Huà" shì tánhuà. 卻 話 就是 回頭 重新 談起。 Què huà jiù shì huítóu chóngxīn tán qǐ.
	To recall and talk about something again.

翻譯
Fānyì

你 問 我 什麼 時候 才 能 回去，我 卻 說 不 出
　Nǐ wèn wǒ shénme shíhòu cái néng huíqù,　wǒ què shuō bù chū

個 確定 的 日期。
ge quèdìng de　rìqí.

今 晚 在 巴 山 這裡 正 下著 雨，秋天 的 雨 下 個
Jīn wǎn zài Bā Shān zhèlǐ zhèng xiàzhe yǔ,　qiūtiān de yǔ xià ge

不停，池塘 裡 的 水 都 高漲 起來 了。
bùtíng, chítáng lǐ de shuǐ dōu gāozhǎng qǐlái　le.

不 曉得 要 到 哪 一 天，我們 才 能 相聚，一起 在
Bù xiǎodé yào dào nǎ yì tiān, wǒmen cái néng xiāngjù,　yìqǐ zài

西邊 的 窗 下 剪著 燭芯，回想 過去，聊起 這個
xībiān de chuāng xià jiǎnzhe zhúxīn, huíxiǎng guòqù,　liáoqǐ zhège

下雨的 夜裡， 我　心中　思念你的 心情　呢？
xiàyǔ de　yèlǐ,　　wǒ xīnzhōng sīniàn nǐ　de xīnqíng ne?

Line by line analysis:

❶ The poet sojourned in the south, and he imagined his wife would be missing him and ask him when he would come back. However, the poet did not have an answer.

❷ This line describes the scene at the place where the poet was. It was autumn, and the heavy rain was flooding a bond around there.

❸ Although the poet did not know when he could return, he also wondered when he could talk the night away with his dear wife again. He missed her badly too.

❹ He wished that when he returned, they could talk about the night rain falling in the south, and how much he was missing her back then.

187

賞析
Shǎngxī

這 是一 首　抒情詩，是 李 商隱　在　四川　時，
Zhè shì yì shǒu shūqíngshī,　shì Lǐ Shāngyǐn zài Sìchuān shí,

因爲 思念　遠 在　北方 的妻子 所寫 下 的 作品，是 一
yīnwèi sīniàn yuǎn zài běifāng de　qīzǐ　suǒ xiě xià de zuòpǐn,　shì　yì

封　表達 思念 心情 的信。詩的 一開始 用　問答 的
fēng biǎdá sīniàn xīnqíng de xìn.　Shī de　yìkāishǐ yòng wèndá de

對話，以及 對 眼 前　環境　的 描寫，抒發了 孤單 的
duìhuà,　yǐjí　duì yǎn qián huánjìng de miáoxiě, shūfāle　gūdān de

心情 和 對妻子的 思念。不知何時 才　能 回家的心
xīnqíng hàn duì qīzǐ　de sīniàn.　Bùzhī héshí cái néng huíjiā de xīn

情，　充滿著　無奈。思念就　像　連綿　不斷 落
qíng, chōngmǎnzhe wúnài.　Sīniàn jiù xiàng liánmián búduàn luò

在 池塘 裡的 雨水 一樣，快 要 滿溢 出來。悲傷 的
zài chítáng lǐ de yǔshuǐ yíyàng, kuài yào mǎnyì chūlái. Bēishāng de

心情 如何 解脫，只好 期待 在 不久 的 將來，能 回家
xīnqíng rúhé jiětuō, zhǐhǎo qídài zài bùjiǔ de jiānglái, néng huíjiā

和妻子 重逢，再把 今 晚 的 心情 告訴她。在 迷濛
hàn qīzǐ chóngféng, zài bǎ jīn wǎn de xīnqíng gàosù tā. Zài míméng

的 雨夜 裡，詩人 用 含蓄 委婉 的 文字，表達 出
de yǔyè lǐ, shīrén yòng hánxù wěiwǎn de wénzì, biǎodá chū

溫柔 的 情感。最後 一 句 設想 重逢 的 快樂，
wēnróu de qínggǎn. Zuìhòu yí jù shèxiǎng chóngféng de kuàilè,

是 自己的 期盼，也 算 是 對妻子的 安慰。
shì zìjǐ de qípàn, yě suàn shì duì qīzǐ de ānwèi.

Overal analysis:

The poet wrote this poem when he sojourned in Sìchuān Province as a letter for his wife who stayed in Cháng'ān City in the north, so as to tell her how much he missed her. The poem begins with an imagined conversation with his wife, which may imply he wished to have a real dialogue with her; then it is followed by a description of the bleak landscape around him, telling her how lonely he was. Furthermore, since he did not know when he could go back and meet her, we can infer that sorrows should be growing inside him, just like rain water accumulating inside the pond. How could he assuage his sorrow? He could not but hope to go home as soon as possible, and to tell her his feelings at that moment. The poet successfully conveyed his love for his wife, in a rainy night, without directly saying the word "love." For the Chinese people, the love "felt" in the language is more genuine and more precious the love "told" with it.

8. 〈錦瑟〉

Jǐn Sè

The Inlaid Zither

李商隱　七言律詩
Lǐ Shāngyǐn　Qīyán lǜshī

原詩
Yuáshī

原詩	譯文
錦　瑟　無　端　五　十　弦　， Jǐn　sè　wú　duān　wǔ　shí　xián,	The inlaid zither has fifty strings, the reason unknown. ❶
一　弦　一　柱　思　華　年　。 Yì　xián　yí　zhù　sī　huá　nián.	Each string and bridge evokes one flowery year of mine. ❷
莊　生　曉　夢　迷　蝴　蝶　， Zhuāng Shēng xiǎo mèng mí　hú　dié,	Zhuāngzǐ hallucinated being a butterfly in his dream at dawn; ❸
望　帝　春　心　託　杜　鵑　。 Wàng Dì　chūn　xīn　tuō　dù　juān.	King Wàng adopted being a cuckoo for his heart of spring. ❹
滄　海　月　明　珠　有　淚　， Cāng hǎi　yuè　míng　zhū　yǒu　lèi,	In the wide sea, when moon's bright, pearls will have tears; ❺
藍　田　日　暖　玉　生　煙　。 Lán Tián　rì　nuǎn　yù　shēng　yān.	In the Blue Field, when sun's warm, jade will produce vapor. ❻
此　情　可　待　成　追　憶　， Cǐ　qíng　kě　dài　chéng　zhuī　yì,	I could have waited these feelings to turn into past memories- ❼
只　是　當　時　已　惘　然　。 Zhǐ　shì　dāng　shí　yǐ　wǎng　rán.	Just that I had already been dejected back then. ❽

1. 錦瑟 jǐnsè	有 花紋 裝飾 的 瑟。瑟，一 種 Yǒu huâwén zhuângshì de sè. Sè, yì zhǒng 絃樂器， 形狀 類似 古箏。 xiányuèqì, xíngzhuàng lèisì gǔzhēng. Sè is a kind of Chinese stringed instrument. Jǐnsè is a sè that is decorated with decorative designs.
2. 無端 wúduân	沒來由 的，沒有 道理。 Méiláiyóu de, méiyǒu dàolǐ. For no reason.
3. 五十 絃 wǔshí xián	瑟 原本 有 五十 根 絃，後來 Sè yuánběn yǒu wǔshí gen xián, hòulái 改為 二十五 根。 gǎiwéi èrshíwǔ gen. A sè has fifty strings (older version) or twenty-five strings (later version).
4. 柱 zhù	瑟 上 用來 固定 琴絃 的 小 Sè shàng yònglái gùdìng qínxián de xiǎo 木條。 mùtiáo. A piece of wood over which a string is stretched.
5. 思華 年 sī huá nián	想起 自己 的 年齡。 Xiǎngqǐ zijǐ de niánlíng. To think of the poet's age.

6. 莊　生 Zhuāng Shēng	莊　周，或　稱　莊子，是　道家 Zhuāng Zhōu, huò chēng Zhuāngzǐ, shì dàojiā 的　思想家。 de sīxiǎngjiā.
	Literally "Zhuāng the Student" but can be understood as "Zhuāng the Learned" or "Zhuāng the Sage." He was an important philosopher of Taoism about 2,400 years ago.
7. 曉　夢　迷 xiǎo mèng mí 蝴　蝶 hú dié	指　莊子　夢　蝶　的　故事。　據說 Zhǐ Zhuāngzǐ mèng dié de gùshì. Jùshuō 莊子　曾　夢見　自己　變成了 Zhuāngzǐ céng mèngjiàn zìjǐ biànchéngle 蝴蝶，醒來　後　卻　搞　不　清　是 húdié, xǐnglái hòu què gǎo bù qīng shì 莊子　作夢　變成　蝴蝶，還是 Zhuāngzǐ zuòmèng biànchéng húdié, háishì 蝴蝶　作夢　變成了　莊子。　後人 húdié zuòmèng biànchéngle Zhuāngzǐ. Hòurén 常　用　這個　故事　來　形容　人生 cháng yòng zhège gùshì lái xíngróng rénshēng 如　夢，似　真　又　似　幻。 rú mèng, sì zhēn yòu sì huàn.
	In a short dream when it was dawning, Zhuāngzǐ dreamt that he was a butterfly, flitting and fluttering, completely unaware that he was Zhuāngzǐ in reality. When he woke up, he felt he was unmistakably Zhuāngzǐ, and saw not even a trace of a butter-

	fly on himself. However, pioneer in philosophical thinking as he was, he started to suspect that the "Zhuāngzǐ" in reality could be actually a hallucination of the butterfly in its dream. By thinking this way, the distinction between "illusion" and "reality" blurred, and the infallibility of existence was challenged, too.
8. 望帝 Wàng Dì	傳說　　中　古代　蜀地　的　君王， Chuánshuō zhōng gǔdài Shǔdì de jūnwáng, 名　叫杜宇。 míng jiào Dù Yǔ.
	King Wàng, or "Emperor Wàng," was a legendary ruler of the ancient state of Shǔ. His name was Dù Yǔ. According to folktales, he was transformed into a cuckoo after his death, and because he was too concerned for his country, his cries began to sound like "bùrúguīqù, bùrúguīqù (had better go home, had better go home)."
9. 春心 chūnxīn	希望　青春　永　駐的　想法。 Xīwàng qīngchūn yǒng zhù de xiǎngfǎ.
	A possible meaning of this phrase is the wish to stay young for ever.
10. 杜鵑 dùjuān	據說　蜀　王　死後　化成　杜鵑 Jùshuō Shǔ Wáng sǐ hòu huàchéng dùhuān 鳥，在　樹上　不停地啼叫。 niǎo, zài shùshàng bùtíng de tíjiào.
	It is said that after Shǔ Wáng died, he became a cuckoo, crying on the tree continuously.

11. 滄海 cānghǎi	大海。 Dàhǎi.	
	The sea.	
12. 珠 有 淚 zhū yǒu lèi	傳說　南海 裡有　人魚，他們 的 Chuánshuō Nánhǎi lǐ yǒu rényú, tāmen de 眼淚 會　變成　珍珠。 yǎnlèi huì biànchéng zhēnzhū.	
	Pearls get especially perfect when the full moon is bright, and perfect pearls are round and moist, just like the tears in one's eye. Another widely-accepted opinion relates this line to the legend of mermen: mermen's tears turn into pearls.	
13. 藍 田 Lántián	藍田　山，在　陝西　藍田　縣， Lántián Shān, zài Shǎnxī Lántián Xiàn, 生產　玉石。 shēngchǎn yùshí.	
	Actually Lántián was the name a real prolific mining area of jade. The Blue Field is a verbatim translation of the name.	
14. 玉 生 煙 yù shēng yān	玉氣　生　煙。據說　藏 有　寶物 的 Yùqì shēng yān. Jùshuō cáng yǒu bǎowù de 地面，　往往　都會 透出 特殊 的 dìmiàn, wǎngwǎng dōu huì tòuchū tèshū de 煙氣。 yānqì.	
	Jade will produce vapor. Some Chinese believed that jade of good quality emits smoky vapor.	

15. 追憶 zhuī yì	追念。 Zhuīniàn.
	To reminisce.
16. 惘然 wǎngrán	茫然　失落　的　樣子。 Mángrán shīluò de yàngzi.
	In a depressing quandary.

翻譯
Fānyì

這　裝飾　美麗的錦瑟　爲什麼　正巧　有著　五十
Zhè zhuāngshì měilì de jǐnsè wèishénme zhèngqiǎo yǒuzhe wǔshí

根　絃，
gēn xián,

輕撫瑟　上　的　每一條　絃、每一根　琴柱，使我
qīngfǔ sè shàng de měi yì tiáo xián, měi yì gēn qínzhù, shǐ wǒ

想起自己的年紀，懷念　往日　美好　的　時光。
xiǎngqǐ zìjǐ de niánjì, huáiniàn wǎngrì měihǎo de shíguāng.

我　的　一生，就　如同　莊　周　夢　蝶那樣，有著
Wǒ de yìshēng, jiù rútóng Zhuāng Zhōu mèng dié nàyàng, yǒuzhe

人生　如夢　的　感慨，
rénshēng rú mèng de gǎnkǎi,

也曾　想學　望帝一樣，化作　杜鵑鳥　留住
yě céng xiǎng xué Wàng Dì yíyàng, huàzuò dùjuānniǎo liúzhù

春天，期望　青春　永　駐。
chūntiān, qíwàng qīngchūn yǒng zhù.

但　青春　終究　還是離我而去，回憶　往事　我
Dàn qīngchūn zhōngjiù háishì lí wǒ ér qù,　huíyì wǎngshì wǒ

忍不住　愴然淚下，就　像　在大海　中　明亮　的
rěnbúzhù chuàngránlèixià, jiù xiàng zài dàhǎi zhōng míngliàng de

月光　下，人魚　哀傷　的眼淚　化成了　珍珠。
yuèguāng xià, rényú āishāng de yǎnlèi huàchéngle zhēnzhū.

195

有時候，想起　從前　開心的事，心情　就　像
Yǒushíhou, xiǎngqǐ cóngqián kāixīn de shì, xīnqíng jiù xiàng

　陽光　　溫暖　時的　藍田　山，地下寶玉　透出了
yángguāng wēnnuǎn shí de Lántián Shān, dìxià bǎoyù tòuchū le

特殊的煙氣，那樣　地　充滿　生機。
tèshū de yānqì, nàyàng de chōngmǎn shēngjī.

不論　悲傷　或　快樂，這些　情感，都　變成了　過去
Búlùn bēishāng huò kuàilè, zhèxiē qínggǎn, dōu biànchéngle guòqù

的　回憶。
de huíyì.

只是　時光　消逝，人事已非，一切只　剩下　茫然
Zhǐshì shíguāng xiāoshì, rénshìyǐfēi, yíqiè zhǐ shèngxià mángrán

失落　的　心情而已。
shīluò de xīnqíng éryǐ.

Line by line analysis:

1 The poet wondered why the number of the strings of the beautiful zither before him is exactly his age.

2 Through his romantic imagination, he pictured every string and its bridge as a representation of one of the years he had lived.

③ The poet referred to the story of Zhuāngzǐ abruptly. A possible reading was that he thought his past was confusion between reality and illusion.

④ He alluded to another story about the ancient king who became a cuckoo. He might want to say that he believed death was not really the end of one's life. If so, both stories illustrate his surrealistic and romantic character.

⑤ This line talks about the best pearls conceived during the best time (when moon's bright) in the best place (the wide sea) are teary/moisty. This line is even more opaque to most critics, but they know this line is beautiful.

⑥ This line is also opaque and beautiful. He said in this line that the best jade produced during the best time (when sun's warm) in the best place (Lántián the Blue Field) is covered with smoke it spews out. This couplet might mean the best things usually conceal themselves and are not easily discoverable.

⑦ The life experiences of his (hidden under his highly embellished language) could become good memories for him to recall now.

⑧ However, when he was experiencing those events, he was too involved to see objectively what was the best way to go. As a result, no matter how much he regretted, the past life would not change either even if he coudld turn back the time.

賞析
Shǎngxī

這是李商隱 在 晚年 時所寫，追憶 往事
Zhè shì Lǐ Shāngyǐn zài wǎnnián shí suǒ xiě,　zhuīyì wǎngshì

的 作品。詩 中 錦瑟琴絃的 數量「五十」，正好
de zuòpǐn. Shī zhōng jǐnsè qínxián de shùliàng "wǔshí",　zhènghǎo

也是李商 隱 當時的 年紀。莊　周 當年 夢
yě shì Lǐ Shāngyǐn dāngshí de niánjì. Zhuāng Zhōu dāngnián mèng

蝶，被 琴絃 的 聲音 驚醒；錦瑟 哀傷 的 樂音，
dié, bèi qínxián de shēngyīn jīngxǐng; jǐnsè āishāng de yuèyīn,

就 像 杜鵑鳥 悲傷 叫聲 一樣。詩人 聽著 錦瑟
jiù xiàng dùjuānniǎo bēishāng jiàoshēng yíyàng. Shīrén tīngzhe jǐnsè

的 琴聲，聯想 到 這 兩 個典故，興起 了 人生
de qínshēng, liánxiǎng dào zhè liǎng ge diǎngù, xīngqǐ le rénshēng

如 夢， 生命 無常 的 感傷。 藍田 的 美玉 和
rú mèng, shēngmìng wúcháng de gǎnshāng. Lántián de měiyù hàn

滄海 中 的 珍珠，代表 一切 美好 的 事物。只是
cānghǎi zhōng de zhēnzhū, dàibiǎo yíqiè měihǎo de shìwù. Zhǐshì

所有 美好 和 歡樂 的事物 總 有 消逝 的一天，
suǒyǒu měihǎo hàn huānlè de shìwù zǒng yǒu xiāoshì de yì tiān,

留下 的 只有 茫然 失落 的 感傷 心情而已。關於
liúxià de zhǐyǒu mángrán shīluò de gǎnshāng xīnqíng éryǐ. Guānyú

這 首 詩的解讀，有 許多 說法。因爲 詩 中 組合了
zhè shǒu shī de jiědú, yǒu xǔduō shuōfǎ. Yīnwèi shī zhōng zǔhé le

各 種 具有 象徵 意義的事物，形成 美麗迷人
gè zhǒng jùyǒu xiàngzhēng yìyì de shìwù, xíngchéng měilì mírén

卻 不 明確 的詩意，所以很 難 有 確定 的 解釋，
què bù míngquè de shīyì, suǒyǐ hěn nán yǒu quèdìng de jiěshì,

這 也 就是李 商隱 詩 的 特色。
zhè yě jiù shì Lǐ Shāngyǐn shī de tèsè.

Overal analysis:

The poet wrote this poem when he was old (a man of 50 years

was old enough for people in ancient China, when life expectancy was not quite long). He recalled many things he had experienced in this poem, but his artistically crafted language made this poem among the most obscure ones in Chinese literary history. Inspired by the zither, those events were "flowery," the allusions were "surrealistic," and the language was "artistic": all above make this poem a dreamy work, and it reflects the romantic nature of this poet himself.

Critics have tried many approaches to interpret this poem. One possible approach is to claim the second couplet shows that the poet's maverick, romantic personalities, e.g. he dared to mix up imagination and reality like Zhuāngzǐ, and he dared to have a hope for life after death like King Wàng; the third couplet shows that he actually had the talent for politics (pearls, jade) especially after he had undergone and been refined by so many special incidents, but his more ostensive talent for literature (tears, smoke-byproduct of his real talent for politics) covered that up, and ironically no one found and recognized his real talent all these long, long years. He looked back to his past life, kind of regretted about choosing to be a poet, but he admitted that if he had been put back to those sad incidents again, he would still have shared his feelings with everyone. Did he really regret? Probably no, or he would not have used such embellished language rather than a pessimistic tone. However, the real meaning of this poem still remains unclear, but we have to admit that this poem has still been widely loved for many centuries to date. Maybe it is because a poem is not something to understand, but something to feel. Just like what Archibald MacLeish told us in his 1926 poem Ars Poetica: "A poems should not mean / but be."

9. 〈無題〉
Wú Tí
Untitled

李商隱　七言律詩
Lǐ Shāngyǐn　Qīyán lǜshī

原詩
Yuáshī

相　見　時　難　別　亦　難　， Xiāng jiàn shí nán bié yì nán,	To meet you is hard, and to part with you is also hard. ❶
東　風　無　力　百　花　殘　。 Dōng fēng wú lì bǎi huā cán.	The east wind is feeble and all flowers are marred. ❷
春　蠶　到　死　絲　方　盡　， Chūn cán dào sǐ sī fāng jìn,	Not until their death do spring silkworms cease to spin, ❸
蠟　炬　成　灰　淚　始　乾　。 Là jù chéng huī lèi shǐ gān.	After the wick burns to ashes, the wax tears start to dry. ❹
曉　鏡　但　愁　雲　鬢　改　， Xiǎo jìng dàn chóu yún bìn gǎi,	I just care about the dark hair's change in the mirror at dawn; ❺
夜　吟　應　覺　月　光　寒　。 Yè yín yīng jué yuè guāng hán.	You must feel that the moonlight's cold when I recite at night. ❻
蓬　萊　此　去　無　多　路　， Péng Lái cǐ qù wú duō lù,	The path to the Paradise will not be long from here; ❼
青　鳥　殷　勤　爲　探　看　。 Qīng niǎo yīn qín wèi tàn kān.	O Green Bird, I pray you, be kind and check the way for me! ❽

注釋
Zhùshì

1. 東風無力 dōngfēng wúlì	東風　就是　春風，　東風　無力　是 Dōngfēng jiù shì chūnfēng, dōngfēng wúlì shì 指　春天　的　風　微弱　地　吹著。 zhǐ chūntiān de fēng wéiruò dì chuīzhe。 The spring is all but over, so the spring wind is dying down.
2. 百花殘 bǎi huā cán	所有　的　花朵　都　凋謝　了。 Suǒyǒu de huāduǒ dōu diāoxiè le。 All flowers withered due to the feeble east wind failed to carry enough pollen.
3. 曉 xiǎo	早晨。 Zǎochén。 Morning.
4. 雲鬢 yúnbìn	像　烏雲　般　的　頭髮。 Xiàng wūyún bān de tóufǎ。 Literally "cloud sideburns." "Cloud-colored" is used in classical Chinese to describe the beautiful blackness of hair. Sideburns on the temples usually turn gray earlier than the hair elsewhere. "Cloud sideburns" means the hair is beautiful for it is as black as dark clouds, and this term can be considered as a counterpart of Byron's "raven tress."
5. 吟 yín	吟唱著　詩歌。 Yínchàngzhe shīgē。 The poet recited of his own poem.

6. 蓬萊 Pénglái	指 古代人 想像 中 位 在 東 Zhǐ gǔdàirén xiǎngxiàng zhōng wèi zài Dōng 海 的 仙山。 這裡 是 把 情人 比喻 Hǎi de xiānshān. Zhèlǐ shì bǎ qíngrén bǐyù 成 仙人 住 在 這裡。 chéng xiānrén zhù zài zhèlǐ.
	The abode of gods, but here it is used as a praise for the place where his love resided. Thus, I can be understood simply as "your home."
7. 青鳥 qīngniǎo	神話 裡 西王母 的 使者,是 一 隻 有 Shénhuà lǐ Xīwángmǔ de shǐzhě, shì yì zhī yǒu 三 隻 腳 的 鳥。 這裡 用來 指 傳遞 sān zhī jiǎo de niǎo. Zhèlǐ yònglái zhǐ chuándì 消息 的 使者。 xiāoxí de shǐzhě.
	A legendary three-leg bird raised by the deity Xī Wángmǔ (Queen Mother of the West 西王母) as a messenger bird. Although the translation says "green," it also could be blue, dark gray or black, for the Chinese word qīng 青 can refer to many colors of colder hues.
8. 殷勤 yīnqín	本來 是 勤快,這裡 解釋 成 好心。 Běnlái shì qínkuài, zhèlǐ jiěshì chéng hǎoxīn.
	It means diligent originally. In this poem, it means kind-hearted.

我 想 要 和 你 見 一 面 是 那 樣 地 困 難，到 了
Wǒ xiǎng yào hàn nǐ jiàn yí miàn shì nàyàng de kùnnán, dàole

分別時 更 令人 難過。
fēnbié shí gèng lìng rén nánguò.

春天 快 結束的 時候，風 微弱 地 吹著，所有 的
Chūntiān kuài jiéshù de shíhòu, fēng wéiruò de chuīzhe, suǒyǒu de

花 都 凋謝 了。
huā dōu diāoxiè le.

春天 的 蠶 不停 地 吐 絲，直到 死了 才 停止。
Chūntiān de cán bùtíng de tǔ sī, zhídào sǐle cái tíngzhǐ.

點燃 的 蠟燭 直到 燭芯 都 燒成 了灰 熄滅 之後，
Diǎnrán de làzhú zhídào zhúxīn dōu shāochéng le huī xímiè zhīhòu,

那 像 眼淚一般 的 燭液 才 凝結 不再 流。
nà xiàng yǎnlèi yìbān de zhúyè cái níngjié búzài liú.

早晨 時，照著 鏡子，你是否 在 憂愁著 烏黑的
Zǎochén shí, zhàozhe jìngzi, nǐ shìfǒu zài yōuchóuzhe wūhēi de

秀髮即將 變白，
xiùfǎ jíjiāng biàn bái,

深夜裡，我 吟著 詩，你 應該 也 感覺 到 月光 下
Shēnyè lǐ, wǒ yínzhe shī, nǐ yīnggāi yě gǎnjué dào yuèguāng xià

清冷 的 寒意。
qīnglěng de hányì.

你住的 地方 對我 而言 就 像 是 蓬萊 仙山
Nǐ zhù de dìfāng duì wǒ ér yán jiù xiàng shì Pénglái xiānshān

那樣 美好，幸好距離我 沒有 多少 路程，
nàyàng měihǎo, xìnghǎo jùlí   wǒ méiyǒu duōshǎo lùchéng,

希望 好心 的 青鳥 能 飛去爲我 打聽 一下，帶來
xīwàng hǎoxīn de qīngniǎo néng fēiqù wèi wǒ dǎtīng yí xià,   dàilái

一些 消息。
yìxiē xiāoxí.

Line by line analysis:

1. It was not quite easy for the poet to meet his love for there were some obstacles standing between them, and it was not easy either for him to part with his love for this was inherently a terrible wrench.

2. This line can be seen as a metaphor for the sufferings in parting. When the spring is going away, the flowers seem much debilitated, too.

3. Since the word "silk" also stands for "missing someone," this line can be interpreted as "my missing you will not end before I die, just like silk-worms will not stop spinning silk (missing) before they die."

4. This line is another clever metaphor. The melted tear-like wax of a candle does not dry before the wick is fully burnt, just like the tears on his face would keep streaming down before his heart completely died.

5. The poet was worried that his love might also feel worried that her hair might look gray when she freshened up in the morning. This line could mean "I know you are also worried that time flies too fast, especially when we are separated; it means the time we can meet after our reunion is getting shorter and shorter."

6. The poet guessed that when he recited his poems under the starry sky, his love away from him should still be able to feel the coldness brought by the moonlight he was feeling and his poems were conveying. Although their physical bodies were separated, their hearts should be connected.

7. Fortunately, his love did not seem to live too far away. The use of the word "Paradise" is suggestive that how much he loved the lady.

❽ He missed his love so much, so naturally he was eager to know more about how well she was, what kind of life she was leading, etc. Since she lived in the "gods' home," of course the only reliable messenger was the messenger bird of the gods-Green Bird. Green Bird could be regarded as a symbol of his missing her.

賞析
Shǎngxī

這 是 一 首 情詩，描寫 詩人 心中 那 執著 而
Zhè shì yì shǒu qíngshī, miáoxiě shīrén xīnzhōng nà zhízhuó ér

堅定 的 愛情。由於 受到 某 種 原因 的 阻礙，
jiāndìng de àiqíng. Yóuyú shòudào mǒu zhǒng yuányīn de zǔài,

一對 情人 無法輕易 地 見面，所以 分離 時的 痛苦
yí duì qíngrén wúfǎ qīngyì dì jiànmiàn, suǒyǐ fēnlí shí de tòngkǔ

更 令人 難以 忍受。就 像 春天 快 結束 時，
gèng lìng rén nán yǐ rěnshòu. Jiù xiàng chūntiān kuài jiéshù shí,

花朵 無法逃過 凋謝 的 命運 一般，相愛 的 兩 人
huāduǒ wúfǎ táoguò diāoxiè de mìngyùn yìbān, xiāngài de liǎng rén

被迫要 分開。心中 的思念，就 像 蠶吐絲，到死
bèi pò yào fēnkāi. Xīnzhōng de sīniàn, jiù xiàng cán tǔ sī, dào sǐ

才會 停止。傷心 的眼淚，也 像 蠟燭 燃燒 時
cái huì tíngzhǐ. Shāngxīn de yǎnlèi, yě xiàng làzhú ránshāo shí

流下 的 燭油，到死才會 流乾。原本 沒有 感情 的
liúxià de zhúyóu, dào sǐ cái huì liúgān. Yuánběn méiyǒu gǎnqíng de

蠶和 蠟燭被賦予了感情，比喻 相當 貼切而令
cán hàn làzhú bèi fùyǔ le gǎnqíng, bǐyù xiāngdāng tiēqiè ér lìng

人 印象 深刻。因為 心中 思念著，所以 早上
rén yìnxiàng shēnkè. Yīnwèi xīnzhōng sīniànzhe, suǒyǐ zǎoshàng

照 鏡 時 和 晚上 吟 詩 時 都 會 猜想 對方
zhào jìng shí hàn wǎnshàng yín shī shí dōu huì cāixiǎng duìfāng

的 情況， 充滿著 體貼 及 關心。最後，詩人 在
de qíngkuàng, chōngmǎnzhe tǐtiē jí guānxīn. Zuìhòu, shīrén zài

絕望 之 中，仍 寄望 像 青鳥 一般 的 使者，
juéwàng zhī zhōng, réng jìwàng xiàng qīngniǎo yìbān de shǐzhě,

能 為他打探 到 愛人的 消息。雖然 沒有 改變
néng wèi tā dǎtàn dào àirén de xiāoxí. Suīrán méiyǒu gǎibiàn

「相 見 時難 別亦難」的 痛苦，但 也 算 是 得到
"Xiāng jiàn shí nán bié yì nán" de tòngkǔ, dàn yě suàn shì dédào

安慰 了。
ānwèi le.

Overal analysis:

This love poem describes the unshakable love in the poet's heart. Obstructed by certain reasons, the couple could not meet easily, so the wrench of parting was even harder for them, just like flowers are doomed to wither when the spring leaves. Also, the poet provided two metaphors about silkworms and candles, both stressing that his love will survive his physical death: her image would stay in his mind longer than his own presence in this world, and his tears of could not stop until his own demise. If read separately, either the third or the four line is an accurate account of the natural phenomena, but when arranged like this, they magically become a compelling account of his enduring love. Being so obsessed with her, no matter whether it was morning or evening, he was wondering if she was worried about getting old or feeling cold; we can also see that he believed he and his love were physically apart but spiritually together (he felt her worries about getting old; she got the feelings conveyed by the poems recited by the poet)-evidence of true love. Although he had confirmed that their love was true, and they were connected spiritually, he still wished to be physically close to his love. He exercised his imagination and employed the image of Green Bird from Chinese folklore to beg it to lead the way for him to the Paradise where his love was staying. This poem is one of the "purest" love poem in Chinese literary history-every line and every word in this poem is related to love, and not related to personal political ambitions or moral teachings. The poet's trademark florid style is also clear in this beautiful work.

10. 〈相思〉
Xiāng Sī
Yearning

王維　　五言絕句
Wáng Wéi　Wǔyán juéjù

原詩
Yuáshī

紅　豆　生　南　國　， Hóng dòu shēng nán guó,	The red beans grow in the southern country. ❶
春　來　發　幾　枝　。 Chūn lái　fā　jǐ　zhī.	How many twigs will sprout when spring comes? ❷
願　君　多　採　擷　， Yuàn jūn duō cǎi jié,	I wish you to pick and gather more of them; ❸
此　物　最　相　思　。 Cǐ　wù　zuì xiāng sī.	They best represent the yearning to meet the one. ❹

注釋
Zhùshì

1. 紅豆 hóngdòu	植物　名，又　叫　相思豆，　形狀 Zhíwù míng, yòu jiào xiāngsīdòu, xíngzhuàng 橢圓，　顏色　深紅，　古時　用來 tuǒyuán, yánsè shēnhóng, gǔshí yònglái 象徵　愛情。 xiàngzhēng àiqíng. Red beans. Seeds of peacock flower fence, a kind of tree (binomial name Adrenanthera pavonina) originated in Southeastern Asia including the South

	of China. The seeds are round, glossy, vermilion and about the size of a shirt button or slightly smaller. The beautiful seeds make a perfect material for ornaments like beads or bracelets. Not to be confused with azuki beans (the term hóng dòu now mainly refers to azuki beans).ed beans.d-hearted. nally. ier to the situationnheir native place
2. 生 shēng	生長。 Shēngzhǎng.
	To grow.
3. 南國 nánguó	指 中國 的 南方。 Zhǐ Zhōngguó de nánfāng.
	The South of China or Southeastern Asia.
4. 發 fā	發芽， 長出。 Fāyá, zhǎngchū.
	Seeds or leaves sprout.
5. 願 yuàn	希望。 Xīwàng.
	To hope; to wish.
6. 採擷 cǎijié	摘取。 Zhāiqǔ.
	To pluck.

翻譯
Fānyì

紅豆　生長　在　南方，
Hóngdòu shēngzhǎng zài nánfāng,

春天　到來　的　時候，就會　長出　許多　新的　枝枒。
chūntiān dàolái de shíhòu,　jiù huì zhǎngchū xǔduō xīn de zhīyá.

希望 你 能　多　摘取 一些　紅豆，
Xīwàng nǐ néng duō zhāiqǔ yìxiē hóngdòu,

因爲 它 最　能　代表　相思 的 情意 了。
yīnwèi tā zuì néng dàibiǎo xiāngsī de qíngyì le.

Line by line analysis:

❶ Red beans were cultivated exclusively in the South of China.

❷ The poet wondered how well the red beans would be growing when it was spring.

❸ The poet reminded his leaving friend to collect as many red beans as possible when he was in the South of China in the spring. The "southern country" was very possibly the leaving friend's destination.

❹ This line explains why the poet wanted his friend to collect those red beans. In the Chinese culture, the red beans are a symbol of "love" and "I miss you," because the shape of a red bean resembles a passionately crimson human heart. Therefore, the poet wanted him to gather red beans to remember there was somebody missing him. The amount of the collected red beans would represent how much he was missed.

賞析
Shǎngxī

這 是 一 首 以 事物 來 寄託 感情　的 詩，作者　用
Zhè shì yì shǒu yǐ shìwù lái jìtuō gǎnqíng de shī, zuózhě yòng

紅豆　來 表達 思念 的 情意。據説　從前　有 個人
hóngdòu lái biǎodá sīniàn de qíngyì. Jùshuō cóngqián yǒu ge rén

到 外地　作戰，卻　不幸　戰死。他 的 妻子 因爲 思念
dào wàidì zuòzhàn, què búxìng zhànsǐ. Tā de qīzǐ yīnwèi sīniàn

丈夫，天天 在 紅 豆 樹 下哭泣，最後 竟 悲傷
zhàngfū, tiāntiān zài hóng dòu shù xià kūqì,　zuìhòu jìng bēishāng

過度而去世。人們 於是就把 紅豆 樹 稱爲
guòdù ér qùshì. Rénmen yúshì jiù bǎ hóngdòu shù chēngwéi

相思樹，以 紅豆 來 象徵 愛情。春天 時，
xiāngsī shù,　yǐ hóngdòu lái xiàngzhēng àiqíng. Chūntiān shí,

紅豆 樹上 長出 許多新的枝枒，就 像
hóngdòu shù shàng zhǎngchū xǔduō xīn de zhīyá,　jiù xiàng

心中 的思念 漸漸 滋長 一樣，越來越 多。期待
xīnzhōng de sīniàn jiànjiàn zīzhǎng yíyàng,　yuèláiyuè duō.　Qídài

對方 能 多 摘取 紅豆，意思就是 希望 對方
duìfāng néng duō zhāiqǔ hóngdòu,　yìsi jiù shì xīwàng duìfāng

能 多 接受 到自己的 相思 之 情。全 詩的 情感
néng duō jiēshòu dào zìjǐ de xiāngsī zhī qíng. Quán shī de qínggǎn

含蓄，讀來 十分 動人。
hánxù, dú lái shífēn dòngrén.

Overal analysis:

This poem expresses abstract sentiments through a concrete object-red beans. There is a story about this plant. A man was drafted to fight in a war and was unfortunately killed. Sorely grieved, his wife leaned on a tree in front of their home and wept bitterly every day, until she had no more tears; however, she did not stop crying, and she began to weep blood. The blood dripped onto the ground and seeped into the root of the tree. Eventually, the tree began to bear blood-colored seeds, which were the red beans. Some claim that red beans started to symbolize "love" because of this sad story.

In line 2, the poet wondered how many new twigs would sprout, implying that he hoped the trees could sprout more twigs so that they could bear more seeds, so there would be enough seeds to represent how much he missed the friend. In line 3, he wanted his friend to get many, many red beans, meaning that he hoped his friend could get his strong yearning to meet up with him again. This poem has moved and been loved by so many people across all these centuries mainly for two reasons: mildness and sincerity. The poet avoided straightforward but prosy way to directly confess that "I miss you, and I hope will miss me too" but chose to apply the image of red beans to say the same thing in a more skillful manner, and meanwhile made the poem milder and more poetically interesting; his simple language also helps enhance the sincerity in the tone. Simple but poetic, this poem is a perfect example of the poems that touch people's heart easily.

歌詠抒懷
gēyǒng shūhuái
Reflection and Songs

〈歌詠　抒懷〉篇　賞析
\<gēyǒng shūhuái\> piān shǎngxī
Appreciation of Poetry: Expressive Eulogies

詩人 的 心 是 敏感 而細膩 的。他們　常　藉著
Shīrén de xīn shì mǐngǎn ér xìnì de. Tāmen cháng jièzhe

聯想　及譬喻來　表達　心　中　的　想法。這個　單元　的
liánxiǎng jí pìyù lái biǎodá xīnzhōng de xiǎngfǎ. Zhège dānyuán de

十　首　詩，不　限定　特別 的　主題，收錄了　唐代　詩人
shí shǒu shī, bú xiàndìng tèbié de zhǔtí, shōulùle Tángdài shīrén

隨興　而發的逸思妙　想。　看　他們　造訪　古蹟，撫今追昔，
suíxìng ér fā de yìsī-miàoxiǎng. Kàn tāmen zàofǎng gǔjī, fǔjīn-zhuīxí,

除了　抒發　對 歷史 人物 的　評價 和　看法，也　同時　興起
chúle shūfā duì lìshǐ rénwù de píngjià hàn kànfǎ, yě tóngshí xīngqǐ

天地　悠悠的　生　命 孤獨 感慨。 有 時候　登　高
tiāndì yōuyōude shēngmìng gūdú gǎnkǎi. Yǒushíhòu dēnggāo

遠　望，四周　開闊 的　景致 令 人　萌發　種　種
wàngyuǎn, sìzhōu kāikuò de jǐngzhì lìng rén méngfā zhǒngzhǒng

情志：可以 是 胸　懷　天下，積極地　更　上　層　樓；
qíngzhì: kěyǐ shì xiōng huái tiānxià, jījí de gèng shàng céng lóu;

也 可能　是 配合季節 蕭瑟　情　調　的落寞，抒發 對 自身
yě kěnéng shì pèihé jìjié xiāosè qíngdiào de luòmò, shūfā duì zìshēn

坎坷　境遇 的 悲 鳴。 呼應　外在　環 境，觸景 生　情
kǎnkě jìngyù de bēimíng. Hūyìng wèizài huánjìng, chùjǐngshēngqíng

的 想 像 超 越 了 時 間 與 空 間 的 限 制。
de xiǎngxiàng chāoyuè le shíjiān yǔ kōngjiān de xiànzhì.

The inner thoughts of poets are often sensitive and delicate. They often express what they think by using similes and metaphors. The twelve poems selected in this section are of different topics, all of which are the intelligent ideas and clever thoughts brought up out of personal feelings of the poets of Tang Dynasty. One of them visited a historic spot and thought of the present and the past, expressing his own evaluation and thoughts of historical personages, as well as the feeling of the impermanence of life on thinking of the immortality of heaven and earth. Another climbed up and overlooked the world below him. The wide and broad view along could excite people and bring out all kinds of thoughts. It may be having a general interest in the world and cause one to work even harder to advance himself. It may also be a sorrowful expression of personal adverse circumstances in the loneliness of a bleak and desolate season. The imagination brought up by the spectacular view of the outside world does surpass the limitation of time and space.

除了 詠 史 和 登 高 的 題材 之外，對 一些 生 活
Chúle yǒngshǐ hàn dēnggāo de tícái zhīwài, duì yìxiē shēnghuó

中 常 見 的 事物，詩人 也 常 常 用來 借題發揮。
zhōng cháng jiàn de shìwù, shīrén yě chángcháng yònglái jiè tí fā huī.

不論 是 用 蟬 的 特性 來 暗喻 自己 的 清白 高潔，還是
Búlùn shì yòng chán de tèxìng lái ànyù zìjǐ de qīngbái gāojié, háishì

以琴 聲 的 曲高 和寡 來 感嘆 自己的 懷才不遇 和 知音
yǐ qínshēng de qǔgāo hèguǎ lái gǎntàn zìjǐ de huáicáibúyù hàn zhīyīn

難尋，詩人都是以最精練也最精準的語言文
nánxún, shīrén dōu shì yǐ zuì jīngliàn yě zuì jīngzhǔn de yǔyán wén

字來延續中國詩歌的比（譬喻）、興（聯想）
zì lái yánxù Zhōngguó shīge de bǐ (pìyù), xīng (liánxiǎng)

傳統。即使是寒食節這個小小的民間節慶，
chuántǒng. Jíshǐ shì Hánshí Jié zhège xiǎoxiǎo de mínjiān jiéqìng,

經由詩人的渲染敘寫，也寓含了對小人擅權
jīngyóu shīrén de xuànrǎn xùxiě, yě yùhán le duì xiǎorén shànquán

的批判及諷刺。
de pīpàn jí fèngcì.

In addition to topics like historic eulogies and feelings of ascendance, poets would also express ideas with things common to daily lives. They used the most refined and precise words and phrases to continue the traditional use of similes and metaphors in Chinese literary history. For example, one poet used the characteristic of cicadas to imply his own innocence and virtues, and another compared the sound of guzheng to caviar to the general so as to sigh for his abilities not being recognized and his lacking of bosom friends. In the poems of great poets, even a small folk festival like Cold Food Festival could also become a critique and irony to villains' grasping authority.

只要用心去觀察和體會，生活中處處
Zhǐyào yòngxīn qù guānchá hàn tǐhuì, shēnghuó zhōng chùchù

是創作的靈感，原本細微的感動藉著文字
shì chuàngzuò de línggǎn, yuánběn xìwéi de gǎndòng jièzhe wénzì

的魔力，漸漸的擴大成為讓讀者心領神會的
de mólì, jiànjiàn de kuòdà chéngwéi ràng dúzhě xīnlǐngshénhuì de

震 撼 力量。
zhènhàn lìliàng.

In daily lives, there are inspirations everywhere as long as one observes and appreciates attentively. Through the magic power of words, a slight and obscure feeling would be gradually turned into a strong mental power that touches the deepest part of readers' hearts.

1. 〈烏衣巷〉
Wū Yī Xiàng
The Dark-Attire Lane

劉禹錫　七言絕句
Liú Yǔxí　Qīyán juéjù

原詩
Yuáshī

朱　雀　橋　邊　野　草　花　， Zhū Què Qiáo biān yě cǎo huā,	Beside Rose Finch Bridge are weeds and blooms; ❶
烏　衣　巷　口　夕　陽　斜　。 Wū Yī Xiàng kǒu xì yang xiá.	At Dark-Attire Lane's entrance, the setting sun slants. ❷
舊　時　王　謝　堂　前　燕　， Jiù shí Wáng Xiè táng qián yàn,	The erstwhile swallows in front of the Wáng's and the Xiè's- ❸
飛　入　尋　常　百　姓　家　。 Fēi rù xún cháng bǎi xìng jiā.	Have flown into the houses of the ordinary people. ❹

注釋
Zhùshì

1. 烏衣　巷 Wūyī Xiàng	巷　名，在　金陵　城（今　南京　市） Xiàng míng, zài Jīnlíng Chéng (jīn Nánjīng Shì) 內。晉朝　時　許多　貴族　都　居住　在 nèi. Jìncháo shí xǔduō guìzú dōu jūzhù zài 這裡。 zhèlǐ.
	Literally "Raven-Colored Clothes Lane," the name of a lane in present-day Nánjīng City. About 1700 years ago and 500 years earlier than the poet, the said lane used to be populated by aristocrats.

2. 朱雀 橋 Zhūquè Qiáo	橋　名，在 烏衣 巷 附近，橫跨 秦 Qiáo míng, zài Wūyī Xiàng fùjìn, héngkuà Qín 淮 河　上。 Huái Hé shàng.
	A bridge not far from the Dark-Attire Lane. The bridge, Zhūquè, names after an imaginary bird (sometimes translated as Rose Finch or Vermilion Bird) who governs the Fire element and the South.
3. 夕陽 斜 xìyáng xiá	黃昏　時 太陽　往　西邊 落下， Huánghūn shí tàiyáng wǎng xībiān luòxià, 日光　從　天空　斜照　下來。 rìguāng cóng tiānkōng xiézhào xiàlái.
	Slants means the sunshine travels to the ground at a low angle.
4. 舊時 jiùshí	從前、　以前。 Cóngqián, yǐqián.
	Old times; old days.
5. 王　謝 Wáng Xiè	晉朝　時的　王　導、謝 安，是　當時 Jìncháo shí de Wáng Dǎo, Xiè Ān, shì dāngshí 的　權貴，家族 世代　都 作　官。 de quánguì, jiāzú shìdài dōu zuò guān.
	The two surnames Wáng and Xiè were of the noblest pedigree in Jìn Dynasty. All of two family members were government officials.
6. 堂 táng	廳堂，　指　房屋　內 的　大廳。 Tīngtáng, zhǐ fángwū nèi de dàtīng.
	The hall of a house.

| 7. 尋常 xúncháng | 普通、一般 的。 Pǔtōng, yìbān de. |
| | Normal. |

翻譯
Fānyì

朱雀 橋 旁邊 長滿 了野草 和 野花，無人
Zhūquè Qiáo pángbiān zhǎngmǎn le yěcǎo hàn yěhuā, wú rén

整理 一片 荒蕪，
zhěnglǐ yí piàn huāngwú,

原本 是 貴族們 所居住的烏衣 巷，巷子口只
Yuánběn shì guìzúmen suǒ jūzhù de Wūyī Xiàng, xiàngzikǒu zhǐ

剩 黃昏 的夕陽 斜照著，顯 得 淒涼。
shèng huánghūn de xìyáng xiézhàozhe, xiǎn de qīliáng.

從前 在 王 導、謝 安 等 權貴 的 廳堂 前
Cóngqián zài Wáng Dǎo, Xiè Ān děng quánguì de tīngtáng qián

築 巢 的 燕子，
zhú cháo de yànzi,

如今 都 飛到 普通 老百姓 家裡去了。
Rújīn dōu fēidào pǔtōng lǎobǎixìng jiālǐ qù le.

Line by line analysis:

1. The once high-class and much visited place was deserted and overgrown with weeds and wild flowers when the poet saw it.

2. The once magnificent and admired palatial houses of the once important figures now looked so desolate, and the sinking sun easily reminded the

poet of the decline of those once powerful families.

❸❹The swallows who used to gather and roost in the influential families had now flown apart and had built new nests in the common people's houses. Many Chinese people believed that animals were attracted to the good aura possessed by a person or a piece of land; the act of dispersing from the houses of the Wáng's and the Xiè's reveals they had lost such aura. In short: time had undone so many things.

221

賞析
Shăngxī

這 是 一 首 因 見到 景物 衰敗 而 有 所 感懷
Zhè shì yì shŏu yīn jiàndào jĭngwù shuāibài ér yŏu suŏ gănhuái

的 詩。王 導 和 謝安 是 晉朝歷史 上 有名 的
de shī. Wáng Dăo hàn Xiè Ān shì Jìncháo lìshĭ shàng yŏumíng de

人物，他們 對 國家 的 貢獻 很 大，家族 的 勢力 和
rénwù, tāmen duì guójiā de gòngxiàn hĕn dà, jiāzú de shìlì hàn

名聲 非常 顯赫，享受 榮華富貴。但 隨著
míngshēng fēicháng xiănhè, xiăngshòu rónghuáfùguì. Dàn suízhe

時間 過去，這些 貴族 的 勢力 也 漸漸 沒落。劉禹錫
shíjiān guòqù, zhèxiē guìzú de shìlì yĕ jiànjiàn luòmò. Liú Yŭxí

眼見 王、謝 兩族 的 豪宅府第 已 成 了 斷垣
yănjiàn Wáng, Xiè liăng zú de háozhái fŭdì yĭ chéng le duànyuán

殘壁，感慨 世事 變化 的 無常，寫下 了 這 首 詩。
cánbì, gănkăi shìshì biànhuà de wúcháng, xiĕxià le zhè shŏu shī.

現今 朱雀 橋 雜草 叢生 及 烏衣 巷 夕陽 黯淡
Xiànjīn Zhūquè Qiáo zácăo cóngshēng jí Wūyī Xiàng xìyáng àndàn

的 荒蕪 景色，和 從前 的熱鬧 繁華 成爲 強烈
de huāngwú jǐngsè, hàn cóngqián de rènào fánhuá chéngwéi qiángliè

的對比，燕子飛入 百姓 家則是 象徵 了豪門
de duìbǐ, yànzi fēirù bǎixìng jiā zé shì xiàngzhēng le háomén

子弟 的沒落。
zǐdì de luòmò.

Overal analysis:

This poem is the poet's expression of feelings that arose in him when he witnessed the dismal view of the once bustling mansions of the powerful families. In Jìn Dyansty (around 1700 years ago), Wáng Dǎo and Xiè Ān were generals who made the most contributions for their country, and as a result, their families enjoyed widespread fame and amassed a considerable fortune. However, as the time went by, their power started to wane, and when the poet came to their houses 500 years later, he found that the grand aristocratic houses had all lost their sheen and even turned dilapidated. From the cruel scene, the poet learned the impermanence and the mutability of fame, wealth, and the like. The poet manifested this truth by employing a stark contrast between the once adored "Rose Finch Bridge / Dark-Attire Lane / the houses of the Wáng's and the Xiè's" and the now desolate "weeds / setting sun / leaving of the swallows."

2. 〈寒食〉
Hán Shí
Cold Food

原詩
Yuáshī

春 城 無 處 不 飛 花， Chūn chéng wú chù bù fēi huā,	Nowhere in the spring city has no flowers flying- ❶
寒 食 東 風 御 柳 斜 。 Hán Shí dōng fēng yù liǔ xiá.	On Cold Food, east wind skews the imperial willows. ❷
日 暮 漢 宮 傳 蠟 燭 ， Rì mù Hàn gōng chuán là zhú,	At dusk in the Hàn palace, the candles were given out- ❸
輕 煙 散 入 五 侯 家 。 Qīng yān sàn rù Wǔ Hóu jiā.	The light smoke drifted along into the Five Nobles' homes. ❹

注釋
Zhùshì

1. 寒 食 Hánshí	節日 名，在 清明 節前 兩日。 Jiérì míng, zài Qīngmíng Jié qián liǎng rì. 　相傳　春秋 時代 晉國 有一個 Xiāngchuán Chūnqiū shídài Jìnguó yǒu yí ge 賢人　叫做 介 之推，他不 願意 作 xiánrén jiàozuò Jiè Zhītuī, tā bú yuànyì zuò 官 所以 隱居 到 山 裡去，晉 文公 guān suǒyǐ yǐnjū dào shān lǐ qù, Jìn Wéngōng

為了 逼他 出來 就 用 火 燒 山，
wèile bī tā chūlái jiù yòng huǒ shāo shān,

沒想到 介之推 竟然 寧願 被
méixiǎngdào Jiè Zhītuī jìngrán níngyuàn bèi

燒死 也 不 出來。晉國 的 人 為了 紀念
shāosǐ yě bù chūlái. Jìnguó de rén wèile jìniàn

他，每 年 到了 這 一 天 都 不 生火，
tā, měi nián dàole zhè yì tiān dōu bù shēnghuǒ,

只 吃 冷 的 食物，所以 稱為 寒食
zhǐ chī lěng de shíwù, suǒyǐ chēngwéi Hánshí

節。
Jié.

Short for Cold Food Festival, a traditional festival two days earlier than the Tomb Sweeping Festival (generally falling on April 5th). It commemorates the recluse Jiè Zhītuī, a loyal and virtuous man in the Spring Autumn Period (roughly 2600 years ago). After he successfully escorted his lord back to the throne safe and sound, he refused to accept the wealth and political power which the lord granted him, and hid himself in his mountain lodge to lead a simple life with his mother. Nevertheless, the lord insisted on rewarding him, and came up with a terrible idea to burn down the mountain, believing Jiè Zhītuī would flee for his life. The strong-hearted man, however, still refused to show up and finally died in the fire. The lord grieved and regretted what he had done to his loyal follower, and decided to

	forbid the use of fire on the same day each year. Since then, people forbidden to use fire could only prepare and eat cold food, hence the name.	
2. 東風 dōngfēng	春天 的 風 是 從 東方 吹來 的, Chūntiān de fēng shì cóng dōngfāng cuīlái de, 所以 春天 的 風 也 叫做 東 風。 suǒyǐ chūntiān de fēng yě jiàozuò dōng fēng.	
	In China, wind comes from the east when it is spring, so east wind refers to spring wind.	
3. 御柳 yùliǔ	皇宮 裡的 柳樹。 Huānggōng lǐ de liǔshù.	
	Shakes the willows grown around the palace so hard that the willows look askew.	
4. 傳 蠟燭 chuán làzhú	漢代 時,每 年 在 寒食 節的 這一 Hàndài shí, měi nián zài Hánshí Jié de zhè yì 天, 朝廷 都 會 賜給 大臣們 蠟燭, tiān, cháotíng dōu huì sìgěi dàchénmen làchú, 作為 照明 之 用。 因為 不能 zuòwéi zhàomíng zhī yòng. Yīnwèi bùnéng 生火, 所以 只 能 把 燭火 ——地 shēnghuǒ, suǒyǐ zhǐ néng bǎ zhúhuǒ yī yī dì 分 火 傳 點 下去。 fēn huǒ chuán diǎn xiàqù.	
	At dusk on the Cold Food Festival, the Emperor of Hàn Dynasty would distribute candles to those officials who pleased him, and those who had the candles from the Emperor (including, of course, the Emperor himself) had the privilege to light candles	

	and use fire on that day.
5. 輕 煙 qīng yān	指 蠟燭 上 輕輕 飄起 的 白煙。 Zhǐ làzhú shàng qīngqīng piāoqǐ de báiyān.
	The white smoke created by candles.
6. 五 侯 Wǔ Hóu	侯 是 官位 名稱。 東 漢 Hóu shì guānwèi míngchēng. Dōng Hàn 桓帝 曾 在一 天 内 封了 五 個 Huándì céng zài yì tiān nèi fēngle wǔ ge 得寵 的 宦官 為 侯，後世 稱 déchǒng de huànguān wéi hóu, hòushì chēng 他們 為 五 侯。在 這 首 詩裡，五 tāmen wéi Wǔ Hóu. Zài zhè shǒu shī lǐ, Wǔ 侯 是 指 那些 驕傲 得寵 的 Hóu shì zhǐ nàxiē jiāoào déchǒng de 宦官。 huànguāng.
	It refers to the five eunuchs who pleased the Emperor in Hàn Dynasty. The five eunuchs were conferred with a title of nobility within one day, and since then the five eunuchs became notably proud and snobbish. In this poem, this term may refer not to the those eunuchs but officials who were proud snobbish like them.

翻譯
Fānyì

春天， 京城 裡到處 是 隨風 飛散 的 花瓣。
Chūntiān, jīngchéng lǐ dàochù shì suí fēng fēisàn de huābàn.

到了 寒食 節 這一 天，陣陣　 東風 把　宮城
dàole Hánshí Jié zhè yì tiān, zhènzhèn dōngfēng bǎ gōngchéng

附近 的 柳樹 吹 得 歪歪斜斜 的。
fùjìn de liǔshù chuī de wāiwāixiéxié de.

傍晚　 的 時候，宮廷 裡 開始　 將 蠟燭 賜給
Bāngwǎn de shíhòu, gōngtíng lǐ káishǐ jiāng làzhú sìgěi

王公貴族們，
wánggōngguìzúmen,

燭火　 上 的　輕煙，緩緩　 地　飄到 了 五 侯 的
zhúhuǒ shàng de qīngyān, huǎnhuǎn de piāodào le Wǔ Hóu de

家中。
jiāzhōng.

Line by line analysis:

❶ The poet started with a description of scenery in the capital on the Cold
Food Festival. The Cold Food Festival was in spring (around April 3rd in
China), and the entire city was in full bloom. The "flying" of the flower
petals foreshadows the "spring wind" in the second line.

❷ The second line zooms in on the willows growing around the palace, de-
scribing how the willows swaying in the spring wind. The word "impe-
rial" provides a smooth transition from the spring scenery to the life of
the royal family and aristocratic class.

③ At dusk, burning candles were passed down to the people whom the Emperor personally liked. Burning candles should be forbidden on the Cold Food Festival, but only the privileged few were allowed to use them. This contrast between the poem's title and the word "candles" gives the poem a sarcastic nuance.

④ Because the noble class alone were allowed to use fire, the palace and the noble houses would consequently be the only places where smoke would rise from. The poet described this fact in this imaginative way: The palace burned a candle, and the candle produced puffs of light smoke, and they floated, drifted apart, and oriented themselves into the houses of the powerful figures.

賞析
Shǎngxī

詩 的 一開始 描寫　春天　的景色，隨著　東風
Shī de yìkāishǐ miáoxiě chūntiān de jǐngsè, suízhe dōngfēng

的 腳步，詩人 把 描寫 的　重點　由　遠　到 近，從
de jiǎobù, shīrén bǎ miáoxiě de zhòngdiǎn yóu yuǎn dào jìn, cóng

京城　寫到 柳樹 到　皇宮。 寒食 節 不能
Jīngchéng xiědào liǔshù dào huánggōng. Hánshí Jié bùnéng

生火，所以 宮裡 賜給 大臣　蠟燭，五 侯 因　受到
shēnghuǒ, suǒyǐ gōnglǐ sìgěi dàchén làzhú, Wǔ Hóu yīn shòudào

皇帝 的　寵愛，所以　家 中 也　飄 散 著　裊 裊 的
huángdì de chǒngài, suǒyǐ jiāzhōng yě piāosànzhe niǎoniǎo de

燭 煙。漢代　皇帝 因為 寵幸　宦官，　政治
zhú yān. Hàndài huángdì yīnwèi chǒngxìng huànguān, zhèngzhì

越來越　混亂，韓　翃　用　漢代 五 侯 的 典故，來
yuèláiyuè hùnluàn, Hán Hóng yòng Hàndài Wǔ Hóu de diǎngù, lái

暗示 唐朝 皇帝 寵幸 宦官，是一 種 含蓄
ànshì Tángcháo huángdì chǒngxìng huànguān, shì yì zhǒng hánxù

的 手法。原本 寒食 節是 用來 紀念 介之推 高
de shǒufǎ. Yuánběn Hánshí Jié shì yònglái jìniàn Jiè Zhītuī gāo

尚 的 節操，民間 不許 生火， 天黑 了本來 就 該一
shàng de jiécāo, mínjiān bùxǔ shēnghuǒ, tiānhēi le běnlái jiù gāi yí

片 寧靜，但 得寵 的 宦官們 卻 有 特權，在
piàn níngjìng, dàn déchǒng de huànguānmen què yǒu tèquán, zài

晚上 時宴客 享樂 到 深夜，對比之下，令 人
wǎnshàng shí yànkè xiǎnglè dào shēnyè, duìbǐ zhī xià, lìng rén

更 覺得 諷刺。
gèng juéde fèngcì.

Overall analysis:

It has been argued by many critics that this poem was intended to reveal the ills of the politics at that time. The poet employed the point of view of the spring wind, which blew across the whole poem-it blew everywhere in the city, so that flowers were flying all around-then it came to the palace and shake the willows planted there-finally it carried the candle smoke that rose in the palace away to the houses of those privileged officials. The word Hàn suggests the historical fact about an Emperor's groundless trust in five sweet-talking eunuchs in Hàn Dynasty, and such misplaced confidence eventually led to many years of unrest; the poet alluded to it in this poem to suggest that the Emperor at his time was doing the same thing. The contrast between "common people's observance of the Cold Food Festival to commemorate the pure loyalty of Jiè Zhītuī" and "the smoke that rose from the burning candles used by those who are in higher social strata under the ruler's consent on the same day" has implicitly added a sense of biting criticsm to this ostensibly picturesque poem.

3. 〈登樂遊原〉

Dēng Lè Yóu Yuán

Ascending to the Plateau Lèyóu

李商隱　　五言絕句

Lǐ Shāngyǐn　Wǔyán juéjù

原詩
Yuáshī

向　晚　意　不　適　，	Close to evening, my feelings were not in place- ❶
Xiàng wǎn　yì　bú　shì,	
驅　車　登　古　原　。	I drove my carriage up to the ancient plateau. ❷
Qū　chē　dēng　gǔ　yuán.	
夕　陽　無　限　好　，	The view of the setting sun is infinitely sublime, ❸
Xì　yáng　wú　xiàn hǎo,	
只　是　近　黃　昏　。	Just that the time of twilight is almost coming. ❹
Zhǐ　shì　jìn　huáng hūn.	

注釋
Zhùshì

1. 樂遊　原	地　名，在　長安　城　東南，　地勢
Lèyóu Yuán	Dì míng, zài Cháng'ān Chéng dōngnán, dìshì
	很　高，可　將　長安　城　內的
	hěn gāo, kě jiāng Cháng'ān Chéng nèi de
	情形　看得　一清二楚，是一個
	qíngxíng kàn de yìqīngèrchǔ, shì yí ge
	著名　的　風景區。
	zhùmíng de fēngjǐngqū.

	Name of a plateau located to the southeast of Cháng'ān City. The elevated position makes it a perfect spot to get a panoramic view of the entire Cháng'ān City.
2. 向 晚 xiàng wǎn	向 是 接近，向 晚 就是 接近 Xiàng shì jiējìn, xiàng wǎn jiù shì jiējìn 晚上，也 就 是 傍晚 的 意思。 wǎnshàng, yě jiù shì bāngwǎn de yìsi.
	The one or two hours before sunset.
3. 意 不適 yì búshì	心裡 不 舒服，心情 不 好。 Xīnlǐ bù shūfú, xīnqíng bù hǎo.
	Did not feel right. Felt unhappy.
4. 驅 車 qū chē	駕著 馬車。 Jiàzhe mǎche.
	To drive the carriage.
5. 古 原 gǔ yuán	指 古時候 的 樂遊 原。 Zhǐ gǔshíhòu de Lèyóu Yuán.
	It indicates acient Lèyǒu Yuán.

翻譯
Fānyì

傍晚 的 時候，忽然 覺得 心情 不 好，
Bāngwǎn de shíhòu, hūrán juéde xīnqíng bù hǎo,

於是 就 駕著 馬車，到 樂遊 原 上 去 散心。
yúshì jiù jiàzhe mǎchē, dào Lèyóu Yuán shàng qù sànxīn.

這 時，金紅色 的 夕陽 正 漸漸 向 西邊 落下，
Zhè shí, jīnhóngsè de xìyáng zhèng jiànjiàn xiàng xībiān luòxià,

看 起 來 真 是 美 極 了，
kàn qǐlái zhēnshì měi jí le,

只 可 惜 時 間 已 是 黃 昏，這 樣 美 麗 的 景 色 很 快
zhǐ kěxí shíjiān yǐ shì huánghūn, zhèyàng měilì de jǐngsè hěn kuài

就 會 消 失 不 見。
jiù huì xiāoshī bújiàn.

Line by line analysis:

① The poet did not feel happy late in one afternoon.

② In order to please himself, the poet decided to drive his carriage to the beautiful plateau, which was a famous sightseeing spot. The poet might believe that the beautiful scenery could cheer him up.

③ ④ This couplet is now a very famous saying. It can be rephrased as "Although the view of the setting sun is so beautiful, it is so fleeting and its light will be gone in no time." "Twilight" here refers to the faint light after the sun has gone down, so it marks the end of the view of the setting sun.

賞析
Shǎngxī

這 是 一 首 觸 景 傷 情 的 詩。李 商 隱 一 生
Zhè shì yì shǒu chùjǐngshāngqíng de shī. Lǐ Shāngyǐn yìshēng

過 得 並 不 順 利，詩 中 常 透 露 著 傷 感 的
guò de bìng bú shùnlì, shī zhōng cháng tòulùzhe shānggǎn de

心 情。當 他 來 到 樂 遊 原，原 本 是 想 散 心，
xīnqíng. Dāng tā láidào Lèyóu Yuán, yuánběn shì xiǎng sànxīn,

誰 知 道 看 到 即 將 下 山 的 美 麗 夕 陽，竟 想 起 自 己
shéi zhīdào kàndào jíjiāng xiàshān de měilì xìyáng, jìng xiǎngqǐ zìjǐ

生活　不如意，年紀又已經　過了　壯年，　對於
shēnghuó bù rúyì,　niánjì yòu yǐjīng guòle zhuàngnián, duìyú

從前　的　理想　和　抱負，恐怕　再也無法　完成，那
cóngqián de lǐxiǎng hàn bàofù, kǒngpà zài yě wúfǎ wánchéng, nà

種　無力感，讓李　商隱　的　心情　更加　地　愁苦。
zhǒng wúlìgǎn, ràng Lǐ Shāngyǐn de xīnqíng gèngjiā de chóukǔ .

Overal analysis:

This is a typical "touched-by-the-sight" poem. The poet never had a satisfying career, so he frequently felt unhappy. He decided to make himself feel better by spending time on the pleasant scenery of the setting sun, but his pessimistic self prevailed again and cruelly reminded him of the fact that nothing gold can stay. The good view is as transient as the youth-he suddenly realized that the best young days for him to realize his dreams and ambitions had long gone, and an old man as he was, he could see but a slim chance of success. Faced with the helplessness in life, the poet's sorrows could not but increase.

4. 〈登 鸛 雀 樓〉
Dēng Guàn Què Lóu

王 之 渙　　五言絕句
Wáng Zhīhuàn　Wǔyán juéjù

Ascending in the Stork Tower

原詩
Yuáshī

白 日 依 山 盡 ， Bái rì yī shān jìn,	The white sun vanishes by the mountain; ❶
黃 河 入 海 流 。 Huáng Hé rù hǎi liú.	The Yellow River flows into the sea. ❷
欲 窮 千 里 目 ， Yù qióng qiān lǐ mù,	Wish to exhaust the wide eyeshot? ❸
更 上 一 層 樓 。 Gèng shàng yì céng lóu.	Ascend one level higher in the tower! ❹

注釋
Zhùshì

1. 鸛 雀 樓 Guànquè Lóu	樓 名，在 山西 省 境內，共 三 Lóu míng, zài Shānxī Shěng jìngnèi, gòng sān 層 樓 高，可以 看見 黃 河 的 景色。 céng lóu gāo, kěyǐ kànjiàn Huáng Hé de jǐngsè. 據說 是 因為 以前 常 有 許多 Jùshuō shì yīnwèi yǐqián cháng yǒu xǔduō 鸛雀鳥 棲息在 上面 所以 得 名。 guànquèniǎo qīxí zài shàngmiàn suǒyǐ dé míng.

	The name of a building which is locted in Shānxī Province. It is said that it got the name because in ancient times, there were a lot of storks perching on the building all the time.
2. 白日 báirì	太陽。 Tàiyáng. The sun.
3. 依 yī	靠著， 順著。 Kàozhe, shùnzhe. Literally "leans on the mountain, ends," which can be understood as "gets close to the mountain from my viewpoint and finally ceases to be seen; keeps moving toward the mountain and finally slips behind it."
4. 盡 jìn	隱沒， 消失 看 不 見。 Yǐnmò, xiāoshī kàn bú jiàn. To vanish.
5. 欲 yù	想 要。 Xiǎng yào. Want to.
6. 窮 qióng	盡，指 推究 到 極點。 Jìn, zhǐ tuījiù dào jídiǎn. to exhaust. To "exhaust" it means to make the most of something.
7. 目 mù	眼睛， 在 這裡 指 眼睛 所 能 看到 Yǎnjīng, zài zhèlǐ zhǐ yǎnjīng suǒ néng kàndào 的 範圍。 de fànwéi. Eyes. Here it indicates the range that eyes can see.

翻譯
Fānyì

我 站 在 鸛雀 樓 上，看著 太陽 順著 山
Wǒ zhàn zài Guànquè Lóu shàng, kànzhe tàiyáng shùnzhe shān

邊 漸漸 落下，
biān jiànjiàn luòxià,

黃 河 的 河水 不停地 向 東 流入 大海
Huáng Hé de héshuǐ bùtíng de xiàng dōng liúrù dàhǎi,

如果 想要 窮盡 眼力，看到 千里 以外的 景物，
rúguǒ xiǎng yào qióngjìn yǎn lì, kàndào qiān lǐ yǐwèi de jǐngwù,

就 必須 登上 更 高 的一層 樓。
jiù bìxū dēngshàng gèng gāo de yì céng lóu.

Line by line analysis:

1. The white blazing sun keeps moving toward the mountain, closer and closer, and finally slips behind it and the light is gone.

2. The spectacular Yellow River is flowing into the ocean eastward. The poet used these two lines to praise the great view available on the Stork Tower.

3. 4. This couplet can be rephrased as "If you want to see even farther, just go up one level higher."

賞析
Shǎngxī

這是一首 登高望 遠 的詩，前 兩 句寫
Zhè shì yì shǒu dēnggāowàngyuǎn de shī, qián liǎng jù xiě

景，寫出 天地 之 間　壯闊　的景色；後　兩 句 抒情，
jǐng, xiěchū tiāndì zhī jiān zhuàngkuò de jǐngsè; hòu liǎng jù shūqíng,

寫 詩人　看到 大自然之美　所 興起的 體悟。「欲　窮
xiě shīrén kàndào dàzìrán zhī měi suǒ xīngqǐ de tǐwù.　"Yù qióng

千里目，更　上 一 層 樓。」除了 字面上　的 意思
qiān lǐ mù, gèng shàng yì céng lóu."　Chúle zìmiànshàng de yìsi

之外，也 說明了 我們　想　追求　更 高 的 成就
zhīwài, yě shuōmíngle wǒmen xiǎng zhuīqiú gèng gāo de chéngjiù

時，就 必須 付出　更　多的努力。這句話　常　用來
shí, jiù bìxū fùchū gèng duō de nǔlì.　Zhè jù huà cháng yònglái

勉勵 人積極奮發 向　上，不斷 地 自我 提昇。
miǎnlì rén jījí fènfā xiàng shàng, búduàn de zìwǒ tíshēng.

Overal analysis:

This is veritably the most famous Táng poem ever. This is the first poem that will appear on the first page in almost every book that teaches Chinese children about classical Chinese literature. It is so mainly because of its simplicity in language and its positive attitude that can inspire the kids to aspire to a great success and take action to achieve it. The poet composed this work to encourage himself to keep improving, and now this poem has pushed so many people to go from good to great. This is a great success for a poet, isn't it?

5. 〈登幽州臺歌〉
Dēng Yōu Zhōu Tái Gē

陳子昂　七言古詩
Chén Zǐ'áng Qīyán gǔshī

Ascending to the Terrace in Yōuzhōu

原詩
Yuáshī

前 不 見 古 人 ， Qián bú jiàn gǔ rén,	Backwards, I do not see the men in the past; ❶
後 不 見 來 者 。 Hòu bú jiàn lái zhě.	Forwards, I do not see the ones in the future. ❷
念 天 地 之 悠 悠 ， Niàn tiān dì zhī yōu yōu,	Thinking of the immensity of the universe- ❸
獨 愴 然 而 涕 下 。 Dú chuàng rán ér tì xià.	Alone, I am grieved, and my tears drop. ❹

注釋
Zhùshì

1. 幽 州 臺 Yōuzhōu Tái	幽州 是地名， 大約 是 現在 的 Yōuzhōu shì dì míng, dàyuē shì xiànzài de 北京。 據說 燕 昭王 曾經 在 Běijīng. Jùshuō Yān Zhāowáng céngjīng zài 這裡 建了 高臺， 用來 招納 人才，也 zhèlǐ jiànle gāotái, yònglái zhāonà réncái, yě 就 是 本 詩 中 所 提到 的 幽州 jiù shì běn shī zhōng suǒ tídào de Yōuzhōu 臺。 Tái.

2. 古人 gǔrén	古時候 的 人。 Gǔshíhòu de rén.
	people in the past, in the history.
3. 來者 láizhě	未來 的 人。 Wèilái de rén.
	People in the future.
4. 悠悠 yōuyōu	指 無窮無盡、 長久 永恆 的意思。 Zhǐ wúqióngwújìn, chángjiǔ yǒnghéng de yìsi.
	Infinity (immensity in space) and eternity (immensity in time).
5. 愴然 chuàngrán	悲傷 的 樣子。 Bēishāng de yàngzi.
	Sad; sorrowful.
6. 涕 tì	眼淚。 Yǎnlèi.
	Tears.

翻譯
Fānyì

登上 了 幽州 臺，向 前 看 不 見 古代 的 人，
Dēngshàng le Yōuzhōu Tái, xiàng qián kàn bú jiàn gǔdài de rén,

往 後 也 看 不 見 未來 的 人。
wǎng hòu yě kàn bú jiàn wèilái de rén.

想到 天地 是 這麼樣 地 無窮 無盡，長久
xiǎngdào tiāndì shì zhèmeyàng de wúqióng wújìn, chángjiǔ

永恆，
yǒnghéng,

我 一 個 人 獨自 悲傷 地 流 下 了 眼淚。
wǒ yí ge rén dúzì bēishāng de liúxià le yǎnlèi.

Line by line analysis:

❶❷ The poet was standing on the terrace, looking all around, but could see no one who came from times other than "the present." He found that he was bound in a given time and space, and did not find a way to break free.

❸❹ When the poet thought of the "unlimitedness" of the universe, compared to his own "limitedness," he could not but feel so cold, terrified, and helpless. That was the feeling he verbalized as "alone" and "grieved."

賞析
Shǎngxī

這 是 一 首 感懷詩。作者 陳 子昂 隨著 軍隊
Zhè shì yì shǒu gǎnhuáishī. Zuòzhě Chén Zǐáng suízhe jūnduì

前往 攻打 契丹 失敗,自己的 才華 又 不被 君王
qiánwǎng gōngdǎ Qìdān shībài, zìjǐ de cáihuá yòu bú bèi jūnwáng

賞識 重用。失意之餘 來到 了 幽州 臺,看著
shǎngshì zhòngyòng. Shīyì zhī yú láidào le Yōuzhōu Tái, kànzhe

歷史的 古蹟 引起對 時間 和 生命 的 感慨。古人 已
lìshǐ de gǔjī yǐnqǐ duì shíjiān hàn shēngmìng de gǎnkǎi. Gǔrén yǐ

死,未來的 世界 又 無法 預知,抬頭 看 只 看見 蒼
sǐ, wèilái de shìjiè yòu wúfǎ yùzhī, táitóu kàn zhǐ kànjiàn cāng

涼 而 廣大 的 天地,讓 人 覺得 自己 生命 的
liáng ér guǎngdà de tiāndì, ràng rén juéde zìjǐ shēngmìng de

渺 小 。
miǎoxiǎo.

Overal analysis:

"When your eyes see more, your heart feels more." This is very true for many poets in ancient China, and the author of this poem, Chén Zǐ'áng, was clearly no exception. He wished to dedicate himself to the country, but failed to win enough trust of the Emperor; he fought in a war waged against their enemy to the north of China, but the Chinese party lost it. Depressed, he came to the Terrace of Yōuzhōu, which was built by an ancient emperor as a symbol of his willingness to recruit a vast array of talent to work for him. The poet could not help comparing the good old time to his own time, and started to hate the fact that he was not born at the right time for political ambitions. The big questions about time and life began to disturb him. Ancient men had died, and the world yet to come was unpredictable; faced with the unlimited universe, he realized how tiny, humble and insignificant he was.

6. 〈登 高〉
Dēng Gāo

Ascending a Height

杜甫　七言律詩
Dù Fǔ　Qīyán lǜshī

原詩
Yuáshī

風 急 天 高 猿 嘯 哀 ， Fēng jí tiān gāo yuán xiào āi,	he wind quick, the sky high, the monkeys' howl is bitter. ❶
渚 清 沙 白 鳥 飛 迴 。 Zhǔ qīng shā bái niǎo fēi huí.	The bank clean, the sand white, the birds fly and hover. ❷
無 邊 落 木 蕭 蕭 下 ， Wú biān luò mù xiāo xiāo xià,	The boundless falling trees are rustling down- ❸
不 盡 長 江 滾 滾 來 。 Bú jìn Cháng Jiāng gǔn gǔn lái.	The endless Yangtze river are tumbing along. ❹
萬 里 悲 秋 常 作 客 ， Wàn lǐ bēi qiū cháng zuò kè,	I am always a traveler in my long journey of the sad fall; ❺
百 年 多 病 獨 登 臺 。 Bǎi nián duō bìng dú dēng tái.	I come up the terrace alone in my short life of many ills. ❻
艱 難 苦 恨 繁 霜 鬢 ， Jiān nán kǔ hèn fán shuāng bìn,	Difficult!-I hate my side-burns of thick frost badly; ❼
潦 倒 新 停 濁 酒 杯 。 Liáo dǎo xīn tíng zhuó jiǔ bēi.	Miserable!-I quit my cups of turbid liquor newly. ❽

1. 猿 嘯哀 yuán xiào āi	猿 是 指 猿猴，嘯 是 叫聲，哀 Yuán shì zhǐ yuánhóu, xiào shì jiàoshēng, āi 是 哀傷。 嘯哀是 指 猿猴 的 叫 shì āishāng. Xiào āi shì zhǐ yuánhóu de jiào 聲 哀傷。 shēng āishāng.
	Apes cry sorrowfully.
2. 渚 zhǔ	沙洲。 水 中間 的 小 塊 陸地。 Shāzhōu. Shuǐ zhōngjiān de xiǎo kuài lùdì.
	The sandbank in a stream or a river.
3. 鳥 飛 迴 niǎo fēi huí	鳥 在 風中 飛舞 盤旋。 Niǎo zài fēngzhōng fēiwǔ pánxuán.
	Birds fly and hover in the wind.
4. 落木 luòmù	秋天 飄落 的 樹葉。 Qiūtiān piāoluò de shùyè.
	It refers to the trees from which leaves are falling and also the falling leaves. Not trees themselves are falling.
5. 蕭 蕭 xiāoxiāo	風 吹落 樹葉 的 聲音。 Fēng chuīluò shùyè de shēngyīn.
	The sound created when the wind blows leaves.
6. 萬里 wàn lǐ	指 離開 家鄉 非常 遠。 Zhǐ líkāi jiāxiāng fēicháng yuǎn.
	Literally "ten thousand li," which is a great distance.

7. 百 年 bǎi nián	指 人 的 一 生，約 一 百 年 的 時間。 Zhǐ rén de yì shēng, yuē yì bǎi nián de shíjiān.	
	Literally "a hundred years." A hundred years are a lot longer than the average lifespan, but they are still short in contrast with the existence of the universe.	
8. 艱 難 jiānnán	指 命運 的 艱苦 困難。 Zhǐ mìngyùn de jiānkǔ kùnnán.	
	How difficult life is!	
9. 苦恨 kǔhèn	指 痛苦 遺憾。 Zhǐ tòngkǔ yíhàn.	
	Pain and regret.	
10. 繁 霜 鬢 fán shāng bìn	繁 是 多，在 這裡 作 動詞，指 增加。 Fán shì duō, zài zhèlǐ zuò dòngcí, zhǐ zēngjiā. 霜 鬢 是 指鬢髮 像 霜 一樣 Shuāng bìn shì zhǐ bìnfǎ xiàng shuāng yíyàng 的 白。繁 霜 鬢 就是 指 頭上 的 de bái. Fán shuāng bìn jiù shì zhǐ tóushàng de 白髮 變 多 了。 báifǎ biàn duō le.	
	Facial hair that has turned pretty white. Symbolizes "senility."	
11. 潦 倒 liáodǎo	失意 不 得志，也 可以 指 身體 衰老 Shīyì bù dézhì, yě kěyǐ zhǐ shēntǐ shuāilǎo 生病。 shēngbìng.	
	How miserable I am (being so old and so poor in health)!	

12. 新 停 xīn tíng	新 是 指 剛才，停 是 指 停止、 Xīn shì zhǐ gāngcái, tíng shì zhǐ tíngzhǐ, 放下。「新 停 濁 酒杯」是 指 最近 fàngxià. "Xīn tíng zhuó jiǔ bēi" shì zhǐ zuìjìn 剛剛 戒 酒。 gānggāng jiè jiǔ.
	Having just quit drinking recently. "Turbid liquor" means "unrefined/bad liquor," because Dù Fǔ was poor and thus could not afford good liquor. This line cannot be interpreted as the poet stopped drinking bad liquor and started to drink the better.

翻譯
Fānyì

風 吹 得 很 急，秋天 的 天空 沒有 烏雲，看 起來
Fēng chuī de hěn jí,　qiūtiān de tiānkōng méiyǒu wūyún, kàn qǐlái

非常 地 高，猿猴 不停地 哀傷 鳴叫。
fēicháng de gāo, yuánhóu bùtíng de āishāng míngjiào.

沙洲 旁 的 水面 清澈，一片 潔白的 細沙 上，
Shāzhōu páng de shuǐmiàn qīngchè, yí piàn jiébái de xìshā shàng,

水鳥 正 盤旋 飛翔著。
shuǐniǎo zhèng pánxuán fēixiángzhe.

放眼 望去，四周 無數 的落葉在 蕭蕭 的 風聲
Fàngyǎn wàngqù, sìzhōu wúshù de luòyè zài xiāoxiāo de fēngshēng

中 落下 飛散，
zhōng luòxià fēisàn,

源源不絕 的 長 江 江水，一直 向 前 奔流
Yuányuánbùjué de Cháng Jiāng jiāngshuǐ, yìzhí xiàng qián bēnliú

而 去。
ér qù.

在 這 悲涼 的 秋天 裡，我 離開 家鄉 萬里遠，在 外
Zài zhè bēiliáng de qiūtiān lǐ, wǒ líkāi jiāxiāng wàn lǐ yuǎn, zài wài

作客 的 心情，感到 非常 哀傷。
zuòkè de xīnqíng, gǎndào fēicháng āishāng.

人生 只有 短短 百年，我 又 常常 生病
Rénshēng zhǐyǒu duǎnduǎn bǎi nián, wǒ yòu chángcháng shēngbìng

不能 四處 遊玩，只 能 獨自 登上 高臺。
bùnéng sìchù yóuwán, zhǐ néng dúzì dēngshàng gāotái.

處在 這樣 時局 混亂 的 時代，生活 的 艱苦
Chǔ zài zhèyàng shíjú hùnluàn de shídài, shēnghuó de jiānkǔ

讓 我 的 鬢髮 變 白，形體 衰老。
ràng wǒ de bìnfǎ biàn bái, xíngtǐ shuāilǎo.

最近 身體 越來越 差，連 酒 都 只好 戒掉 不喝 了。
Zuìjìn shēntǐ yuèláiyuè chā, lián jiǔ dōu zhǐhǎo jièdiào bù hē le.

Line by line analysis:

1. The view on the terrace was typical of the autumn: the wind is strong and biting, the sky seems especially high and wide, and the long shout uttered by monkeys makes him sad. Overall, the view did not seem as pleasant as he might have imagined.

2. Although the sandbank and the birds flying over it provide a better view, the absence of humans in the scene still makes the autumn looks a little bit lonely.

❸ So many dried leaves are falling down-it is the season which makes the trees cease to look lively.

❹ The water of Yangtze river, on the other hand, never cease to run into the sea-where it will no longer be river water. Just like the life, people cannot stop from moving fast to their end.

❺ In this line, the poet expressed his hate that he could hardly settle; he had traveled one sad autumn season after another all the way from home. Something must have stopped him from going back.

❻ In this line, the poet told the readers that he was not in good shape, and he had to come onto the terrace all by himself. "Coming up the terrace" or the title "ascending a height" is a cultural common practice observed on the ninth day of the ninth lunar month, i.e. Chóngyáng (Double Yang) Festival, usually done with one's family in order to celebrate the longevity of the senior members within that family. The fact that the poet was doing this alone means his family were not with him. The loneliness was all too imaginable.

❼ The long string of successive hardships in his life had made him look so senile, which he hated badly.

❽ Age and poor health had weighed him down, so his sorrows grew wildly in him-he wished to kill the sorrows by drinking liquor, but sadly his physical condition did not permit it and he had to quit drinking in order to stay alive. He was even sadder being not permitted to be happy again.

賞析 Shǎngxī

這　首　詩　詩　名　　原本　作「九　日　登　高」，也就
Zhè shǒu shī shī míng yuánběn zuò "Jiǔ Rì Dēng Gāo",　yě jiù

是 在 九 月 九 日　重陽　節 登高　爬山。杜甫 透過
shì zài jiǔyuè jiǔ　rì Chóngyáng Jié dēnggāo páshān. Dù Fǔ tòuguò

在 秋天 登高 時對 長 江 景色的 描寫，
zài qiūtiān dēnggāo shí duì Cháng Jiāng jǐngsè de miáoxiě,

表達 了 詩人 長年 離鄉 在 外，孤單 愁苦 的 複雜
biǎodá le shīrén chángnián lí xiāng zài wài, gūdān chóukǔ de fùzá

感情。 前 四 句 寫 秋天 蕭條 的 景色，天空 高 闊，
gǎnqíng. Qián sì jù xiě qiūtiān xiāotiáo de jǐngsè, tiānkōng gāo kuò,

長 江 水面 一望 無際，人 的 存在 更 顯 得
Cháng Jiāng shuǐmiàn yíwàngwújì, rén de cúnzài gèng xiǎn de

孤單 渺小。除了 眼前 所 看 到 的 景物 之外，
gūdān miǎoxiǎo. Chúle yǎnqián suǒ kàndào de jǐngwù zhīwài,

耳朵 裡 聽到 的 是 急促 的 風聲 和 猿猴 的 哀鳴，
ěrduō lǐ tīngdào de shì jícù de fēngshēng hàn yuánhóu de āimíng,

生命 短暫 的 恐懼 伴隨著 時間 壓力 而 來。
shēngmìng duǎnzhàn de kǒngjù bànsuízhe shíjiān yālì ér lái.

後 四 句 在 抒發 心中 的 感情，杜甫 想 到 自己
Hòu sì jù zài shūfā xīnzhōng de gǎnqíng, Dù Fǔ xiǎngdào zìjǐ

一生 悲苦 又 無奈 的 遭遇，原本 想 一 展 抱負
yìshēng bēikǔ yòu wúnài de zāoyù, yuánběn xiǎng yì zhǎn bàofù

的 雄心 壯志，最 後 被 現實 殘酷 地 擊倒。秋天
de xióngxīn zhuàngzhì, zuìhòu bèi xiànshí cánkù de jídǎo. Qiūtiān

景物 蕭瑟 且 哀傷 的 氣氛 也 同時 呼應 了 詩人
jǐngwù xiāosè qiě āishāng de qìfēn yě tóngshí hūyìng le shīrén

衰老 的 身體 狀況 和 心中 的 無力感。
shuāilǎo de shēntǐ zhuàngkuàng hàn xīnzhōng de wúlìgǎn.

Overal analysis:

Originally titled "Ascending a Height on the Ninth Day (Jiǔ Rì Dēng Gāo)," this poem describes the mental state of the poet when he went to a mountain on the Double Yang Festival. Through the view he saw, the poet expressed his complicated feelings about his many year's separation from home. The first half of the poem deals with the autumnal scenery-deathly (falling leaves), vast (high sky, tumbling river), without a sign of human beings (monkeys and birds). Visually, these images create an unpleasant atmosphere that reflects the poet's despair about his own life, and audially, the sound of the quick wind and the heartbreaking cries of the monkeys got on his nerves, and aroused his fear of the shortness of life. The second half is the poet's direct disclosure of his feelings. The poet recalled his life full of misery and hard times-he had been so ambitious in politics, but turned out to be overwhelmed by the stark reality. The cold, sad and deathly autumn atmosphere corresponds to the poet's worsening health and the helplessness in his mind.

7. 〈蜀　相〉
Shǔ Xiàng
Chancellor of Shǔ

杜甫　七言律詩
Dù Fǔ　Qīyán lǜshī

原詩
Yuáshī

丞　相　祠　堂　何　處　尋　， Chéng xiàng cí tang hé chù xún,	Chancellor's Shrine-where is it to find? ❶
錦　官　城　外　柏　森　森　。 Jǐn Guān Chéng wài bó sēn sēn.	Outside the Jǐn'guān City, the cypresses are lush. ❷
映　階　碧　草　自　春　色　， Yìng jiē bì cǎo zì chūn sè,	Verdant grasses that shine the steps are still of spring hues; ❸
隔　葉　黃　鸝　空　好　音　。 Gé yè huáng lí kōng hǎo yīn.	Yellow orioles behind the leaves are in vain of good tunes. ❹
三　顧　頻　煩　天　下　計　， Sān gù pín fán tiān xià jì,	Three visits-frequently troubled-the scheme for under heaven; ❺
兩　朝　開　濟　老　臣　心　。 Liǎng cháo kāi jì lǎo chén xīn.	Two terms-to found and assist-the heart of the old courtier. ❻
出　師　未　捷　身　先　死　， Chū shī wèi jié shēn xiān sǐ,	His death after he sent troops but before they could win- ❼
長　使　英　雄　淚　滿　襟　。 Cháng shǐ yīng xióng lèi mǎn jīn.	Has long made heroes' tears drench their collars. ❽

1. 蜀 相 Shǔ xiàng	指 三國 時代 蜀國 的 丞相 Zhǐ Sānguó shídài Shǔguó de chéngxiàng 諸葛 亮。 Zhūgé Liàng.	
	Chancellor of Shǔ refers to the most famous tactician in Chinese history-Zhūgé Liàng.	
2. 丞相 chéngxiàng	官 名，是 君王 身旁 最 Guāng míng, shì jūnwáng shēnpáng zuì 重要 也是 地位 最 高 的 官。 zhòngyào yě shì dìwèi zuì gāo de guān.	
	Chéngxiàng can be roughly understood as the prime minister in ancient China.	
3. 祠堂 cítáng	祭祀 祖先 或 烈士 的 廟堂。 Jìsì zǔxiān huò lièshì de miàotáng.	
	A temple-like building where one can worship his or her ancestors or a specific religious or historical figure.	
4. 尋 xún	找。 Zhǎo.	
	To look for.	
5. 錦官 城 Jǐnguān Chéng	就是 現在 四川 的 成都 市。 Jiù shì xiànzài Sìchuān de Chéngdū Shì.	
	The old name for the present-day Chéngdū City, Sìchuān Province. The Kingdom of Shǔ was located in the present-day Sìchuān Province.	

6. 森森 sēnsēn	樹木　生長　茂密 的 樣子。 Shùmù shēngzhǎng màomì de yàngzi.
	It means that plants flourish bushily.
7. 自春色 zì chūn sè	自然 地　呈現　春天 的 景色。 Zìrán dì chéngxiàn chūntiān de jǐngsè.
	It presents the typical color of spring-fresh green, as it has always been.
8. 空 好 音 kōng hǎo yīn	空　是 徒然 的意思。空 好 音就是 Kōng shì túrán de yìsi. Kōng hǎo yīn jiù shì 空 有　美好 的　聲音，卻 無 人 kōng yǒu měihǎo de shēngyīn, què wú rén 聆聽。 língtīng.
	It can be rephrased as "are singing beautiful tunes but in vain," for no one is listening.
9. 三 顧 sān gù	顧 是 指 拜訪。三 顧 是 指劉 備 Gù shì zhǐ bàifǎng. Sān gù shì zhǐ Liú Bèi 三顧茅廬　拜訪 諸葛　亮 的 故事。 sāngùmáolú bàifǎng Zhūgé Liàng de gùshì.
	The famous three visits paid by Liú Bèi, the first Shǔ Emperor, to Zhūgě Liàng. Zhūgě Liàng secluded himself in Nányáng when Liú Bèi came to visit his humble thatched hut in a hope to make him the chancellor and general of the Kingdom of Shǔ, for Liú Bèi knew very well how talented Zhūgě Liàng was in terms of tactics. Zhūgě Liàng did not answer the door until the third visit was paid, in order to test how determined Liú Bèi was to recruit him. Because of this incident, Liú Bèi was praised for his

	patience and the unfailing trust he put in those who had talent.
10. 頻 煩 pín fán	頻 是 指 次數 很 多，煩 是 打擾。頻 Pín shì zhǐ cìshù hěn duō, fán shì dǎrǎo. Pín 煩 就 是 一次 一次 接連 的 煩請。 fán jiù shì yí cì yí cì jiēlián de fánqǐng.
	Pín is many times; fán means to disturb. Pín fán To invite again and again.
11. 天下 計 tiānxià jì	指 治理 國家，經營 天下 的 計畫。 Zhǐ zhìlǐ guójiā, jīngyíng tiānxià de jìhuà.
	Tiānxià is the whole world. According to the world-view of the ancient Chinese people, China was "the country" in the world, so the whole world was a rough equivalent to all China. Tiānxià jì is the plan of running the country.
12. 兩 朝 liǎng cháo	朝 是 指 朝代、 世代。這裡 的 兩 Cháo shì zhǐ cháodài, shìdài. Zhèlǐ de liǎng 朝 是 指 蜀國 劉 備、劉 禪 兩 cháo shì zhǐ Shǔguó Liú Bèi, Liú Chán liǎng 代 君王。 dài jūnwáng.
	Zhūgě Liàng's service to two Emperors: Liú Bèi and his son, Liú Chán.
13. 開 濟 kāi jì	開 是 開創，濟 是 救助。開濟就是 Kāi shì kāichuàng, jì shì jiùzhù. Kāi jì jiù shì 開創 國家及 輔佐 國家。 kāichuàng guójiā jí fǔzuǒ guójiā.

	"To found" means Zhūgě Liàng assisted Liú Bèi in founding the Kingdom of Shǔ and in expanding their territory. "To assist" means his assistence of Liú Shàn, the second and the last ruler of the Kingdom of Shǔ.
14. 老 臣 lǎo chén	年老 的 臣子。在 這裡 指 諸葛 亮。 Niánlǎo de chénzi. Zài zhèlǐ zhǐ Zhūgé Liàng.
	The old courtier. It indicates Zhūgé Liàng here.
15. 出師 chūshī	出兵。 Chūbīng.
	To dispatch troops.
16. 捷 jié	勝利 的意思。 Shènglì de yìsi.
	To win.
17. 淚 滿 襟 Lèi mǎn jīn	眼淚 沾溼 衣襟。 Yǎnlèi zhānshī yījīn.
	It can be rephrased as "made all who possess a heroic character (those who share characteristics with the Chancellor) weep so bitterly (that they dampen their collars)." In other words, his untimely death was a pity to all those who understand him.

翻譯
Fānyì

諸葛 亮　丞 相 的 祠堂 在 哪裡 才 找 得 到 呢？
Zhūgé Liàng chéngxiāng de cí táng zài nǎ lǐ cái zhǎo de dào ne?

就 在 錦官　城 外 那 種 著 一大 片 茂 盛 柏樹
Jiù zài Jǐnguān Chéng wài nà zhòngzhe yí dà piàn màoshèng bóshù

的 地方。
de dìfāng.

走到 祠堂 前，草地 上 翠綠的色澤 映 照著 石頭
Zǒudào cítáng qián, cǎodì shàng cuìlǜ de sèzé yìngzhàozhe shítou

臺階，呈 現 出 春 天 自然 的 景色，
táijiē, chéngxiàn chū chūntiān zì rán de jǐngsè,

躲 藏 在 茂密樹葉裡的 黃 鸝，雖然 沒有人在
duǒcáng zài màomì shùyè lǐ de huánglí, suīrán méiyǒu rén zài

聆聽，仍 然啼叫 出 好聽 悅耳的 聲音。
língtīng, réngrán tí jiào chū hǎotīng yuèěr de shēngyīn.

當 年 蜀 漢的君 王 劉 備三次拜訪 諸葛 亮
Dāngnián Shǔ Hàn de jūnwáng Liú Bèi sān cì bàifǎng Zhūgé Liàng

所 隱居的茅廬，一再 請求他出來 訂定 治理 天下
suǒ yǐn jū de máolú, yī zài qǐngqiú tā chūlái dìngdìng zhì lǐ tiānxià

的 偉大 計畫；
de wěidà jì huà;

劉 備和劉 禪 兩 位君主的 建國 和 治國 功業，
Liú Bèi hàn Liú Chán liǎng wèi jūnzhǔ de jiànguó hàn zhìguó gōngyè,

也是靠這位老臣 的 忠心才能 達 成。
yě shì kào zhè wèi lǎo chén de zhōngxīn cái néng dáchéng.

可惜的是，他出兵 攻打 魏國 的計劃還沒 成
Kěxí de shì, tā chūbīng gōngdǎ Wèiguó de jì huà hái méi chéng

功，就先 病死在 軍 中；
gōng, jiù xiān bìngsǐ zài jūnzhōng;

一 想到 這裡，那些 有理想、有抱負的 英 雄，都
yì xiǎngdào zhèlǐ, nà xiē yǒu lǐxiǎng, yǒu bàofù de yīngxióng, dōu

爲 他 流下了 同 情 的 眼 淚。
wèi tā liúxià le tóngqíng de yǎnlèi.

Line by line analysis:

1. The poet invited the readers into the topic of Zhūgě Liàng by asking the question: "Where is the shrine for him?"

2. The poet gave the answer right away: It's outside Chéngdū City, where the cypresses were lush. The overgrowing of cypresses may imply that few people visit it.

3. The green grasses are still as beautiful as always, growing well and untrodden. This also implies the scarcity of visitors.

4. Orioles sang beautiful songs, but to no avail-for no visitors were there listening.

5. The famous "three visits to the thatched hut" and his frequent absorption in mind-torturing contemplation are both examples for that his mind had always been occupied by the good for the Kingdom of Shǔ. "The scheme for under heaven" means "the scheme to defeat the other two kingdoms and become the ruler of all China."

6. Zhūgě Liàng served two Emperors: Liú Bèi and Liú Shàn. When serving Liú Bèi, the first Emperor of the Kingdom of Shǔ, he came up with a huge bundle of brilliant ideas to help the Emperor conquer new lands and stabilize its politics; when assisting his son and sole successor, he continued to contribute much to the steady growth of the Kingdom. Everything he did was out of pure loyalty to the Kingdom of Shǔ and deep gratitude to Liú Bèi for his recognition and appreciation. Loyalty and gratitude were exactly what filled the old courtier's heart.

7. After Liú Bèi's demise, Zhūgě Liàng waged a series of wars against the Kingdom of Wèi, but he himself died of tiredness resulting from malnutrition and too much stress in the army camp, before their troops could defeat Wèi.

8. His premature death has moved many people's hearts later on, especially

those who have ambitions but do not have a chance to realize them-they are usually so moved that they will weep bitterly, so bitterly that their collars will get all wet. After all, if he had lived a little bit longer, it would be very likely for his dream to come true (conquering all "under heaven" China).

賞析 Shǎngxī

這是一首懷念諸葛亮的詩。詩中所
Zhè shì yì shǒu huáiniàn Zhūgé Liàng de shī. Shī zhōng suǒ

描寫的景色或提到的典故,都是和諸葛亮的
miáoxiě de jǐngsè huò tí dào de diǎngù, dōu shì hàn Zhūgé Liàng de

處境、心情有關。前面四句寫景,諸葛亮的
chǔjìng, xīnqíng yǒu guān. Qiánmiàn sì jù xiě jǐng, Zhūgé Liàng de

祠堂武侯祠已經荒蕪,石階上長滿了雜草,
cítáng Wǔhóu Cí yǐ jīng huāngwú, shí jiē shàng zhǎngmǎn le zácǎo,

樹上的黃鸝鳥空自發出美好的叫聲,卻
shùshàng de huánglíniǎo kōng zì fāchū měihǎo de jiàoshēng, què

沒有人聆聽。後面四句則是敘述諸葛亮一生
méiyǒu rén língtīng. Hòumiàn sì jù zé shì xùshù Zhūgé Liàng yìshēng

的功業,並抒發詩人的感情。杜甫是個懷有
de gōngyè, bìng shūfā shīrén de gǎnqíng. Dù Fǔ shì ge huáiyǒu

政治理想的詩人,但他從政的運途並不
zhèngzhì lǐ xiǎng de shīrén, dàn tā cóngzhèng de yùntú bìng bú

順利,抱負一直無法施展。他寫這首詩時,安史
shùnlì, bàofù yìzhí wúfǎ shīzhǎn. Tā xiě zhè shǒu shī shí, Ān Shǐ

之 亂 還 沒有 平定。眼看 國家的 命運 艱 難，
zhī luàn hái méiyǒu píngdìng. Yǎnkàn guójiā de mìngyùn jiānnán,

人民　生活 痛苦，自己卻無法 改變 世局，因此對
rénmín shēnghuó tòngkǔ,　zì jǐ què wúfǎ gǎibiàn shìjú,　yīn cǐ duì

於 能 夠 開　創 基業 挽救時局的 諸葛 亮，　產
yú nénggòu kāichuàng jī yè wǎnjiù shíjú de Zhūgé Liàng, Chǎn

生 了無限 的 仰 慕。
shēng le wúxiàn de yǎngmù.

Overall analysis:

    This poem is, clearly, an ode to Zhūgě Liàng. Almost every detail in this poem is linked to that great tactician. The first half of this poem deals with the scenery of the shrine dedicated to him. Although the trees, grasses and bird songs were still pleasant to the senses, they were all signs of its desolation, devoid of visitors. The second half relates the deeds of the great strategist, and by doing that the poet also expressed his own feelings. Dù Fǔ himself was also a poet who wished to bring his political talent in full play, but the time never came right for him. Away from the center of the political stage, he wrote this poem, while the entire country was in the tumult of war. Seeing the country was on the verge of crumbling and the people lived in great misery, the poet was sad to find himself powerless to make a change. Therefore, when he thought of the heroic image of Zhūgě Liàng, who tried hard but eventually failed to make a change to the "under heaven," the poet could not help but admire his effort and sacrifice, and identify himself with the heroic tactician.

8. 〈赤壁懷古〉
Chì Bì Huái Gǔ

杜牧　七言絕句
Dù Mù　Qīyán juéjù

Pondering Over Old Times, on the Red Cliffs

原詩
Yuáshī

折　戟　沉　沙　鐵　未　銷　， Zhé jǐ chén shā tiě wèi xiāo,	A snapped halberd buried in sand with iron not eroded- ❶
自　將　磨　洗　認　前　朝　。 Zì jiāng mó xǐ rèn qián cháo.	I took it, scrubbed it, and found it was from an old era. ❷
東　風　不　與　周　郎　便　， Dōng fēng bù yǔ Zhōu láng biàn,	Had the east wind not accommodated Zhōu the Youth, ❸
銅　雀　春　深　鎖　二　喬　。 Tóng Què chūn shēn suǒ Èr Qiáo.	Bronze Finch would have locked the Two Qiáos deep in spring. ❹

注釋
Zhùshì

1. 折戟 zhé jǐ	折斷 的戟。戟，古代 的 兵器。 Zhéduàn de jǐ. Jǐ, gǔdài de bīngqì.
	A snapped halberd. Jǐ is an ancient weapon.
2. 沉 chén	沉沒。 Chénmò.
	To sink.
3. 銷 xiāo	銷蝕。 Xiāoshí.
	To be corroded.

4. 將 jiāng	拿起。 Náqǐ.
	To take up

5. 磨洗 mó xǐ	磨光　洗淨。 Móguāng xǐjìng.
	To polish and to wash.

6. 認　前朝 rèn qiáncháo	辨認　出戟是　東　吳　打敗　曹　操 Biànrèn chū jǐ shì Dōng Wú dǎbài Cáo Cāo 時候　的　遺物。 shíhòu de yíwù.
	The poet recognized the jǐ as the thing left behind when Dōng Wú defeated Cáo Cāo.

7. 東風 dōngfēng	指　孔　明借　東風　這件　事情。 Zhǐ Kǒng Míng jiè dōngfēng zhè jiàn shìqíng. 東風　燒毀了　曹　操　的　船隊， Dóngfēng shāohuǐle Cáo Cāo de chuánduì, 所以　吳國　和　蜀國　的　聯合　軍隊 suǒyǐ Wúguó hàn Shǔguó de liánhé jūnduì 才　能　在　赤壁　打敗　曹　操。 cái néng zài Chìbì dǎbài Cáo Cāo.
	Because Kǒng Míng borrowed the east wind, the allied forces of Wúguó and Shǔguó could defeat Cáo Cāo's fleet at Chìbì.

8. 不與 bù yǔ	不　給。 Bù gěi.
	Not accommodate someone (with something).

9. 周 郎 Zhōu láng	周 瑜， 當時 的人 叫他 周 郎。 Zhōu Yú, dāngshí de rén jiào tā Zhōu láng.
	Zhōu láng indicates Zhōu Yú. At that time, some people would call him Zhōu láng.
10. 便 biàn	方便。 Fāngbiàn.
	Convenient
11. 銅 雀 Tóngquè	臺 名。 曹 操 蓋的 建築物， 因為 Tái míng. Cáo Cāo gài de jiànzhúwù, yīnwèi 樓頂 有大 銅雀， 所以 叫做 lóudǐng yǒu dà tóngquè, suǒyǐ jiàozuò 銅雀 台。曹 操的妻妾 都 住在 Tóngquè Tái. Cáo Cāo de qīqiè dōu zhù zài 銅雀 台 中。 Tóngquè Tái zhōng.
	The name of a pavilion built by Cáo Cāo. Cáo Cāo named the pavilion Tóngquè Tái for there was a big bronze finch on the top of it. Cáo Cāo's wives all lived there.
12. 鎖 suǒ	關閉。 Guānbì.
	To lock; to close.
13. 二 喬 Èr Qiáo	東 漢 時,喬 玄 的 兩 個女兒。 Dōng Hàn shí, Qiáo Xuán de liǎng ge nǚér. 兩 個女兒都 非常 漂亮。 大 Liǎng ge nǚér dōu fēicháng piàoliàng. Dà 喬 嫁給 孫 策，小 喬 嫁給 周 瑜。 Qiáo jiàgěi Sūn Cè, Xiǎo Qiáo jiàgěi Zhōu Yú.

261

| | Qiáo Xuán's two beautiful daughters. Dà Qiáo, the older one, married Sūn Cè, and Xiǎo Qiáo married Zhōu Yú. |

翻譯
Fānyì

我 來到 赤壁古 戰 場，在 江 邊 發現 折 斷 的 戟
Wǒ láidào Chìbì gǔzhànchǎng, zài jiāng biān fāxiàn zhéduàn de jǐ

埋 在 沙 中，鐵器的 部分 還 沒 損 壞。
mái zài shā zhōng, tiěqì de bùfèn hái méi sǔnhuài.

我 將 它 磨光 清潔以後，發現 那是 前 朝 三 國
Wǒ jiāng tā móguāng qīngjié yǐ hòu, fāxiàn nà shì qiáncháo Sānguó

時代 的 遺物。
shídài de yíwù.

我 想，如果 赤壁大 戰 的 時候，東 風 不 給 周 郎
Wǒ xiǎng, rúguǒ Chìbì dàzhàn de shíhòu, dōngfēng bù gěi Zhōu láng

方 便 的 話，
fāngbiàn de huà,

那麼 銅 雀 臺的 春 光 將 會 深 深 鎖住 東
Nàme Tóngquè Tái de chūnguāng jiāng huì shēnshēn suǒzhù Dōng

吳 的 兩 位 美女──大 喬 和 小 喬。
Wú de liǎng wèi měinǚ -- Dà Qiáo hàn Xiǎo Qiáo.

Line by line analysis:

1 When the poet visited the famous battlefield-Red Cliffs, he found a broken weapon half sunk in the sand. He noticed that although the pole had

been broken, the iron-made part, very possibly the blade, was still intact.

❷ The poet took it and scrubbed it, and when he was done with the cleaning, some clues appeared and he now recognized that that was a pole weapon used back in the Three Kingdoms period, presumably a relic left there since the well-known Battle of Red Cliffs. This incident triggered his pondering over the history about those Three Kingdoms figures.

❸ According to history, Zhōu Yú managed to defeat the Wèi troops because the easterly wind, if the legend that says Zhūgé Liàng conjured it (Shǔ and Wú were allies in that battle) is purely fictional, happened to be blowing. This line is subjunctive-what if the east wind did NOT blow?

❹ This line is the hypothetical result of condition indicated by the previous line-that Cáo Cāo would have won the battle, and he would thus be able to take the Qiáo sisters for himself, and make them his concubines.

賞析
Shǎngxī

這 首　詩 是 杜 牧　對 歷 史 的 非　正　規 的 解 釋。
Zhè shǒu shī shì Dù Mù duì lì shǐ de fēizhèngguī de jiěshì.

西 元 三　世 紀 的 時 候，魏　國　野心 勃勃 的 曹　操 派 出
Xīyuán sān shìjì de shíhòu, Wèiguó yěxīn bó bó de Cáo Cāo pàichū

大 批 軍 隊 到　南 部，希 望　能 夠　征 服 吳 國。蜀 國
dà pī jūnduì dào nánbù, xīwàng nénggòu zhēngfú Wúguó. Shǔguó

知 道 曹　操 是 個　強 大 的 對 手，並 且 知 道　消 除
zhīdào Cáo Cāo shì ge qiángdà de duìshǒu, bìngqiě zhīdào xiāochú

曹　操 的 威 脅 唯 一 可 行 的 辦 法 就 是 與 吳　國 結 盟。
Cáo Cāo de wēixié wéiyī kě xíng de bànfǎ jiù shì yǔ Wúguó jiéméng.

所 以 蜀 國 和 吳 國 決 定　聯 手　對 付 魏 國。不 過，
Suǒyǐ Shǔ Guó hàn Wúguó juédìng liánshǒu duìfù Wèiguó. Búguò,

魏 國 的 勢力 遠 遠　 強 於蜀 國 與 吳國。幸 運 的
Wèiguó de shìlì yuǎnyuǎn qiáng yú Shǔguó yǔ Wúguó. Xìngyùn de

是，蜀 國 的 諸葛 亮 和 吳國 的 周 瑜 都 是 優秀
shì, Shǔguó de Zhūgé Liàng hàn Wúguó de Zhōu Yú dōushì yōuxiù

的 戰略家，他們 利用 東 風， 成 功 地 讓 曹
de zhànlüèjiā,　 tāmen lìyòng dōngfēng, chénggōng de ràng Cáo

操 的 船隊 著火。最後，吳 蜀 聯軍以寡擊 眾，
Cāo de chuánduì zháohuǒ. Zuìhòu, Wú Shǔ liánjūn yǐguǎjízhòng,

贏 得了這 場 戰 爭。因爲 這 是 令 人 難以置信
yíngdé le zhè chǎng zhànzhēng. Yīnwèi zhè shì lìng rén nányǐzhìxìn

的 勝 利，所以赤壁之 戰 在 歷史 上 非常 有名。
de shènglì,　 suǒ yǐ Chìbì zhī zhàn zài lì shǐshàng fēicháng yǒumíng.

杜 牧偶然發現 戰　 爭的 遺物，因此開始思考 這一
Dù Mù ǒurán fāxiàn zhànzhēng de yíwù,　 yīncǐ kāishǐ sīkǎo zhè yí

件 歷史事件，並且提出一個假設：如果 東 風不來，
jiàn lì shǐ shìjiàn, bìngqiě tíchū yí ge jiǎshè : rúguǒ dōngfēng bù lái,

吳 蜀 聯軍不會 贏得 勝 利，之後的歷史也 將會
Wú Shǔ liánjūn búhuì yíngdé shènglì,　 zhīhòu de lì shǐ yě jiāng huì

完 全 不一樣。詩人非常　 勇 敢 地挑戰了一個
wánquán bùyíyàng. Shīrén fēicháng yǒnggǎn de tiǎozhàn le yí ge

世人 廣泛接受 的 觀點：周 瑜 贏得 戰　 爭
shìrén guǎngfàn jiēshòu de guāndiǎn : Zhōu Yú yíngdé zhàn zhēng

是 因爲他很 聰 明、足智多 謀。詩人 認爲 周 瑜
shì yīnwèi tā hěn cōngming, zúzhìduōmóu. Shīrén rènwéi Zhōu Yú

會 贏得 戰　 爭，只是 因爲他的 運氣好而已。透 過
huì yíngdé zhànzhēng, zhǐshì yīnwèi tā de yùnqì hǎo ér yǐ.　 Tò guò

這 首 詩，詩人 有力地 展現 了 他的 批判 思考 能
zhè shǒu shī,　shīrén yǒu lì　dì　zhǎnxiàn le　tā　de pīpàn　sī kǎo néng

力，這在 中國 古代 社會是 相當 罕見 的。
lì,　zhè zài Zhōngguó gǔdài shèhuì shì xiāngdāng hǎnjiàn de.

Overal analysis:

   This poem represents Dù Mù's unconventional interpretation of the history. Early in the third century, the ambitious Cáo Cāo dispatched a large number of troops to the south, wishing to conquer the Kingdom of Wú. The Kingdom of Shǔ was aware that Cáo Cāo was a powerful rival, and the only feasible way to eradicate his threat is to form an alliance with the Kingdom of Wú, so the two Kingdoms decided to ally against Wèi. However, the forces of Wèi are far superior to those of the alliance of Shǔ and Wú. Fortunately, Zhūgé Liàng from Shǔ and Zhōu Yú from Wú were both excellent strategists; they took advantage of the east wind and successfully set Cáo Cāo's fleet ablaze. Finally, the alliance of Wú and Shǔ won the battle despite the fact that they were vastly outnumbered by the troops of Cáo Cāo; it is this incredible victory that makes the Battle of Red Cliffs so famous. Dù Mù occasionally found a relic of that battle and started to think about this historically significant event related to it, and proposed a hypothesis: that if the east wind had not come, the alliance of Wú and Shǔ would not have won, and the subsequent history would have been completely different. By saying this, the poet was brave enough to challenge the widely accepted viewpoint that Zhōu Yú won the battle because he was intelligent and resourceful, and think that he won simply because he was lucky. Through this poem, the poet effectively showcased his ability for critical thinking, which was particular rare in the society of ancient China.

9. 〈春 曉〉
Chūn Xiǎo
A Dawn in the Spring

孟浩然　　五言絕句
Mèng Hàorán　Wǔyán juéjù

原詩
Yuáshī

春　眠　不　覺　曉　， Chūn mián bù jué xiǎo,	I sleep in the spring, unaware of the dawn. ❶
處　處　聞　啼　鳥　。 Chù chù wén tí niǎo.	Calling birds are heard here and there. ❷
夜　來　風　雨　聲　， Yè lái fēng yǔ shēng,	Sound of wind and rain, when night fell- ❸
花　落　知　多　少　。 Huā luò zhī duō shǎo.	I wonder how many flowers fell off. ❹

注釋
Zhùshì

1. 不 覺 曉 bù jué xiǎo	不 知 不 覺 天 已經 亮 了。 Bùzhībùjué tiān yǐjīng liàng le.
	It has become daybreak unconsciously.
2. 啼 鳥 tí niǎo	鳥 的 啼叫 聲。 Niǎo de tí jiàoshēng.
	The sound of birds.
3. 知 多 少 zhī duōshǎo	不 知道 有 多 少？ Bù zhīdào yǒu duōshǎo?
	Do not know how much or how many.

翻譯
Fānyì

春天 天氣 舒服，是 個 適合 睡覺 的 季節。醒 來時，
Chūntiān tiānqì shūfú, shì ge shìhé shuìjiào de jì jié. Xǐngláishí,

不知不覺 天 已經 亮 了。
bùzhībùjué tiān yǐjīng liàng le.

到 處 都 可以 聽到 鳥兒 的 啼叫 聲。
Dàochù dōu kě yǐ tīngdào niǎoér de tí jiàoshēng.

昨夜 經過 一夜 的 風雨，
Zuóyè jīngguò yí yè de fēngyǔ,

不知道 外面 的 花兒 又 落了 多少？
bù zhīdào wàimiàn de huār yòu luòle duōshǎo?

Line by line analysis:

1. The speaker was sleeping on a spring day. The perfect climate in the springtime provided the speaker a sound night's sleep, too sound for him to feel the dawning light. In other words, he overslept because of the comfort of the season.

2. His dream was not interrupted by the light, but was ended by birdsongs. Flocks of birds were singing around the speaker's dwelling place, so the speaker woke up amid them. This "musical" scene depicts the liveliness of a typical dawn in the spring.

3. The speaker recalled that he heard some sound of wind and rain on the preceding night, while he claimed he slept well.

4. Waking up indoors, the speaker did not have a clue to know if the spring bloom was affected by the wind and rain overnight. He might be a little bit worried that the beauty of the season would not hold.

賞析
Shǎngxī

這 首 詩 是 唐詩 中 最 膾炙人口 的 一首
Zhè shǒu shī shì Tángshī zhōng zuì kuàizhìrénkǒu de yì shǒu

詩。雖然 詩句 非常 簡單，但是 這 首 詩 充分
shī. Suīrán shījù fēicháng jiǎndān, dànshì zhè shǒu shī chōngfèn

地 寫出 了 春天 帶給 人的 舒適 及 愉悅。透過 簡單
de xiěchū le chūntiān dàigěi rén de shūshì jí yúyuè. Tòuguò jiǎndān

的 語言 來表達 具體 的 形 象，例如 花、鳥 等，讓
de yǔyán lái biǎodá jù tǐ de xíngxiàng, lì rú huā, niǎo děng, ràng

這 首 小 詩 像一座 精心 製作 的 水晶 雕 像，
zhè shǒu xiǎo shī xiàng yí zuò jīngxīn zhìzuò de shuǐjīng diāoxiàng,

而這 首 小 詩 描述 的 聲音（鳥 鳴、風雨聲）
ér zhè shǒu xiǎo shī miáoshù de shēngyīn (niǎomíng, fēngyǔshēng)

以及 猜測（花 掉 光 了 嗎？我 錯過 日出 了 嗎？）則
yǐ jí cāicè (huā diàoguāng le ma? Wǒ cuòguò rìchū le ma?) zé

是 這座 雕 像 夢 幻 般的 質地。
shì zhè zuò diāoxiàng mènghuàn bān de zhídì.

詩人 藉由 談論 春天 早晨 的 情 況，豐富
Shīrén jièyóu tánlùn chūntiān zǎochén de qíngkuàng, fēng fù

了這 首 詩的 內 容。詩的 第一 行 強 調了 春天
le zhè shǒu shī de nèiróng. Shī de dì yī háng qiángdiào le chūntiān

舒適 的 溫度，第二 行 帶 出了 春天 豐富 的 生
shūshì de wēndù, dì èr háng dàichū le chūntiān fēngfù de shēng

命力，最後 兩 行 則 展 現 了 詩人 對於 自然
mìng lì,　zuìhòu liǎng háng zé zhǎnxiàn le shīrén duìyú zìrán

感 性 的 愛。孟　浩 然 多 年來一直 過 著 深 居 簡
gǎnxìng de ài.　Mèng Hàorán duōniánlái　yì zhí guòzhe shēn jū jiǎn

出 的 田園　生 活，從 孟　浩 然 的 詩　中，不 難
chū de tiányuán shēnghuó, cóng Mèng Hàorán de shī zhōng, bù nán

看 出 他 對自然界 美好 事物 的 珍 惜之 情。
kànchū tā duì zìránjiè měihǎo shìwù de zhēnxí zhī qíng.

Overal analysis:

This poem is one of the most popular poems of all time. Although its language is strikingly simple, this poem fully displays the comfort and delight of the season of spring. The transparent language and the use of concrete images such as birds and flowers make this little poem as clear and palpable as a finely made crystal figurine, while description about the sounds (birdsong, sound of wind and rain) and guesses (did the flowers fall off? did I miss the sunrise?) help create a dreamy texture to it. The poet made the poem rich by talking about a dawn in the spring from a variety of angles: the first line stresses the agreeable temperature, the second brings out the richness of vitality, and the last two lines suggest the poet's sensitive love for nature. The poet, Mèng Hàorán, had been leading a reclusive, idyllic existence for years when he composed this poem, and he adored and cherished all the beautiful things in nature. It should not be too hard to detect such sentiments of his in this poem.

10. 〈遊子吟〉
Yóu Zǐ Yín

孟 郊　　五言古詩
Mèng Jiāo　Wǔyán gǔshī

A Chant for a Son Leaving Home

原詩
Yuáshī

慈 母 手 中 線 ， Cí mǔ shǒu zhōng xiàn,	Thread in the hands of the loving mother- ❶
遊 子 身 上 衣 。 Yóu zǐ shēn shàng yī.	Clothes on the body of her leaving son. ❷
臨 行 密 密 縫 ， Lín xíng mì mì féng,	Sewing stitch by stitch when his departure is close, ❸
意 恐 遲 遲 歸 。 Yì kǒng chí chí guī.	Worried that his return may be delayed and delayed. ❹
誰 言 寸 草 心 ， Shéi yán cùn cǎo xīn,	Who says the heart of an inch-long grass, ❺
報 得 三 春 暉 。 Bào dé sān chūn huī?	Could repay the sunshine of the three-month spring? ❻

注釋
Zhùshì

1. 遊子 yóu zǐ	離開 家裡，在 外地 遠 遊 的 人。 Lí kāi jiā lǐ, zài wàidì yuǎn yóu de rén.	
	People traveling or residing far away from home.	
2. 臨 行 líng xíng	即 將 出 門。 Jíjiāng chūmén.	
	Be about to leave home.	

3. 意 yì	動詞，心 想 的 意思。 Dòngcí, xīnxiǎng de yìsi.
	It serves as a verb, meaning to think something in mind.
4. 寸 草 心 cùn cǎo xīn	比喻子女的 孝心 好 像 小草一樣， Bǐyù zǐnǚ de xiàoxīn hǎoxiàng xiǎocǎo yíyàng, 非 常 微 小。 fēicháng wéixiǎo.
	The poet compared children's filial devotion to inch-long grass, implying that it was always not enough to repay the great, great love of mothers.
5. 三 春 暉 sān chūn huī	比喻母親 對 子女的 恩情 像 是 春 Bǐyù mǔqīn duì zǐ nǚ de ēnqíng xiàng shì chūn 天 溫 暖 的 陽 光 一 樣。 tiān wēnnuǎn de yángguāng yíyàng.
	The poet compared mothers' great love to thewarm sun in spring.

翻譯
Fānyì

慈母 手裡拿著 針 線，
Címǔ shǒulǐ ná zhe zhēnxiàn,

在爲 即將 遠 行 的 兒子製作 身 上 的 衣服。
zài wèi jíjiāng yuǎnxíng de ér zi zhìzuò shēnshàng de yī fú.

臨 走 時 還一 針一 針 細細地 縫著，
Lín zǒu shí hái yì zhēn yì zhēn xì xì de féngzhe,

心裡擔心他會 遲遲 不 回來。
xīnlǐ dānxīn tā huì chíchí bù huílái.

誰 說 子女那 像 小草 的 一點 綠意，
Shéi shuō zǐ nǚ nà xiàng xiǎocǎo de yìdiǎn lǜ yì,

能 報 答 得 了 母親 那 像 春天 太陽 的 光 暉。
néng bàodá de liǎo mǔqīn nà xiàng chūntiān tàiyáng de guānghuī.

Line by line analysis:

❶ ❷ This couplet juxtaposes two objects-thread and clothes. Thread is held in the hands of a loving mother, and the clothes are worn by her leaving son. It is not difficult to infer that the mother is using the thread to make clothes for her son, whom she will not meet for a while.

❸ ❹ When the time for her son to set off is approaching, the mother is trying harder to increase the density of stitches on the new clothes she is sewing for her son. The more densely stitched the seams are, the more effectively the piece of clothing can keep one warm, for there will be less gaps for cold air to seep in.

❺ ❻ This couplet is a rhetorical question the poet is asking everyone who has a mother. It can be translated into plain language: "Who says the small, small hearts of the kids are able to repay the great, great love of the mother?" In other words, the poet believed the children's wishes to repay their mother are never enough to repay the great maternal love, just like a small blade of grass can do nothing to repay the spring sunshine.

賞析
Shǎngxī

這 首 詩歌頌 偉大的母愛。詩人 孟 郊 的
Zhè shǒu shī gēsòng wěidà de mǔài.　Shīrén Mèng Jiāo de

父親在 孟 郊還小的時候就 過世了。詩人在
fù qīn zài Mèng Jiāo hái xiǎo de shíhòu jiù guòshì le.　Shīrén zài

困苦的環境 中 長大，他用功 讀書， 終於
kùnkǔ de huánjìng zhōng zhǎngdà,　tā yònggōng dúshū, zhōngyú

在五十歲的時候 通過了科舉考試。他開始 擔任
zài wǔshí suì de shíhòu tōngguò le kē jǔ kǎoshì.　Tā kāishǐ dānrèn

官 職的時候，爲了方便 照顧母親，便 接了母親
guānzhí de shíhòu,　wèile fāngbiàn zhàogù mǔqīn,　biàn jiē le mǔqīn

一同 居住，並且寫下了這 首非 常 有名的
yìtóng jūzhù, bìngqiě xiěxià le zhè shǒu fēicháng yǒumíng de

作品。
zuòpǐn.

他 用了母親在 縫補衣服的畫 面 來描 繪
Tā yòngle mǔqīn zài féngbǔ yī fú de huàmiàn lái miáohuì

母愛。慈祥 的母親 知道她的兒子即將 要離開，
mǔài.　Cíxiáng de mǔqīn zhīdào tā de ér zi jí jiāng yào lí kāi,

便 在兒子要離開 之前，仔細地 縫製 冬衣 給兒子。
biàn zài ér zi yào lí kāi zhīqián, zǐ xì de féngzhì dōngyī gěi ér zi.

我們 可以從 詩 中 看出 母親對兒子可能 會在
Wǒmen kěyǐ cóng shī zhōng kànchū mǔqīn duì érzi kěnéng huì zài

外面 感冒、 生病 的擔憂。 穿著 媽媽 親手
wàimiàn gǎnmào, shēngbìng de dānyōu. Chuānzhe māma qīnshǒu

縫製 的 衣服，不管 孩子 離家 多 遠，母愛 的 溫 暖
féngzhì de yī fú, bùguǎn háizi lí jiā duō yuǎn, mǔài de wēnnuǎn

都 會一直 跟隨著 孩子。
dōu huì yì zhí gēnsuízhe háizi.

詩人在 這 首 詩 的 最後，用 一 句 反問句 提醒
Shīrén zài zhè shǒu shī de zuìhòu, yòng yí jù fǎnwènjù tí xǐng

讀者：母親 給 孩子 的 愛 是 無限 的，所以 無論 孩子
dú zhě : mǔqīn gěi háizi de ài shì wúxiàn de, suǒyǐ wúlùn hái zi

做 什麼 事情，都 沒 辦法 報答 母親 對 孩子 的
zuò shénme shìqíng, dōu méibànfǎ bàodá mǔqīn duì hái zi de

付出。
fùchū.

Overal analysis:

This poem praises the greatness of maternal love. The father of the poet, Mèng Jiāo, died when the poet was still a baby. Brought up in a humble environment, the poet studied hard for the imperial examination, and eventually passed it at the age of 50. As soon as he began his civil service career, he housed his mother where he was working in order to take better care for her, and wrote this famous work.

He employed the image of sewing to depict maternal love. Knowing her son is about to leave home soon, the loving mother is carefully running up a winter garment for him before he goes. Her worries that her son might get cold are clear in this scene. With the garment sewn by his mother, no matter how far the son will be from home, the warmth of the maternal love can still be with him all along. The poet ends this poem with a powerful rhetorical question which reminds the readers that maternal love for her children is to give without limits; it is impossible to repay the greatness of a loving mother.

邊塞 戰 爭

biānsài zhànzhēng

Frontiers and War

＜邊塞戰爭＞篇賞析
＜biān sài zhànzhēng＞ piān shǎngxī

Appreciation of Poetry: Wars at Borders and Frontier Fortresses

看過 電影「魔戒」的人，應該 都 會 被其中
Kànguò diànyǐng "Mó Jiè" de rén, yīnggāi dōu huì bèi qízhōng

盛大 的 戰爭 場 面 所 震懾。古代 沒有 高
shèngdà de zhànzhēng chǎngmiàn suǒ zhènzhé. Gǔdài méiyǒugāo

科技 的 武器，要 贏得 戰 爭 靠 的就 是 將領
kē jì de wǔqì, yào yíngdé zhànzhēng kào de jiù shì jiànglǐng

明智的 戰略 和 士兵 奮戰 的 勇氣。 短 兵
míngzhì de zhànlüè hàn zhìbīng fènzhàn de yǒngqì. Duǎn bīng

相 接的 肉搏 戰 需要 極大 的 勇 氣，一次 戰 役下來
xiāngjiē de ròubózhàn xūyào jí dà de yǒngqì, yí cì zhànyì xiàlái

死 傷 的人數 往 往 數以萬計。唐 代 許多 詩人
sǐshāng de rénshù wǎngwǎng shùyǐwànjì. Tángdài xǔduō shīrén

都 曾 到 邊塞 地區擔 任 官 職，他們 留下 許多
dōu céng dào biānsài dìqū dānrèn guānzhí, tāmen liúxià xǔduō

反 映 邊塞 生 活的 詩作，這些 詩我 們 稱 它們
fǎnyìng biānsài shēnghuóde shīzuò, zhèxiē shī wǒmen chēng tāmen

爲 邊塞詩。
wéi biānsàishī.

People who have seen the movie, The Lord of the Rings, would probably be shocked by the spectacular scenes of wars. There wasn't any high-tech weapon in ancient times and it took great courage to fight at close quarters. Therefore, winning a battle required not only the wise strategies of ranking officers, but also the bravery of soldiers. Within a single battle, the casualty could be up to more than ten thousand. Many poets of Tang Dynasty had been officials at the borders and left many poems describing lives at border fortresses, which are called Poetry of Borders and Frontier Fortresses.

大致 說來， 盛 唐 時期 的 唐 帝國 國力 強 大，
Dàzhì shuō lái, shèng Táng shíqí de Táng dìguó guólì qiángdà,

這 時 的 邊塞 詩作 對 將士們 保家衛國 的 雄
zhè shí de biānsài shīzuò duì jiàngshìmen bǎojiāwèiguó de xióng

心 壯 志 有 許多 描寫。到了 安 史 之 亂 後 的 中
xīnzhuàngzhì yǒu xǔduō miáoxiě. Dàole Ān Shǐ zhī luàn hòu de zhōng

晚 唐 時期，社會 動 盪， 戰 爭 頻繁， 朝 廷
wǎn Táng shíqí, shèhuì dòngdàng, zhànzhēng pínfán, cháotíng

徵 召 大批的 農民 百姓 到 邊關 戍守。這 些
zhēngzhào dà pī de nóngmín bǎixìng dào biānguān shùshǒu. Zhèxiē

人 離開 家 鄉 來到 異地，既要 忍耐 北方 寒 冷 的
rén lí kāi jiāxiāng láidào yìdì, jì yào rěnnài běifāng hánlěng de

氣候，又 得 時時 面對 戰 爭 時 生 命 的 威脅，
qìhòu, yòu děi shíshí miànduì zhànzhēng shí shēngmìng de wēixié,

觀 察 細膩的 詩人們 對 他們 思鄉 的 苦悶 心 情
guānchá xì nì de shīrénmen duì tāmen sī xiāng de kǔmèn xīnqíng

有 許多 深 刻地 描 寫。
yǒu xǔduō shēnkè de miáoxiě.

In general, in High Tang, or Golden Tang, the nation was powerful. Poetry of Borders and Frontier Fortresses at this time describes a lot about the ambitions of generals and soldiers to defend their country. To Middle and Late Tang, especially after An Shi Rebellion, the whole country became unstable and wars and battles broke out one after another. The government enlisted a great number of farmers and civilians as garrison troops at borders. Leaving their hometown to unfamiliar places, these men had to endure the severe cold weather of the North, and they also had to face the threat of death in frequent battles. With close and careful observations, poets were able to describe in detail the depression of homesickness of these soldiers.

在　邊塞詩　中，月　亮　和　邊　關　出現　得很
Zài biānsàishī zhōng, yuèliàng hàn biānguān chūxiàn de hěn

普遍。月　亮　高　懸　的　夜晚，一方　面　突顯　邊塞
pǔbiàn. Yuèliàng gāo xuán de yèwǎn, yìfāngmiàn túxiǎn biānsài

地區的　寒　冷　淒清，一方　面　也　帶出　　傳　統　思　鄉
dìqū de hánlěng qīqīng, yìfāngmiàn yě dàichū chuántǒng sī xiāng

的　主題。邊　關　除了是　國界的　關口，也　是　旅人及
de zhǔtí. Biānguān chúle shì guójiè de guānkǒu, yě shì lǚrén jí

征　客心情　上　生離死別的　關　口。類似的　場　景
zhēngkè xīnqíng shàng shēnglísǐbié de guāngkǒu. Lèisì de chǎngjǐng

和　氣氛，在　詩人　各有　巧妙　的　不同　手法　中，
hàn qìfēn, zài shīrén gè yǒu qiǎomiào de bùtóng shǒufǎ zhōng,

呈　現了　邊塞詩　多樣　的　面貌。在　這　十　首
chéngxiànle biānsàishī duōyàng de miànmào. Zài zhè shí shǒu

詩　中，我　們　看　得　到　守　邊　將　士　的思鄉　心情，
shī zhōng, wǒmen kàn de dào shǒu biān jiàngshì de sī xiāng xīnqíng,

也 看 到 了 思婦 的 憂 愁：有 豪 邁 上　陣　殺 敵 的
yě kàndào le sī fù de yōuchóu; yǒu háomài shàng zhèn shā dí de

勇 氣，也 有 哀悼 亡 靈 的 感慨。若　要　說　它們
yǒngqì, yě yǒu āidào wánglíng de gǎnkǎi. Ruò yào shuō tāmen

有 什麼 共 同 點，或許 就 是 詩 裡面 所 傳 達 的
yǒu shénme gòngtóngdiǎn, huòxǔ jiù shì shī lǐmiàn suǒ chuándá de

那 份 期待 國家 安 定，天 下 太 平 的 共 同　願 望 吧!
nà fèn qídài guójiā āndìng, tiānxià tàipíng de gòngtóng yuànwàngba!

The moon and border passes can be seen commonly in Poetry of Borders and Frontier Fortresses. On the one hand, at clear nights with the moon hanging high up the sky, the coldness and desolation of border areas are further strengthened; on the other, the moon is often the symbol of homesickness in Chinese tradition. A border pass is not only the gate of a country, but the line between life and death of travelers and soldiers. In similar scenes and atmosphere but with different delicate techniques, poets presented various forms and features of Poetry of Borders and Frontier Fortresses. In the twelve poems in this section, we can see the homesickness of garrison troops at borders, the worries of the wives waiting at home, the courage of going to battlefield and charge enemies without hesitation, and the lamentation toward the deceased. If there is anything in common among these poems, it must be the similar connotation that each one of the poet tried to conveyed, the wish that the whole country could soon become stable again and that the whole world could be at peace.

1. 〈涼 州 詞〉
Liáng Zhōu Cí
Liáng zhōu Verse

原詩
Yuán shī

葡 萄 美 酒 夜 光 杯 ， Pú táo měi jiǔ yè guāng bēi,	Fine wine of grapes in my luminous cup- ❶
欲 飲 琵 琶 馬 上 催 。 Yù yǐn pí pá mǎ shàng cuī.	The lutes on horseback urge me ere I drink. ❷
醉 臥 沙 場 君 莫 笑 ， Zuì wò shā chǎng jūn mò xiào,	If I lie drunk on the sand field, laugh you not- ❸
古 來 征 戰 幾 人 回 。 Gǔ lái zhēng zhàn jǐ rén huí.	How many warriors have ever come back? ❹

注釋
Zhùshì

1. 涼 州 詞 Liáng Zhōu Cí	涼 州 是 地 名，大 約 在 現 在 的 Liángzhōu shì dìmíng, dàyuē zài xiànzài de 甘 肅 省 和 蒙 古 地區。「涼 州 Gānsù Shěng hàn Ménggǔ dìqū. "Liáng Zhōu 詞」原 本 是 樂 府 的 曲 名，內 容 Cí" yuánběn shì yuèfǔ de qǔ míng, nèiróng 描 寫 邊 塞 生 活。王 昌 齡 miáoxiě biānsài shēnghuó. Wáng Chānglíng

	用　這個舊有　的題目　重新　　創 yòng zhège jiùyǒu de tímù chóngxīn chuàng 作。 zuò.
	Liángzhōu is an old place name, roughly corresponding to the present-day Mongolia and Gānsù Province. Liáng Zhōu Cí originally is a name of yuèfǔ which describes the life of the frontier fortress. The poet used the old title but wrote a new one.
2. 夜　光　杯 yè guāng bēi	用　白玉　做　成　的　精美　酒杯，　傳 Yòng báiyù zuòchéng de jīngměi jiǔbēi, chuán 說　能　在　夜裡發　出　光　亮。 shuō néng zài yè lǐ fā chū guāngliàng
	An ornate cup made of beautiful white jade, which was said to be glowing in the dark. White jade was a specialty in the Western Territories, too.
3. 琵琶 pī pá	一　種　撥絃　樂器，直立的　琴　身　方 Yì zhǒng bō xián yuèqì, zhílì de qín shēn fāng 便　坐　在　馬　上　　演奏，軍隊裡　常 biàn zuò zài mǎ shàng yǎnzòu, jūnduì lǐcháng 用來　催促　行　進。 yònglái cuīcù xíngjìn.
	Pípá is a "Chinese" version of a lute but was originated in Central Asia (Western Territories). Because it is held upright when played, it is suitable for a mounted soldier to play it on horseback in order to urge the soldiers to the combat.

4. 馬　上 mǎ shàng	坐　在　馬匹　上。 Zuò zài mǎpī shàng.
	To ride on a horse.
5. 催 cuī	催　促。 Cuīcù.
	To urge.
6. 沙　場 shāchǎng	黃　沙　遍地　的　曠野，因為　戰 Huángshā biàndì de kuàngyě, yīnwèi zhàn 　爭　多　發　生　在　邊　境　的 沙漠 地 zhēng duō fāshēng zài biānjìng de shāmò dì 區，所以　後　世　多　用　沙　場　來指 qū, suǒyǐ hòushì duō yòng shāchǎng lái zhǐ 稱　戰　場。 chēng zhànchǎng.
	The sand field which means the "battleground" because battlegrounds were usually covered in sand.
7. 古　來 gǔ lái	自古以來，從　以前　到　現　在　的 意思。 Zìgǔyǐlái, cóng yǐqián dào xiànzài de yìsi.
	From ancient times till now.
8. 征　戰 zhēng zhàn	征　有　遠　行　和　出兵　的 意思， Zhēng yǒu yuǎnxíng hàn chūbīng de yìsi, 　征　戰　就　是　出發到　遠　方　去 作 zhēngzhàn jiù shì chufa dào yuǎnfāng qù zuò 戰。 zhàn.
	To leave for a distant place to fight.

用　葡萄　釀　成　的美酒，倒　在白玉　做　成　的
Yòng pútáo niàngchéng de měijiǔ, dào zài báiyù zuòchéng de

夜　光　杯　中，
yèguāngbēi zhōng ,

正　想要　痛快喝酒的時候，聽到 琵琶的　聲音，
zhèng xiǎng yào tòngkuà hējiǔ de shíhòu, tīngdào pípá de shēngyīn,

騎在馬　上　的士兵們　催促我們　要　出　征　了。
qí zài mǎ shàng de shìbīngmen cuīcù wǒmen yào chūzhēng le .

如果 我喝醉了酒而倒臥在　黃沙　遍地的　戰　場
Rúguǒ wǒ hēzuì le jiǔ ér dǎowò zài huángshā biàndì de zhànchǎng

上，你們 可不要　笑　我啊！
shàng, nǐmen kě búyào xiào wǒ a!

想　想看，自古以來 出　征　作　戰　的　將　士們，又
xiǎngxiǎngkàn, zì gǔ yǐ lái chūzhēng zuòzhàn de jiàngshìmen, yòu

有 幾個人　能　平安地回來呢？
yǒu jǐ ge rén néng píngān de huílái ne ?

Line by line analysis:

❶ The speaker was drinking with other soldiers in the barracks. The words "wine," "grapes" and "luminous cup" suggest that the background was near the Western Territories, and thus near the frontier, too.

❷ When the speaker was about to drink that wine, he heard a mounted soldier or some mounted soldiers start to play the pipa (the lutes) to call all the soldiers to get ready for the combat. Since the pipa was also an instrument originated in the Western Territories, its appearance also helps to build up the frontier atmosphere like the first line does.

❸ He addressed a hypothetical audience (or his fellow soldiers) and told them not to laugh him, if he would lie down on the battlefield drunk. People might laugh at his bizarre idea because it would be far too dangerous for him to lie guardless and let the enemy trample upon him, but he was telling them this idea was not bizarre at all if they thought about it. The last line will explain how this would be an action that defies the idea of war itself.

❹ The speaker asked them (or even us) a question: in the long course of history, countless battles had been fought. But how many among those warriors had safely gone back home? Very few of them. Since no matter whether he was serious or not serious about war, he would very possibly get killed, then why not just be happy and mock those who took war seriously?

賞析 Shǎngxī

這是一首 描寫邊塞將士出征 之前，盡
Zhè shì yì shǒu miáoxiě biānsài jiāngshì chūzhēng zhīqián, jìn

情 喝酒 表現 豪氣的詩。第一句 先寫三樣 西域
qíng hē jiǔ biǎoxiàn háoqì de shī. Dì -yī jù xiān xiě sān yàng xī yù

特有 的 物產－葡萄、美酒、夜光 杯，一方 面 點
tèyǒu de wùchǎn - pútáo, měijiǔ, yèguāngbēi, yìfāngmiàn diǎn

出了 邊塞 的主題，一方 面 也 用 這些 精美 的物
chūle biānsài de zhǔtí, yìfāng miàn yě yòng zhèxiē jīngměi de wù

品 營造出宴會的氣派 場 面。當 大家 正 要
pǐn yíngzàochū yànhuì de qì pài chǎngmiàn. Dāng dà jiā zhèng yào

開始 痛快 暢飲時，卻聽到琵琶的 聲音催
kāishǐ tòngkuài chàngyǐn shí, què tīngdào pí pá de shēngyīn cuī

促著 軍隊 出發。詩 中 的這位 將士，開玩笑 地
cù zhe jūnduì chūfā. Shī zhōng de zhè wèi jiàngshì, kāiwánxiào de

提醒 大家不要 嘲 笑 醉倒 在 戰 場 上 的自
tí xǐng dà jiā búyào cháoxiào zuìdǎo zài zhànchǎng shàng de zì

己。戰 爭 充滿 危險，隨時可 能 失去 生
jǐ. Zhànzhēng chōngmǎn wéixiǎn, suíshí kě néng shī qù shēng

命。 既然這 樣，那就別 想 太多，及時 行樂喝酒
mìng. Jìrán zhèyàng, nà jiù bié xiǎng tài duō, jí shí xínglè hējiǔ

吧！至 少 酒醉 之後，心 中 的 恐懼會 減少，才
ba! Zhìshǎo jiǔzuì zhīhòu, xīnzhōng de kǒngjù huì jiǎnshǎo, cái

更 有 勇氣上 場 殺敵。全 詩 寫出了 邊塞
gèng yǒu yǒngqì shàng chǎng shā dí. Quán shī xiěchū le biānsài

將士 們 豪 壯 又悲涼 的 心情。
jiàngshìmen háozhuàng yòu bēi liáng de xīnqíng.

Overall analysis:

This poem describes the scene when the soldiers were being summoned to fight on battlefronts. Before the pipa's strings were plucked, the soldiers were drinking Western wine in the camp. That was the life the speaker desired to live. However, when the pipa's strings were plucked, they could not but put down the beautiful cups with delicious wine and go out to meet the foes. At the moment of the drastic turn of destiny, the speaker began to doubt the meaning of war: "do we really have to risk our lives for this?" If he sacrificed after a fight against a group of foes like those valiant warriors in history, he died; if he got trampled upon by the horses when he lay drunk on the battleground, he died. Disillusioned by war, he said, "it is nothing awkward at all to continue to drink from the camp to the battlefield, if you find war ridiculous and meaningless like I do." To sum up, this poem accuses war of sacrificing so many lives without bringing them anything meaningful; yet the poet did it without being too harsh.

2. 〈從軍行〉
Cóng Jūn Xíng
An Andante on Enlistment

王 昌 齡 七言絕句
Wáng Chānglíng　Qīyán juéjù

原詩
Yuán shī

青 海 長 雲 暗 雪 山 ， Qīng Hǎi cháng yún àn xuě shān,	Blue Sea's long clouds darken the snow mountain. ❶
孤 城 遙 望 玉 門 關 。 Gū chéng yáo wàng Yù Mén Guān.	In the lone fort they gaze at Jade Gate Pass from afar. ❷
黃 沙 百 戰 穿 金 甲 ， Huáng shā bǎi zhàn chuān jīn jiǎ,	Yellow sand wears out gold armors in hundreds of battles ❸
不 破 樓 蘭 終 不 還 。 Bú pò Lóu Lán zhōng bù huán.	If Lóulán is not wiped out, there is no going back. ❹

注釋
Zhùshi

1. 從軍行 Cóng Jūn Xíng	從 軍 是 當 兵 ，加入 軍 隊 的 意思。 Cóngjūn shì dāngbīng, jiārù jūnduì de yì si. 從 軍 行 則 是 樂府 曲 名 ，內 容 CóngJūn Xíng zé shì yuèfǔ qǔ míng, nèi róng 描 寫 軍旅 生 活 的 辛苦。 miáoxiě jūnlǚ shēnghuó de xīnkǔ. Cóngjūn is to soldier. Cóng Jūn Xíng is a name of yuèfǔ which describes the hardiness of military life.

2. 青 海 Qínghǎi	青海 湖，在 青海 省 境內。 Qīnghǎi Hú, zài Qīnghǎi Shěng jìngnèi.
	Blue Sea Lake or Qīnghǎi Lake, the largest lake in China. It is a saline lake located in Qīnghǎi Province.
3. 雪 山 xuěshān	指 祈連 山，因 為 山 上 終 年 Zhǐ Qílián Shān, yīnwèi shān shàng zhōngnián 積著 白雪，所 以 得名。 jīzhe báixuě, suǒyǐ démíng
	It indicates Qílián Shān. It got the name because there is accumulated snow on the mountaintop all the year around.
4. 玉 門 關 Yùmén Guān	中 國 古代 通 往 西域的 重 要 Zhōngguó gǔdài tōngwǎng xīyù de zhòngyào 通 道及 關 口。 tōngdào jí guānkǒu
	Yùmén Pass, located in today's Gānsù Province. This is the pass through which the Silk Road, the most important channel of foreign trade on land at that time, passes through. Beyond the Jade Gate Pass were the Western Territories, where some hostile tribes dwelt.
5. 黃 沙 huánghā	指 黃 沙 遍 地的 沙漠。 zhǐ huángshā biàndì de shāmò
	The battlefields were usually very sandy, so sand (mostly yellow) was usually flying around when warriors were fighting.

6. 金甲 jīn jiǎ	金 屬 做 成 的 戰 士 盔甲。 Jīnshǔ zuòchéng de zhànshì kuījiǎ.
	Armors made of metal.
7. 破 pò	消 滅，打敗。 xiāomiè, dǎbài.
	To defeat.
8. 樓蘭 Lóulán	漢 代 時 西域 外族 所 建立 的 一個 城 Hàndài shí xīyù wàizú suǒ jiànlì de yí ge chéng 國。在 這裡 指 入侵 西北地區 的 敵人。 guó. Zài zhèlǐ zhǐ rùqīn xīběidìqū de dírén
	Or Kroran, an ancient city-state in Western Territories. The city-state disappeared mysterically about 1,600 years ago; only its ruins were left in the desert. Here this phrase is used to stand for any enemies from the Western Territories, and not necessarily the real Lóulán.

翻譯
Fānyì

青海 湖附近的 天空，出 現 了一大 片 的 烏雲，
Qīnghǎi Hú fù jìn de tiānkōng, chūxiàn le yí dà piàn de wūyún,

遮住了 終 年 積雪的 祁連 山；
zhēzhù le zhōngnián jīxuě de Qílián Shān;

將士們 小心地守護 這座孤獨的 邊 城，
Jiàngshìmen xiǎoxīn de shǒuhù zhè zuò gūdú de biānchéng,

專心地 向 遠方 眺望，注意玉門 關附近的
zhuānxīn de xiàng yuǎnfāng tiàowàng, zhùyì Yùmén Guān fùjìn de

動　靜。
dòngjìng.

在　沙漠　裡已經　經歷無數次的　戰　爭，　身上　穿
Zài shāmò lǐ yǐ jīng jīnglì wúshù cì de zhànzhēng, shēnshàng chuān

的 鐵甲也都 磨破了。
de tiějiǎ yě dōu mópò le.

但　如果　不能　徹底打敗敵人，他們　絕對　不會　返回
Dàn rúguǒ bùnéng chèdǐ dǎbài dírén,　tāmen juéduì búhuì fǎnhuí

故　鄉。
gùxiāng.

Line by line analysis:

❶ The poet presented us a spectacular scene-the long, long clouds that rise from the large sea-like turquoise lake, little by little, cover the sky, and its shadow gradually darkens the snow-capped mountain on the ground.

❷ The soldiers were standing in the solitary fort on the snow mountain, keeping a watchful eye on the Jade Gate Pass at a distance away. They would take action as soon as they saw enemies lurking at the Pass.

❸ All those soldiers were valiant and skillful, because they had survived hundreds of battles. The worn out metal armors proved that they had stood in many, many battles.

❹ The soldiers were determined to kill all the invading troops; they would not go back home before they eradicated the enemies.

賞析
Shǎngxī

這　首　邊塞詩　描　寫駐　守　在西北地區的　將
Zhè shǒu biānsài shī miáoxiě zhùshǒu zài xīběi dìqū de jiàng

士們，就算 在 艱苦的 環境 中，仍 繼續奮勇
shìmen, jiù suàn zài jiānkǔ de huánjìng zhōng, réng jì xù fènyǒng

作戰 的 高昂 鬥志。黑壓壓的烏雲給人 沉 重
zuòzhàn de gāoáng dòuzhì. Hēiyāyā de wūyún gěi rén chénzhòng

而緊張 的感覺，戰 爭 就 像 暴風雨一樣 隨時
ér jǐnzhāng de gǎnjué, zhàn zhēng jiù xiàng bàofēngyǔ yíyàng suíshí

可能 發生。戰 爭 的 頻繁 和 激烈，把 鐵製的盔甲
kěnéng fāshēng. Zhànzhēng de pínfán hàn jī liè, bǎ tiězhì de kuījiǎ

都 磨破了，邊塞地區的 生活 充滿 了緊張 和
dōu mó pò le. Biānsài dì qū de shēnghuó chōngmǎn le jǐnzhāng hàn

艱苦。但就 算 是如此危險，將士們 仍 然誓死
jiānkǔ. Dàn jiù suàn shì rú cǐ wéixiǎn, jiàngshìmen réng rán shìsǐ

保衛 國家，更 突顯出 他們 的 忠勇 和 偉大。
bǎowèi guójiā, gèng túxiǎnchū tāmen de zhōngyǒng hàn wěidà.

Overal analysis:

This poem describes the burning desire to win in the heart of the soldiers, who were garrisoned at the frontier pass in Northwestern China, despite the arduous environment around them. The large, heavy dark clouds hovering over the mountain creates a tense and ominous atmosphere-war might break out any minute like storms. In reality, combats had been frequent and severe enough to wear out the iron armors with which they were clad, and therefore the life on guard was fraught with danger and difficulty. However, although life on the frontier was precarious, the soldiers still swore to fight for the country even if they might lose their lives; the poet used their powerful oath as the last line to manifest their noble spirits and admirable loyalty.

3. 〈出塞〉
Chū Sài

Going Beyond the Frontier

原詩
Yuán shī

秦　時　明　月　漢　時　關 ， Qín shí míng yuè Hàn shí guān,	The bright moon is of Qín's time, the pass of Hàn's- ❶
萬　里　長　征　人　未　還 。 Wàn lǐ cháng zhēng rén wèi huán.	Those sent so long away to fight never came home again. ❷
但　使　龍　城　飛　將　在 ， Dàn shǐ Lóng Chéng Fēi Jiàng zài,	Only if the Dragon Fort and the Flying General were here, ❸
不　教　胡　馬　度　陰　山 。 Bú jiào Hú mǎ dù Yīn Shān.	They would let no Hun horses cross the Yīn Mountains. ❹

注釋
Zhùshì

1. 出塞 Chūsài	塞 是 邊 界的 意思。出 塞 就 是 離開 Sài shì biānjiè de yìsi. Chūsài jiù shì líkāi 邊塞， 前 往 西域。 biānsài, qiánwǎng xīyù.
	Sài is boundaries. Chūsài means to leave the frontier, leaving for xīyù.

2. 關 guān	關口。古代會在邊界設關口， Guānkǒu. Gǔdài huì zài biānjiè shè guānkǒu, 用來檢查出入國境的人及其 yònglái jiǎnchá chū rù guójìng de rén jí qí 行李。 xínglǐ.
	Strategic passes. In ancient times, strategic passes were set on the frontier, used to inspect those who enter and leave the country.
3. 但使 dàn shǐ	假使、如果。 Jiǎshǐ, rúguǒ.
	If.
4. 龍城 Lóng Chéng	匈奴的重要根據地。漢代的 Xiōngnú de zhòngyào gēnjùdì. Hàndài de 衛青將軍曾經攻破這裡，打敗 Wèi Qīng jiāngjūn céngjīng gōngpò zhèlǐ, dǎbài 匈奴大軍獲得勝利。 Xiōngnú dà jūn huòdé shènglì.
	Lóngchéng, the de facto capital of the Xiōngnú people, the biggest foreign invasion to the north of China. It was located in the present-day Mongolia. In this poem, "Dragon Fort" stands for Wèi Qīng, a famous Hàn general who frequently stopped Xiōngnú's invasions and once killed about 700 people in Lóngchéng.

5. 飛將 fēi jiàng	指 漢 代 著 名 的 大 將 軍 李 廣， Zhǐ Hàndài zhùmíng de dàjiāngjūn Lǐ Guǎng, 人 稱 「飛 將 軍」。 rén chēng "fēijiāngjūn".	
	It stands for Lǐ Guǎng, another famous Hàn general who fought bravely against Xiōngnú and thus was feared by them.	
6. 不教 bú jiào	不 讓。 Bú ràng.	
	Not allow.	
7. 胡馬 hú mǎ	胡 指 居 住 在 北 方 的 外族。胡馬 就 Hú zhǐ jūzhù zài běifāng de wàizú. Húmǎ jiù 是 胡人 所 騎的 戰 馬。 shì Húrén suǒ qí de zhànmǎ .	
	Hú indicates Xiōngnú. Some ethnologists believe that the Xiōngnú people are the ancestors of today's Hungarian people. Húmǎ is the warhorse that Húrén ride.	
8. 度 dù	過， 越 過。 guò, yuèguò.	
	To cross over.	
9. 陰 山 Yīn Shān	山 名，位 在 蒙 古。 Shān míng, wèi zài Ménggǔ.	
	Name of a mountain which is located in Mongolia.	

翻譯
Fānyì

天　上　的　明月，和秦、漢　時　的　月　亮　相　同，
Tiānshàng de míngyuè,　hàn Qín,　Hàn shí de yuèliàng xiāngtóng,

依然　照　著　從　那時　就　存在　的　邊塞　關　口，
yīrán zhàozhe cóng nàshí jiù cúnzài de biānsài guānkǒu,

離家　到　萬里之　遠　作戰　的　將士們，都　沒　有　人
lí　jiā dào wàn lǐ zhī yuǎn zuòzhàn de jiàngshìmen, dōu méiyǒu rén

　能　平安地　回來，
néng píngān de　huílái,

要是　當年　攻破　龍　城　的　衛　青　將　軍和
yàoshì dāngnián gōngpò Lóng Chéng de Wèi Qīng jiāngjūn hàn

飛　將軍　李　廣　還在　的　話，
fēijiāngjūn Lǐ Guǎng hái zài de huà,

他們　一定　不會　讓　胡人的　軍隊　越過　陰　山　邊界
tāmen yídìng búhuì ràng Húrén de jūnduì yuèguò Yīn Shān biānjiè

的　。
de.

Line by line analysis:

① Either the bright moon and the gateway were still the same thing as they had been centuries before (i.e. in the Qín-Hàn Period).

② However, unlike the everlasting moon and the enduring masonry, most of the troops who were sent to fight on the frontier in those dynasties were gone for ever.

③ The poet provided an assumption: What if those valiant, heroic generals like Wèi Qīng or Lǐ Guǎng had been their contemporaries?

④ The poet provided an answer to his assumption: Heroes as they were, they would definitely triumph over those invading powers and keep China safe and intact. We can see the poet's admiration toward those heroic military figures in the old times.

賞析
Shǎngxī

這 首 詩 在 描 寫 守 邊 將士 們 心 中 的
Zhè shǒu shī zài miáoxiě shǒu biān jiàngshìmen xīnzhōng de

豪 情 壯 志 和 感 慨。詩 的 開 頭 把 時 間 往 回
háoqíngzhuàngzhì hàn gǎnkǎi. Shī de kāitóu bǎ shíjiān wǎng huí

推了 數百 年，回 想 秦、漢 時 的 明 月 和 關
tuī le shùbǎi nián, huíxiǎng Qín, Hàn shí de míngyuè hàn guān

塞，營 造 出一 種 壯 闊 的 歷史 感。自古 以 來，
sài, yíngzào chū yì zhǒng zhuàngkuò de lìshǐ gǎn. Zì gǔ yǐ lái,

邊 境 的 外族 不斷 地入侵 騷擾，保衛 國土 的 將士
biānjìng de wàizú búduàn de rù qīn sāorǎo, bǎowèi guótǔ de jiàngshì

離開家 鄉 出外 作戰 沒辦法 平安 地回來，令人
lí kāi jiāxiāng chūwài zuò zhàn méibànfǎ píngān de huílái, lìng rén

感到 哀傷。但 王 昌 齡 並 沒有 讓 詩 的
gǎndào āishāng. Dàn Wáng Chānglíng bìng méiyǒu ràng shī de

感 情 停 留 在 憂 愁 的 氣氛，語意一 轉，期待 能
gǎnqíng tíng liú zài yōuchóu de qì fēn, yǔ yì yì zhuǎn, qí dài néng

有 像 衛 青、李 廣 這樣 的 名將 再 出 現，
yǒu xiàng Wèi Qīng, Lǐ Guǎng zhèyàng de míngjiàng zài chūxiàn,

趕 走 胡人，重 新 振 作 唐 朝 的 國威。讓 人
gǎnzǒu Húrén, chóngxīn zhènzuò Tángcháo de guówēi. Ràng rén

感 受 到 守 邊 的 將士們 那 種 屢敗屢戰，永
gǎnshòu dào shǒu biān de jiàngshìmen nà zhǒng lǚbài lǚzhàn, yǒng

不 放棄的 奮勇 精神。
bú fàngqì de fènyǒng jīngshén.

Overal analysis:

This poem describes a soldier's thinking when guarding on the frontier. Under the bright moon, in the face of an old stronghold, he started to think consider the fact that the battlefields, and the war itself, always outlive the fighters. In this vein, the meaning of line 3 and 4 becomes twofold: on the one hand, the soldier was proud that good generals like Wèi Qīng and Lǐ Guǎng had existed in Chinese history, and he showed his own ardent hope to protect his country effectively just like how they had done; on the other hand, however, he was disappointed that there was no such generals in his time, so it even became more difficult to withstand Xiōngnú's attacks. He was proud as a Chinese soldier if time had never changed things, so the military heroes could still lead them to victory; however, time did change and his hypothesis did not hold. This two different potential readings of the same lines make this poem a work well worth studying.

4. 〈隴西行〉
Lǒng Xī Xíng

An Andante on Western Gānsù

原詩
Yuán shī

誓 掃 匈 奴 不 顧 身 ， Shì sǎo Xiōng Nú bú gù shēn,	Sworn to wipe out Xiōngnú and risking their safety, ❶
五 千 貂 錦 喪 胡 塵 。 Wǔ qiān diāo jǐn sàng hú chén.	The five thousand in marten-brocade perish in Hun dust. ❷
可 憐 無 定 河 邊 骨 ， Kě lián Wú Dìng Hé biān gǔ,	Mercy on those bones by the River Precarious- ❸
猶 是 春 閨 夢 裡 人 。 Yóu shì chūn guī mèng lǐ rén.	They are still the ones in their wives' boudoir dreams. ❹

注釋
Zhùshì

1. 隴 西 行 Lǒng Xī Xíng	古 代 樂 府 詩 名。 內 容 大 多 描 寫 Gǔdài yuèfǔshī míng. Nèiróng dàduō miáoxiě 邊 塞 戰 爭。 biānsài zhànzhēng. A name of acient yuèfǔshī which mostly talks about wars.
2. 誓 shì	發 誓，立志。 Fāshì, lì zhì. To vow; to swear.

3. 掃 sǎo	本意是 掃除 灰塵，在 這裡 是 指 Běn yì shì sǎochú huīchén, zài zhèlǐ shì zhǐ 消 滅 敵人。 xiāomiè dírén.
	It means to sweep the dust a. Here it indicates to eliminate enemies.
4. 貂 錦 diāo jǐn	高 貴 的 貂 毛 皮衣 和 刺繡 長 袍。 Gāoguì de diāo máo píyī hàn cìxiù chángpáo. 在 這裡指 穿 著 華麗服 裝 的 精 Zài zhèlǐ zhǐ chuānzhe huálì fúzhuāng de jīng 銳 部 隊。 ruì bùduì.
	Marten-brocade. Wearing a marten coat and an embroidered gown. Refers to the elite squad clad in beautiful garments.
5. 無 定 河 Wúdìng Hé	河 名，在 陝 西 省 北 部。漢 唐 Hé míng, zài Shǎnxī Shěng běibù. Hàn Táng 時 北 方 的 外族 常 從 這裡 入侵。 shí běifāng de wàizú cháng cóng zhèlǐ rùqīn.
	A river which flowed through the north of Shǎnxī (Shaanxi) Province. In Hàn and also Táng Dynasties, the northern invasion loved to intrude via this river, so it could be a representative of any battlefields. The name of the river also adds a grim flavor to it.

6. 春 閨 chūnguī	閨房 是 指 女子 所 居住 的 房 間， Guīfáng shì zhǐ nǚzǐ suǒ jūzhù de fángjiān, 這裡的 春閨 指住 在 閨房 裡，那些 zhèlǐ de chūnguī zhǐ zhù zài guīfáng lǐ, nàxiē 戰 死 將 士 的 妻子 們。 zhànsǐ jiàngshì de qīzǐmen.
	Literally "spring boudoir." It refers to the killed soldiers' wives

翻譯
Fānyì

將士們 發誓要 消滅 匈 奴 的 敵軍，奮勇 殺敵不
Jiàngshìmen fāshì yào xiāomiè Xiōngnú de dí jūn, fènyǒng shā dí bú

顧 生 命 的 危 險，
gù shēngmìng de wéixiǎn,

五千 名 身 穿著 貂皮錦袍的 勇士們，不幸
wǔqiān míng shēnchuānzhe diāopí jǐn páo de yǒngshìmen, bùxìng

地戰死 在 塞外的 烽火 煙塵 之 中。
de zhànsǐ zài sàiwài de fēnghuǒ yānchén zhī zhōng.

可憐 哪！那 無定河 邊 成堆 的白骨，
Kělián na! Nà Wúdìng Hé biān chéngduī de báigǔ,

仍然 是 家鄉 的 妻子們，夜夜 都 在 夢 想 著，盼
réngrán shì jiāxiāng de qīzǐmen, yèyè dōu zài mèngxiǎngzhe, pàn

望 能 早日 歸來 團聚 的人。
wàng néng zǎorì guīlái tuánjù de rén.

Line by line analysis:

① An elite squad of the Chinese troops pledged to exterminate Xiōngnú regardless of their personal safety.

② The result was all of them they fell in the sand of the foreign battlegrounds.

③ The poet showed pity toward the corpses of those elite soldiers, who sacrificed their lives there.

④ The poet explained why he showed pity toward them-because their wives were still ignorant of the fact that their husbands had already died and, tragically, still dreamt of their triumphant return and their happy reunion, not knowing that would never come to pass.

賞析
Shǎngxī

這 首 詩 反映 了 戰 爭 給人民 帶來的痛苦
Zhè shǒu shī fǎnyìng le zhànzhēng gěi rénmín dàilái de tòngkǔ

和 災難。守 邊 的 將士們，奮不顧身 殺敵，表
hàn zāinàn. Shǒu biān de jiàngshìmen, fènbúgù shēn shā dí, biǎo

現 出 雄 壯 的氣魄。可惜，戰 爭 沒有 獲得
xiàn chū xióngzhuàng de qì pò. Kěxí, zhànzhēng méiyǒu huòdé

勝利，將士們 全 都 戰死在疆 場，他們的屍
shènglì, jiàngshìmen quán dōu zhànsǐ zài jiāngchǎng, tāmen de shī

體沒有人能 幫忙 埋葬，成了無定 河邊
tǐ méiyǒu rén néng bāngmáng máizàng, chéngle Wúdìng Hé biān

堆積如山 的白骨。雖然 人已經 陣 亡了，但家鄉
duījī rúshān de báigǔ. Suīrán rén yǐjīng zhènwáng le, dàn jiāxiāng

的 親人們　卻 不 知道，仍　盼望 著 他們 能　早日
de qīnrénmen què bù zhīdào, réng pànwàngzhe tāmen néng zǎorì

回 鄉　團聚。「河邊 骨」和「夢　裡人」的　強烈　對
huí xiāng tuánjù . " Hé biān gǔ" hàn "mèng lǐ rén" de qiáng liè duì

比，使 人 讀來 更 覺 感　傷。
bǐ,　shǐ rén dú lái gèng jué gǎnshāng.

Overal analysis:

　　This poem trenchantly critizes the cruelty of war and the suf-
ferings it brings to the people not by telling us "war is cruel" but by
showing us how it is so. The soldiers, who were garrisoned on the
frontier, forgot about their personal safety and slew their foes, and
such description made them look brave, heroic and admirable. How-
ever, victory eluded them eventually, and all of them were killed in
the battle. Their families were not with them, so their bodies were
left unburied, and turned into piles of bones on the bank of the river
named Precarious. Not notified about their sacrifice, their families
at home were still waiting impatiently for them to return in triumph.
The drastic contrast between "the bones by the river" and "the ones
in the dreams" lays bare the brutalities of war and lets the ruling ech-
elon understand that we should never declare war easily.

5. 〈關山月〉
GuānShānYuè
Moon of the Pass and the Mountain

原詩
Yuán shī

明 月 出 天 山， Míng yuè　chū　Tiān Shān,	The bright moon emerges from the Sky Mountain,
蒼 茫 雲 海 間。 Cāng máng yún hǎi jiān.	Amidst the indistinct, boundless sea of clouds. ❶
長 風 幾 萬 里， Cháng fēng jǐ wàn lǐ,	The long wind, from a great distance away,
吹 度 玉 門 關。 Chuī dù yù mén guān.	Blows past the Jade-Gate Pass. ❷
漢 下 白 登 道， Hàn xià Bái Dēng Dào,	The Hàn descended the path on Báidēng;
胡 窺 青 海 灣。 Hú kuī Qīng Hǎi Wān.	The Hun coveted the gulf of Qīnghǎi. ❸
由 來 征 戰 地， Yóu lái zhēng zhàn dì,	These have always been battle-fields;
不 見 有 人 還。 Bú jiàn yǒu rén huán.	I never see a person coming back thence. ❹
戍 客 望 邊 色， Shù kè wàng biān sè,	Strangers who guard us gaze at the frontier view;
思 歸 多 苦 顏。 Sī guī duō kǔ yán.	Women who miss them often wear troubled faces. ❺
高 樓 當 此 夜， Gāo lóu dāng cǐ yè,	Up in the high towers, during a night like this,

| 歎 息 未 應 閒 。 | I think the sounds of sighs will not |
| Tàn xí wèi yīng xián. | die down soon. ⑥ |

注釋
Zhùshì

1. 關 山 月 GuānShān Yuè	樂府 歌曲 名， 内容 多 描寫 邊塞 Yuèfǔ gēqǔ míng, nèiróng duō miáoxiě biānsài 將 士 思 鄉 的 心 情。 jiàngshì sī xiāng de xīnqíng.
	A name of yuèfǔ which mostly talks about commanders' and soldiers' sentimental affection towards homeland.
2. 天 山 Tiān Shān	就 是 祁連 山。 Jiù shì Qílián Shān.
	The Qílián Mountain, located between the present-day Qīnghǎi and Gānsù Province.
3. 雲海 yúnhǎi	從 高 山 向 下 看，厚 厚的 雲 Cóng gāoshān xiàng xià kàn, hòuhòude yún 層 在 腳 下 聚 成 一 大 片， 像 大海 céng zài jiǎoxià jùchéng yí dà piàn, xiàng dàhǎi 一 樣， 稱 作 雲海。 yíyàng, chēngzuò yúnhǎi .
	If one looks down on the masses of clouds where he or she is at a higher level than the clouds (e.g. on a high mountain), the clouds will look like a surging sea.

4. 吹度 chuī dù	吹到，吹過。 Chuīdào, chuīguò.	
	To blow (to a place).	
5. 漢下白 Hàn xià Bái 登道 dēng dào	指漢代軍隊出兵作戰。史書 Zhǐ Hàndài jūnduì chūbīng zuòzhàn. Shǐshū 記載漢高祖劉邦曾經親自率 jìzài Hàn Gāozǔ Liú Bāng cēngjīng qīnzì shuài 領軍隊與匈奴作戰，被困在白 lǐng jūnduì yǔ Xiōngnú zuòzhàn, bèi kùn zài Bái 登山七天。 dēng Shān qī tiān.	
	The founder and the first Emperor of Hàn Dynasty led more than 300,000 soldiers to fight against Xiōngnú but accidentally came under siege of the Xiōngnú troops in the Báidēng Mountain, Shānxī Province, for seven consecutive days. In the end they managed to escape the mountain by using some tricks. However, the way of retreat was still extremely perilous because the tricks might be seen through any minute.	
6. 窺 kuī	暗中探看，有所企圖。 Ànzhōng tàn kàn, yǒusuǒ qǐtú.	
	To covet.	
7. 由來 yóulái	自古以來，從以前到現在。 Zìgǔyǐlái, cóng yǐqián dào xiànzài.	
	From ancient times till now.	

8. 戍客 shù kè	戍 是 防 守 的意思，客是 指 離開家 Shù shì fángshǒu de yìsi, kè shì zhǐ líkāi jiā 鄉 的 人。戍客就 是 指防 守 邊 xiāng de rén. Shùkè jiù shì zhǐ fáng shǒu biān 塞 的 兵 士 們。 sài de bīngshìmen.
	The border guards were mostly recruited from the more populous places in the country and thus not native to the borderland, so they were "strangers" to the borderland.
9. 邊色 biānsè	邊 塞 地區的 景色。 Biānsài dìqū de jǐngsè.
	The scenery of the frontier fortress.
10. 苦顏 Kǔyán	愁 苦的 容 顏。 Chóukǔ de róngyán.
	Distressed looks.
11. 閒 xián	停 止。 Tíngzhǐ.
	To stop.

翻譯
Fānyì

皎潔 的 明 月 從 天 山 升 起，
Jiǎjié de míngyuè cóng Tiān Shān shēngqǐ,

出現 在霧茫 茫 的雲海 之 中。
chūxiàn zài wùmángmáng de yúnhǎi zhī zhōng.

北方的風，橫越 萬里之遠，
Běifāng de fēng, héngyuè wàn lǐ zhī yuǎn,

吹送 到了玉門 關 這裡。
chuīsòng dào le Yùmén Guān zhèlǐ.

想 當年，漢朝 的軍隊 曾經 出兵 來到 白登
Xiǎng dāngnián, Hàncháo de jūnduì céngjīng chūbīng láidào Báidēng

山 的山路 上，
Shān de shānlù shàng,

如今 胡人的 兵馬 又一直緊盯著 青海 灣，隨時要
rújīn Húrén de bīngmǎ yòu yìzhí jǐndīngzhe Qīnghǎi Wān, suíshí yào

發動 攻擊。
fādòng gōngjí.

自古以來，這裡就是 常常 發生 戰 爭的 地區，
Zì gǔ yǐ lái, zhè lǐ jiù shì chángcháng fāshēng zhànzhēng de dì qū,

無數的 戰士們 出征 作戰，卻不曾 看見 有
wúshù de zhànshìmen chūzhēng zuòzhàn, què bù céng kànjiàn yǒu

人 活著 回來。
rén huózhe huílái.

離開家鄉 到這裡 防守 的士兵們，看著 邊塞
Líkāi jiāxiāng dào zhèlǐ fángshǒu de shìbīngmen, kànzhe biānsài

地方 荒 涼的景色，
dìfāng huāngliáng de jǐngsè,

思念 故鄉 的心情 使他們的 臉色 充滿 著 愁苦。
sīniàn gùxiāng de xīnqíng shǐ tāmen de liǎnsè chōngmǎnzhe chóukǔ.

故 鄉的妻子站在高樓 上，看見 今晚 如此明
Gùxiāng de qīzǐ zhàn zài gāo lóu shàng, kànjiàn jīn wǎn rú cǐ míng

亮 的 月色，
liàng de yuèsè,

想起了 遠 征 未 歸的 丈夫，應該 正 不停 地
xiǎngqǐ le yuǎnzhēng wèi guī de zhàngfū, yīnggāi zhèng bùtíng de

憂 愁 嘆息著 吧！
yōuchóu tàn xí zhe ba!

Line by line analysis:

① The poet described the breathtaking view before him when he visited the frontier.

② He used the "wind" to expand our vision and we can more easily picture the immensity of the desert, where the majestic gales widly blew across.

③ Since this couplet the poet shifted from the scenery to the history, from the battlefield to the fighters. He juxtaposed two fragments of history that pertained to the Sino-Xiōngnú conflicts and achieved a montage effect to represent the protracted war between them.

④ He pointed out the fact that war is cruel; so many precious lives had been sacrificed for the benefit of the rulers.

⑤ The poet turned to the inner worlds of those who were involved in battle. The soldiers who were garrisoned on the frontier could do nothing but gaze at the desolate view of this friendless, loveless place imbued with hatred; their wives who were left at home missing them could do nothing but put on sad faces in their bedrooms but all by themselves. In wartime, the people seemed so helpless.

⑥ In the last couplet, the poet put himself on stage. The beautiful night was so beautiful but lonely (bright moon rising from the great mountain); he could easily imagine the wives would definitely go upstairs and look as far as they could, and sigh about the fact that their husbands were really not with them. There were so many wives like this, so he would be able to hear one sigh after another if he stood under any tower in town, and how many sad wives were there, would mean how many families were at the risk of being ruined by war.

賞析
Shǎngxī

《關 山 月》是 漢代樂府的歌曲，内容描
《Guān Shān Yuè》shì Hàndài yuèfǔ de gēqǔ,　nèiróng miáo

寫 守 邊 的 將士軍旅 生 活 的辛苦。李白用
xiě shǒu biān de jiàngshì jūnlǚ shēnghuó de xīnkǔ.　Lǐ Bái yòng

這 個題目 重新 創 作，用 月夜景色爲背景，
zhè ge tímù chóngxīn chuàngzuò, yòng yuèyè jǐngsè wéi bèijǐng,

刻畫 邊塞 荒 涼 的景物 和 戰 士思鄉 的憂
kèhuà biānsài huāngliáng de jǐngwù hàn Zhànshi sī xiāng de yōu

愁。 明月高掛在 遼闊 的 天空，一望 無際的沙
chóu. Míngyuè gāo guà zài liáokuò de tiānkōng, yíwàngwújì de shā

漠裡，北風 呼呼地 吹 著，這是 寒冷 蒼 茫 的邊
mò lǐ, běifēng hūhū de chuīzhe, zhè shì hánlěng cāngmáng de biān

塞 風景，有 一 種 雄 偉 壯闊 的氣勢。接著
sài fēngjǐng, yǒu yì zhǒng xióngwěi zhuàngkuò de qì shì. Jiē zhe

李白用 漢代軍隊在 白登 山 和 匈奴作戰
Lǐ Bái yòng Hàndài jūnduì zài Báidēngshān hàn Xiōngnú zuòzhàn

的 典故， 説 明 戰 爭 無論 勝 敗都 會有
de diǎngù, shuōmíng zhànzhēng wúlùn shèng bài dōu huì yǒu

眾 多 的犧牲。因爲 邊境的 情勢 不安，離家的
Zhòngduō de xīshēng. Yīnwèi biānjìng de qíngshì bù ān, lí jiā de

將士不知何時才 能 回到故鄉，心中 正
jiàngshì bù zhī hé shí cái néng huídào gùxiāng, xīnzhōng zhèng

思念著 親人。 同 樣 的，故鄉 的妻子也因 盼不
sīniànzhe qīnrén. Tóngyàng de, gùxiāng de qī zǐ yě yīn pàn bú

到 丈夫回來，在高樓 上 不停 地 嘆息。透過
dào zhàngfū huílái, zài gāolóu shàng bùtíng de tàngxí. Tòuguò

雙 方的 思念 和 盼 望，詩人 委婉 地 表露 出
shuāngfāng de sīniàn hàn pànwàng, shīrén wěiwǎn de biǎolù chū

厭惡 戰 爭，期待 和平 的 想 法。
yànwù zhànzhēng, qí dài hépíng de xiǎngfǎ.

Overal analysis:

"Moon of the Pass and the Mountain" was actually an old title used for musical poems in Hàn Dynasty to describe the hardship and toil in the military life of the border guards. Lǐ Bái recycled this title and the images (moon, mountain, pass) in it to depict the desolate frontier scenery and the sorrows of the soldiers in the moonlit night. The bright moon was hung high in the expansive skies, and below it was an expansive desert, where surges of the biting northerly wind roared across. All these make up the majestic, cold and boundless frontier landscape. Then he tried to illustrate the truth that war causes large, gratuitous casualties regardless of victory or failure by referring to the battle between Hàn China and the nomadic tribe of Xiōngnú. Knowing the country was in a precarious situation, the border guards had no idea when they would be allowed to go home, and they missed their families badly. Likewise, their wives, not knowing when their husbands would come back, also were waiting for them in the towers and sighed day after day. By describing how the soldiers and their wives missed each other, the poet implicitly made clear his anti-war position.

6. 〈涼州詞〉
Liáng Zhōu Cí
Liángzhōu Verse

王 之渙　七言絕句
Wáng Zhīhuàn　Qīyán juéjù

原詩
Yuán shī

黃 河 遠 上 白 雲 間 ， Huáng Hé yuǎn shàng bái yún jiān,	The Yellow River runs far up into the white clouds, ❶
一 片 孤 城 萬 仞 山 。 Yí piàn gū chéng wàn rèn shān.	A spread of a lone fortress, a precipitous mountain. ❷
羌 笛 何 須 怨 楊 柳 ， Qiāng dí hé xū yuàn Yáng Liǔ,	Why must the Qiāng pipes to complain about the Willows? ❸
春 風 不 度 玉 門 關 。 Chūn fēng bú dù Yù Mén Guān.	The spring wind never goes past the Jade Gate Pass. ❹

注釋
Zhùshì

1. 萬仞山 wàn rèn shān	一仞 八尺，萬 仞 就有 將近千 丈， Yí rèn bā chǐ, wàn rèn jiù yǒu jiāngjìn qiān zhàng, 　用 來 形 容 山 勢 非 常 高 聳。 yònglái xíngróng shānshì fēicháng gāo sǒng.
	A dangerously high mountain. Literally "mountain whose peak is at ten thousands rèn above the ground." Ten thousand rèn are roughly 2,000 kilometers. Of course a mountain that high is impossible to be really existing, so it is just a literary exaggeration.

2. 羌笛 qiāngdí	流行在西域羌族的一種管樂器。 Liúxíng zài xī yù Qiāngzú de yì zhǒng guǎnyuèqì.
	Qiāng is the name of an ethincal group who inhabit some areas in Sìchuān Province and Tibet. Qiāng pipes are a kind of wind instruments common in those areas.
3. 何須 héxū	何必。 Hébì.
	Why.
4. 楊柳 Yángliǔ	指北朝樂府《折楊柳歌辭》，是 Zhǐ Běicháo yuèfǔ《Zhé Yáng Liǔ Gē Cí》, shì 送別的曲子，曲調哀傷。 sòngbié de qǔzi, qūdiào āishāng.
	This phrase was deliberately used to refer to two things: an old musical composition named "Snap a Willow Twig," usually played to express the wrench of parting with someone important, and the real willows, which are found primary in the warmer regions of China (i.e. the South and the coastal regions). The willows came to be a symbol for parting with the beloved because of the common practice in ancient China that the person who saw off a friend would snap a slender willow twig for the leaving one, meaning "I wish to tie your heart here with me" for a willow branch resembles a rope and the word for "willow" in Chinese liǔ sounds like the verb for "making someone stay" liú.
5. 不度 Bú dù	不會到達。 Búhuì dàodá.
	Will not arrive.

翻譯
Fānyì

黃　河河水　從　地平線 的 那一方　奔流 過來，
Huáng Hé héshuǐ cóng dìpíngxiàn de nà yì fāng bēnliú guòlái,

看起來就好　像　要 連接 到　天　上　的　白雲一樣。
kànqǐlái　jiù hǎoxiàng yào liánjiē dào tiānshàng de báiyún yíyàng.

這 座 塞外的　城　池，孤單 地矗立 在 高聳　的　山
Zhè zuò sàiwài de chéngchí,　gūdān de chù lì　zài gāosǒng de shān

間。
jiān.

離家的士兵 們，你們 爲 什麼要　用　羌笛吹奏 那
Lí jiā de shìbīngmen, nǐmen wèishénme yào yòng qiāngdí chuīzòu nà

哀傷 的 折 楊 柳 曲調呢？
āishāng de Zhé Yáng Liǔ qǔdiào ne?

這裡是　寒冷 的 邊　城，那溫柔 的　春風 是　吹不
Zhèlǐ shì hánlěng de biānchéng, nà wēnróu de chūnfēng shì chuī bú

到　玉門　關 的啊！
dào Yùmén Guān de a!

Line by line analysis:

1 The majestic Yellow River flowed rapidly to the horizon line on which white clouds were gathering. Human eyes may perceive the river that flows across a barren land to somewhere far away as "flowing up," as if it will intrude into the clouds there.

2 The poet continued to portray the landscape along the borderland. In comparison with the greatness of the dangerously steep mountain, the vanity and helplessness of the lone fortress was clear.

③ Since the phrase "the Willows" has double meanings, so does this entire line. The surface meaning is that it is no use complaining about that willows did not grow there. The underlying meaning is that the pipers played the plaintive Snap a Willow Twig to show how wretched it was to part with families and friends, just like they were complaining about the separations and the destiny the country imposed on them.

④ This line follows the surface interpretation and explains why there were no willows in the borderland-because the spring wind never reached there. Many scholars agree that this line means the mercy of the Emperor never reached the soldiers who were garrisoned there. The poet used the same coherent surface imagery ("do not blame the willows since the climate does not allow them to grow") to splice two thought-provoking underlying meanings ("why do you play so plaintive a tune?" and "because the Emperor always forgets them").

賞析
Shǎngxī

這首《涼州詞》又名《出塞》，寫邊
Zhè shǒu《Liáng Zhōu Cí》yòu míng《Chū Sài》, xiě biān

塞風光和守邊將士的心情。開頭先寫
sài fēngguāng hàn shǒu biān jiàngshì de xīnqíng. Kāitóu xiān xiě

黃河水勢的壯闊，相連到天邊。再寫萬
Huáng Hé shuǐshì de zhuàngkuò, xiāng lián dào tiānbiān. Zài xiě wàn

丈高山上，只有涼州城孤獨地矗立在
zhàng gāoshān shàng, zhǐ yǒu Liángzhōu Chéng gūdú de chù lì zài

那裡。以雄偉的自然環境，突顯邊城的渺小
nà lǐ. Yǐ xióngwěi de zì rán huánjìng, túxiǎn biānchéng de miǎoxiǎo

而　荒　涼。離家駐守在　邊區的士兵們　生　活
ér huāngliáng. Lí jiā zhùshǒu zài biānqū de shìbīngmen shēnghuó

已經　夠　悲苦了，聽到　羌笛聲　所吹奏的送別
yǐ jīng gòu bēikǔ le, tīngdào qiāngdíshēng suǒ chuīzòu de sòngbié

歌謠《折　楊　柳　歌辭》，心中　更是　感傷。
gēyáo 《Zhé Yáng Liǔ Gē Cí》, xīnzhōng gèng shì gǎnshāng.

最後一句的「春　風不度玉門關」，一方面表
Zuìhòu yí jù de "Chūn fēng bú dù Yù Mén Guān", yì fāng miàn biǎo

現　塞外　天氣的惡劣，不可能　像　中國南方
xiàn sài wài tiān qì de è liè, bù kěnéng xiàng Zhōngguó nánfāng

那樣有美麗的　春天。一方　面也暗示朝廷對
nàyàng yǒu měilì de chūntiān. Yìfāngmiàn yě àn shì cháotíng duì

將士們的　照顧到達不了塞外地區。
jiàngshìmen de zhàogù dàodá bù liǎo sàiwài dìqū.

Overal analysis:

This poem deals with the froniter scenery and also the feelings in the mind of the border guards. It begins with a panorama of the majestic river linking to the sky, and the spectacular towering mountain that almost reached the sky. These "big things" accentuate how small and lonely the fortress was. Life had been difficult enough, and they were even more upset when those soldiers heard the heartrending melody of Snap a Willow Twig. As for the last line, it has two functions simultaneously. One is to explicitly comfort the soldiers by telling them it is no use complaining about the climate, for it is a natural law and the objective reality; meanwhile, the other is to implicitly critize the court who neglect the rights of these responsible people who protect the country.

7. 〈塞下曲〉
Sài Xià Qǔ

The Tune under Fortress

原詩
Yuán shī

月 黑 雁 飛 高 ， Yuè hēi yàn fēi gāo,	Moon is black and wild geese fly high; ❶
單 于 夜 遁 逃 。 Chán Yú yè dùn táo.	The Chányú takes his flight by night. ❷
欲 將 輕 騎 逐 ， Yù jiāng qīng jì zhú,	They want to send light cavalry after him- ❸
大 雪 滿 弓 刀 。 Dà xuě mǎn gōng dāo.	Heavy snow covers the bows and knives. ❹

注釋
Zhùshì

1. 單 于 Chányú	匈 奴 族 對 其 君 長 的 稱 呼。 Xiōngnú zú duì qí jūnzhǎng de chēnghū.
	The title of the nomadic supreme rulers of the Xiōngnú clan. The king of Xiōngnú. The Xiōngnú word for it was sanok or tsanak.
2. 輕 騎 qīng jì	行 動 迅速敏捷， 裝 備 輕 便 的 Xíngdòng xùnsù mǐnjié, zhuāngbèi qīngbiàn de
	騎兵。 qìbīng.

	Light cavalry. The horse-riding soldiers who were clad in lighter armors and thus could move even faster than the normal cavalry.
3. 遁 dùn	逃走。 Táozuǒ.
	To escape; to run away.

翻譯
Fānyì

月色 昏暗，四週 一片 漆黑，雁鳥 受到 驚嚇 高飛
Yuèsè hūnàn, sìchōu yí piàn qīhēi, yànniǎo shòudào jīngxià gāofēi

到 天空 上 去，
dào tiānkōng shàng qù,

匈奴的 領袖 單于 戰敗了， 想要 趁著 黑夜
Xiōngnú de lǐngxiù Chányú zhànbài le, xiǎng yào chènzhe hēiyè

逃到 別的 地方 去。
táodào bié de dìfāng qù.

我 方 的 將軍 知道了消息，打算 率領 動作
Wǒfāng de jiāngjūn zhīdao le xiāoxí, dǎsuàn shuàilǐng dòngzuò

敏捷的騎兵 去 追趕 他們，
mǐnjié de jìbīng qù zhuīgǎn tāmen,

這 時 天空 下著 大雪，將士們 的 弓箭 和大刀
zhè shí tiānkōng xiàzhe dàxuě, jiàngshìmen de gōngjiàn hàn dàdāo

上 都 積滿了 厚厚的 冰雪。
shàng dōu jīmǎn le hòuhòu de bīngxuě.

Line by line analysis:

1. The line provides the background of the incident narrated in the poem. It was pretty dark since the moon was not visible, and the Hàn soldiers heard the flaps of wild geese's wings and their cries. They seemed to be soaring high up. Something might have scared them.

2. They soon discovered that the Chányú, who might think the chance to win was slim, was attempting to flee, and was just on his way. Their movement had probably roused those wild geese from their sleep.

3. In order to catch up with the fleeing king of the enemies, the Chinese camp quickly decided to send the quickest troops-light cavalry-to chase him.

4. Nevertheless, the light cavalrymen soon realized that it was impossible to catch up with the Chányú, because the snow was getting heavy and the heavy snow covered their weapons; they could not go fast enough carrying those now cumbersome arms with them. The word "heavy" kills the hope started by the opposite word "light" in the previous line.

賞析
Shǎngxī

這 首 詩 寫 的 是 守 邊 的 將軍 英勇 對抗
Zhè shǒu shī xiě de shì shǒu biān de jiāngjūn yīngyǒng duìkàng

敵人， 保衛 國家 的 情景。 先 寫 月 黑風高 的 夜
dírén,　bǎowèi guójiā de qíngjǐng. Xiān xiě yuè hēifēnggāo de yè

晚， 單于 戰敗 了 準備 落荒而逃，他們 的 行動
wǎn, Chányú zhànbài le zhǔnbèi luòhuāngértáo,　tāmen de xíngdòng

驚醒 了 正 在 熟睡 的 雁群。我 方 的 將士們
jīngxǐng le zhèng zài shúshuì de yànqún. Wǒfāng de jiàngshìmen

發現 敵人 的蹤跡 打算 要 乘 勝 追擊，即使氣候
fāxiàn dírén de zōngjī dǎsuàn yào chèngshèngzhuījí, jí shǐ qì hòu

惡劣，大雪 嚴寒，仍然 表現 出 追求 勝利 的 決
è liè, dàxuěyánhán, réngrán biǎoxiàn chū zhuīqiú shènglì de jué

心 和 勇氣。短 短 二十 個字，就 鮮明 地 刻畫出
xīn hàn yǒngqì. Duǎnduǎn èr shí ge zì, jiù xiānmíng de kèhuàchū

將 士 激昂的 英 雄 氣概。
jiàngshì jīáng de yīngxióng qì gài .

Overal analysis:

This poem catches the key moment in a campaign and renders it in the way as thrilling as a movie trailor. The dark moon and the flying and crying flocks of wild geese gave a foreboding sense to the Hàn party, who had gained the upper hand, and soon they learned of the news that the leader of the enemy had run away. This sudden incident forced the Hàn troops to take action right away. To grasp the final chance to win, the commander ordered the light cavalry to run after the Chányú. However, this newly ignited hope did not last long-they soon discovered that their weapons had been covered by a thick layer of snow. The "boss" would have fled to nowhere before they could melt the snow that encumbered the weapons. Finally, the Hàn camp suffered defeat when victory was within their grasp. The poet showed a heart-stopping plot with so many twists and turns in only 20 Chinese characters-that is why the poet's writing skill as presented in this poem has been appreciated for so many centuries.

8.〈夜 上 受 降 城 聞 笛〉

Yè Shàng Shòu Xiáng Chéng Wén Dí

Ascending the Fort for Surrender at Night and Hearing the Pipe

李益 七言 絕句
Lǐ Yì Qīyán juéjù

原詩
Yuán shī

詩	英譯
回 樂 峰 前 沙 似 雪 ， Huí Lè Fēng qián shā sì xuě,	Before the peak in Huílè, the sand is like the snow; ❶
受 降 城 外 月 如 霜 。 Shòu Xiáng Chéng wài yuè rú shuāng.	Outside the fort for surrender, the moon is like the frost. ❷
不 知 何 處 吹 蘆 管 ， Bù zhī hé chù chuī lú guǎn,	No idea about where a reed pipe was being blown- ❸
一 夜 征 人 盡 望 鄉 。 Yí yè zhēng rén jìn wàng xiāng.	That night, all the dispatched troops looked homeward. ❹

注釋
Zhùshì

1. 上 shàng	登 上。 Dēngshàng.
	To ascend.

2. 受　降　城 Shòuxiáng Chéng	受　降　是　指　接　受　敵　人　的　投 Shòuxiáng shì zhǐ jiēshòu dírén de tóu 降。唐　代　設　有　三　座　受　降 xiáng. Tángdài shè yǒu sān zuò Shòuxiáng 城，都　在　内　蒙　古　境内。 Chéng, dōu zài Nèi Měnggǔ jìngnèi.
	A fort built to accept the surrender of the Xiōngnú aristocrats. But the three forts for surrender built in Táng Dynasty were simply fortress that defended China against the invasion by the Turks, despite the name. All the three forts for surrender in Táng Dynasty were located in the present-day Inner Mongolia Autonomous Region.
3. 聞　笛 wén dí	聽　到　笛　聲。 Tīngdào díshēng.
	To hear the pipe.
4. 回樂　峰 Huílè Fēng	指　回樂　縣　當地的　山　峰。 Zhǐ Huílè Xiàn dāngdì de shānfēng.
	Name of a county which is located in the present-day Níngxià Huí Autonomous Region. Literally "Return-Rejoice."
5. 蘆管 Lú guǎn	北　方　的　胡人　用　蘆荻的　莖管 Běifāng de Húrén yòng lúdí de jīngguǎn 做　成　的　笛子。 zuòchéng de dízi.
	A reed pipe made by Húrén.

翻譯
Fānyì

回樂峰 前 的沙地，在 月光 的 照射 下，看起來
Huílè Fēng qián de shādì, zài yuèguāng de zhàoshè xià, kàn qǐlái

像 是一大片 的 白雪，
xiàng shì yí dà piàn de báixuě,

受降 城 外 的月色就 像 秋天的 霜 一樣，
Shòuxiáng Chéng wài de yuèsè jiù xiàng qiūtiān de shuāng yíyàng,

那麼地皎潔 明 亮。
nàme de jiǎjié míngliàng.

不 知道哪裡 傳來了凄涼的 蘆笛聲，
Bù zhīdào nǎ lǐ chuánlái le qīliáng de lú díshēng,

在這一夜，出 征 遠 行的 將士們，個個 都 望
zài zhè yí yè, chūzhēng yuǎnxíng de jiàngshìmen, ge ge dōu wàng

著 遠 方思念 起自己的 故 鄉。
zhe yuǎnfāng sīniàn qǐ zì jǐ de gùxiāng.

Line by line analysis:

1 It was a bright night. The sand on the ground reflected so much moonlight that it looked like the white snow accumulating on the ground.

2 The moon itself was as bright and as white as the frost in autumn. These two line depict the scene the poet saw when standing high up the fort.

3 Suddenly, the poet heard somebody play a sad tune on a reed pipe. He could not trace where the melody was from, which implies the piper was not close to him, and because the music still reached him, it should be loud enough to reach every nook and cranny in the fortress.

❹ The music caught the attention of every soldier garrisoned there. Hearing the plaintive tune, everyone stopped doing what he was doing, forgot about the war and the enemies, and involuntarily looked homeward missing their families. The music touched the tenderest part of their hearts, disarmed them, and reminded them of their humanity.

賞析
Shǎngxī

這 首 詩 描寫 的是 守 邊 將士 的思 鄉 心
Zhè hǒu shī miáoxiě de shì shǒu biān jiàngshì de sī xiāng xīn

情。前 兩 句寫 邊塞 的 月景，一片 蒼 茫。回
qíng. Qián liǎng jù xiě biānsài de yuèjǐng, yí piàn cāngmáng. Huí

樂峰 的地名 表達了 戰 士們 渴望 有一天 能
lè Fēng de dì míng biǎodá le zhànshìmen kěwàng yǒu yì tiān néng

快樂 返回 故鄉 的心願，而受降 城 則象
kuàilè fǎnhuí gùxiāng de xīnyuàn, ér Shòuxiáng Chéng zé xiàng

徵 勝利時接受 敵人投 降 的 光 榮。但 是戰
zhēng shènglì shí jiēshòu dírén tóuxiáng de guāngróng. Dànshì zhàn

爭 的 勝利並 不能 撫慰 將 士們 思念故 鄉 的
zhēng de shènglì bìng bùnéng fǔwèi jiàngshìmen sīniàn gùxiāng de

心。幽怨 的蘆笛聲，勾起了 將 士們 原本 隱 藏在
xīn. Yōuyuàn de lúdíshēng, gōuqǐ le jiàngshìmen yuánběn yǐncáng zài

心 中 的哀愁。平日奮勇 殺敵的 英 雄 們，此時
xīnzhōng de āichóu. Píngrì fènyǒng shā dí de yīngxióngmen, cǐ shí

個個 望 向 遠方，思念 故鄉 的親人。短 短四
ge ge wàng xiàng yuǎnfāng, sīniàn gùxiāng de qīnrén. Duǎnduǎn sì

句，寫出了遠行將士們共同的悲哀。
jù, xiěchū le yuǎnxíng jiàngshìmen gòngtóng de bēiāi.

Overal analysis:

Of course this poem talks about the power of music, but it deals mainly with the homesick feelings of those who left home to protect the country. The first two lines represent the magnificent moonlit scenery in the desert. The poet avoided an overly depressed tone by mentioning the optimistic names of the county and the fort: the soldiers hope to return and rejoice Huílè and feel the glory when the enemies come to surrender shòuxiáng. Certainly they all yearned for victory, but their wish to go back home as soon as possible was even stronger. The nostalgic sound of the reed pipe invoked the soldiers' warm love for their homes and families hidden under their cold armors. Those heroes always kept an eye on the other side of the border to control the situation, but when the music came, they all turned back and cast their eyesight in the direction of their homes. These four terse lines are believed by many to be the most vivid and incisive portrayal of the pensive mood shared by all the soldiers who were separated from their love.

9. 〈哥舒歌〉
Gē Shū Gē
A Song for Gēsh

西鄙人　五言絕句
xī bǐ rén　Wǔyán jué jù

原詩
Yuán shī

北 斗 七 星 高 ， Běi Dǒu Qī Xīng gāo,	The Big Dipper's seven stars are high! ❶
哥 舒 夜 帶 刀 。 Gē Shū yè dài dāo.	Gēshū is carrying a knife at the night! ❷
至 今 窺 牧 馬 ， Zhì jīn kuī mù mǎ,	Up to now, the grazing horses that lurk- ❸
不 敢 過 臨 洮 。 Bù gǎn guò Lín Táo.	Have not dared to cross the land of Líntáo. ❹

注釋
Zhùshì

| 1. 哥 舒 歌
Gē Shū Gē | 歌頌 哥 舒 翰 的 歌曲。哥 舒 翰，
Gēsòng Gēshūhàn de gēqǔ. Gēshūhàn,

是 唐 代 的 節度使， 曾經 打敗
shì Tángdài de jiédùshǐ, céngjīng dǎbài

外族 吐蕃，被 封 為 西平 郡 王。
wàizú Tǔfān, bèi fēngwéi Xīpíng jùnwáng. |

	The song extolling Gēshū Hàn. Gēshū Hàn, a famous and powerful general/military governor in Táng Dynasty. He was not ethnically Chinese but pledged loyalty to the Chinese camp. He was renowned for his great triumph over the invading Tibetan troops. Gēshū was his surname.
2. 北斗七星 Běi Dǒu Qī Xīng	就是 大熊 星座，在古時常 Jiù shì DàXióng Xīngzuò, zài gǔ shí cháng 被 用來 形容 君 王 的至高 bèi yònglái xíngróng jūnwáng de zhìgāo 權 威。在這裡是 用來 描寫 quán wēi. Zài zhèlǐ shì yònglái miáoxiě 哥舒翰 崇高的名望。 Gēshūhàn chónggāo de míngwàng.
	The seven bright stars forming an asterism like a ladle in the constellation Ursa Major. The Big Dipper itself was a constellation in Chinese astrology.
3. 牧馬 mù mǎ	古代 西北 地區 的外族， 常 在秋 Gǔdài xīběi dìqū de wàizú, cháng zài qiū 天 的時候 到 南邊 邊境 放 tiān de shíhòu dào nánbiān biānjìng fàng 牧 馬匹，有 時 會藉機 侵犯 中 mù mǎpī, yǒu shí huì jièjī qīnfàn Zhōng 國 的 領土。後 來 就以牧馬 來比喻 guó de lǐngtǔ. Hòulái jiù yǐ mùmǎ lái bǐ yù

外族 的 入侵 內侵。
wàizú de rùqīn nèiqīn.

The nomadic tribes who inhabited to the northwest of China usually herded their horses near the southern border (i.e. pretty close to China) in autumn, watching the situation there, and sometimes invaded the Chinese territory when they found the time was ripe. Therefore, the phrase "grazing horses" came to mean "invading troops (especially of nomadic tribes)" later.

翻譯
Fānyì

北斗星 高高地 掛在 天空，
Běidǒuxīng gāo gāo de guà zài tiānkōng,

哥 舒翰 在 夜裡帶著 寶刀，奮勇 地 率領 軍隊 對
Gēshūhàn zài yè lǐ dàizhe bǎodāo, fènyǒng de shuàilǐng jūnduì duì

抗 入侵的敵人，
kàng rù qīn de dírén,

直到 現在，塞外 的 敵人 南 下 放 牧馬匹 時，雖然
zhídào xiànzài, sàiwài de dírén nán xià fàngmù mǎpī shí, suīrán

仍 不斷 地 窺探著，
réng búduàn de kuītànzhe,

但 也不敢 真的 越過 臨洮 來侵犯 我國了。
dàn yě bùgǎn zhēnde yuèguò Líntáo lái qīnfàn wǒguó le.

Line by line analysis:

❶ The shiny Big Dipper was so high, so was the position of the heroic general Gēshū Hàn in the common people living near the borderland.

❷ This line introduces the main character of this poem-General Gēshū Hàn. By describing the scene that he was carrying a knife with him, the speaker showed us how tough and reliable he was as the guardian of China's safety.

❸ ❹ These two lines support the image given in the previous line. There had been many years since the foreign tribes had tried to attack them. The common people praised the general by stating that his tough and ever-victorious image had successfully deterred the foreign tribes from invading.

賞析
Shǎngxī

這 是 西北 邊境 的 人們，歌頌　唐代　名　將
Zhè shì　xī běi biānjìng de rénmen, gēsòng Tángdài míngjiàng

哥舒翰 的一 首　詩。西鄙人 不是 人 名，而 是 西北
Gēshūhàn de yì shǒu shī.　Xī bǐ rén búshì rén míng, ér shì　xī běi

地區 百　姓 的意思。詩 的一開始　用　北 斗 星　來 比喻
dì qū bǎixìng de yì si.　Shī de yì kāishǐ yòng běidǒuxīng lái bǐ yù

哥舒翰　的偉大，再以外族　直 到 今 天　都　還　不敢　冒
Gēshūhàn de wěidà,　zài yǐ wàizú zhídào jīntiān dōu hái bùgǎn mào

然 南 下 侵犯，來 表 現　他的　影　響　深　遠。可見 對
rán nán xià qīnfàn,　lái biǎoxiàn tā de yǐngxiǎng shēnyuǎn. Kějiàn duì

於一般 的 百姓 而言，戰　爭　的　勝　敗 不是 他們
yú yìbān de bǎixìng ér yán, zhànzhēng de shèng bài búshì　tā men

最 關心 的 事， 能夠 有 強大 穩定 的 力量 避免
zuì guānxīn de shì, nénggòu yǒu qiángdà wěndìng de lìliàng bìmiǎn

戰 爭， 維持 和平， 才是 他們 最 盼 望 的。
zhànzhēng, wéichí hépíng, cái shì tāmen zuì pànwàng de.

Overal analysis:

    This poem was written or sung by the common people who lived by the western border of China to praise the well-loved general: Gēshū Hàn. The name of the author of this poem was recorded in most books as Xībǐrén but this was not a person's name but a phrase meaning "the residents of the western border region" without identifying who was the person. In this poem, the author used the high and shiny image of the Big Dipper to describe how high and shiny the general was in the heart of common people, and cotinued to say that the foreign tribes did not have the courage to wage any war on China for fear that they might confront him and lose. It becomes clear that how influential Gēshū was for those who lived in the regions prone to war. From this poem it can be inferred that what the common people wanted was probably not "victory" in a war, but a stable, trustworthy power that could prevent war from happening. With that power, it became possible for the common people to lead a normal life in peace.

10. 〈白雪歌送武判官歸京〉
Bái Xuě Gē Sòng Wǔ Pàn Guān Guī Jīng

A Song about the White Snow for Wǔ the Military Assistant who is Returning to the Capital

岑參　七言古詩
Cén Shēn　Qīyán gǔshī

原詩
Yuán shī

北　風　捲　地　白　草　折， Běi fēng juǎn dì bái cǎo zhé,	North wind whirls across the land bending the white grasses. ❶
胡　天　八　月　即　飛　雪。 Hú tiān bā yuè jí fēi xuě.	In the Hun climate, snow flies as early as in the eighth month. ❷
忽　如　一　夜　春　風　來， Hū rú yí yè chūn fēng lái,	Just like the spring wind comes suddenly in one night- ❸
千　樹　萬　樹　梨　花　開。 Qiān shù wàn shù lí huā kāi.	On thousands, myriads of trees do the pear blossoms bloom. ❹
散　入　珠　簾　濕　羅　幕， Sàn rù zhū lián shī luó mù,	It diffuses into the beaded screen and wets the silk curtain; ❺
孤　裘　不　暖　錦　衾　薄。 Hú qiú bù nuǎn jǐn qīn bó.	Fox coats are not warm, and brocade quilts seem thin. ❻
將　軍　角　弓　不　得　控， Jiāng Jūn jiǎo gong bù dé kòng,	The General's bow of horn is impossible to draw, ❼

都 護 鐵 衣 冷 猶 著 。 Dū Hù tiě yī lěng yóu zhuó.	The Colonel's mail of iron is cold but is still worn. ⑧
瀚 海 闌 干 百 丈 冰 ， Hàn Hǎi lán gān bǎi zhàng bīng,	The Big Desert is criss-crossed with great lengths of ice; ⑨
愁 雲 慘 淡 萬 里 凝 。 Chóu yún cǎn dàn wàn lǐ níng.	The sad clouds, grim and gray, condense through a long distance. ⑩
中 軍 置 酒 飲 歸 客 ， Zhōng jūn zhì jiǔ yìn guī kè,	In the Commander's tent, liquor was served to treat the leavers, ⑪
胡 琴 琵 琶 與 羌 笛 。 Hú qín pí pá yǔ Qiāng dí.	With the Hun fiddles, the Hun lutes and the Qiāng pipes. ⑫
紛 紛 暮 雪 下 轅 門 ， Fēn fēn mù xuě xià yuán mén,	Scattering, the evening snow fell at the gate of shafts of carts. ⑬
風 掣 紅 旗 凍 不 翻 。 Fēng chè hóng qí dòng bù fān.	Wind tugged the red flags, frozen, stopped from fluttering. ⑭
輪 臺 東 門 送 君 去 ， Lún Tái dōng mén sòng jūn qù,	I saw you off at the east city gate of the region of Lúntái. ⑮
去 時 雪 滿 天 山 路 。 Qù shí xuě mǎn Tiān Shān lù.	When I did the snow had covered the whole road of Sky Mountain. ⑯
山 迴 路 轉 不 見 君 ， Shān huí lù zhuǎn bú jiàn jūn,	The mountain road wound sinuously, and you were out of sight- ⑰
雪 上 空 留 馬 行 處 。 Xuě shàng kōng liú mǎ xíng chù.	On the snow, nothing was left but the spots where your horse had trod. ⑱

1. 判官 pànguān	官職名，工作是輔助節度使。 Guānzhí míng, gōngzuò shì fǔzhù jiédùshǐ.
	Specifically speaking, the assistant of a military governor.
2. 白草 báicǎo	一種生長在西北地區的草， Yì zhǒng shēngzhǎng zài xīběi dìqū de cǎo, 秋天時顏色會轉淡，所以稱 qiūtiān shí yánsè huì zhuǎn dàn, suǒyǐ chēng 做白草。 zuò báicǎo.
	A kind of grasses growing in the northwestern China. They turn pale when autumn comes, hence the name.
3. 胡天 hútiān	泛指西北地區的天氣。 Fánzhǐ xīběi dìqū de tiānqì.
	It indicates the weather in Northwest China.
4. 忽如 hūrú	忽然。 Hūrán.
	Suddenly.
5. 羅幕 luómù	用絲綢所製成的幕帳。 Yòng sīchóu suǒ zhìchéng de mùzhàng.
	Skill curtains.
6. 狐裘 húqiú	用狐狸皮所製作的毛皮大衣。 Yòng hú lí pí suǒ zhìzuò de máopí dàyī.
	Fur coats made of fox fur.

7. 錦衾 jǐnqīn	衾 是 棉 被，錦衾 就 是 用 錦 緞 Qīn shì miánbèi, jǐnqīn jiù shì yòng jǐnduàn 做 成 的 被子。 zuòchéng de bèizi.
	Quilted covers made of brocade.
8. 角弓 jiǎogōng	用 獸角 做 裝 飾 的 硬弓， Yòng shòujiǎo zuò zhuāngshì de yìnggōng, 強 勁 有力。 qiángjìng yǒu lì .
	Some pronounce jué gōng. A strong bow (archery) decorated with animal horns.
9. 不得控 bù dé kòng	無法拉開。 Wúfǎ lā kāi.
	Cannot draw.
10. 都護 dūhù	駐守 在 邊塞地區 的 軍事 長 Zhùshǒu zài biānsài dìqū de jūnshì zhǎng 官，統領軍政 大權。 guān, tǒnglǐng jūnzhèng dàquán.
	Colonel. Here this word refers specifically to the high-ranked military official who superintended the garrison in the borderland.
11. 著 zhuó	穿。 Chuān.
	To wear.
12. 瀚海 hàn hǎi	大 沙漠。 Dà shāmò.
	Big desert.

13. 闌干 lán gān	縱 橫。 Zōnghéng.
	Ccriss-cross.

14. 百 丈 bǎi zhàng	一百 丈 那麼 地 深， 形 容 冰 層 Yībǎi zhàng nàme dì shēn, xíngróng bīngcéng 很 厚。 hěn hòu.
	Zhàng is a unit in Chinese lineal measurement slightly longer than ten feet. It is used to say the ice is so thick.

15. 中 軍 zhōngjūn	由 主 帥 親自 帶領 的 軍隊，這裡 是 Yóu zhǔshuài qīnzì dàilǐng de jūnduì, zhèlǐ shì 指 主 帥 的 營 帳。 zhǐ zhǔshuài de yíngzhàng.
	The troop personally led by the commander in chief. Here it means the Commander's tent.

16. 轅 門 yuánmén	古時 候 的 軍營，會 用 兩 部 車 的 Gǔshíhòu de jūnyíng, huì yòng liǎng bù chē de 車 轅 互相 交 叉，做 為 軍 營 的 chēyuán hùxiāng jiāochā, zuòwéi jūn yíng de 門。 mén.
	The makeshift entrance of a military camp made up with two carts facing each other. There were two shafts sticking out from a cart to harness the team who pulled it. When the four shafts of the two carts cross, they could form an arch. This idea saved lots of labor of building one and demolishing it when the camp needed to move to another position out of tactical reasons.

17. 掣 chè	扯 動。 Chědòng.
	To pull.
18. 輪臺 Lúntái	地 名，在 現在的新疆 境內。 Dì míng, zài xiànzài de Xīnjiāng jìngnèi.
	A place name. it is located in today's Xīnjiāng.

翻譯
Fānyì

北 風 呼呼地吹，席捲著 大地，原野 上 的 白草 紛
Běifēng hūhū de chuī, xíjuǎnzhe dà dì, yuányě shàng de báicǎo fēn

紛 都 被 吹 折 倒地，
fēn dōu bèi chuīzhé dǎodì,

西北 邊 塞 地區的氣候 寒 冷，在 八月 就已經 開始下
xīběi biānsài dìqū de qìhòu hánlěng, zài bāyuè jiù yǐjīng kāishǐ xià

起了大雪。
qǐ le dàxuě.

樹 上 積的白雪，就 好 像 春 風 忽然 在一夜之
Shù shàng jī de báixuě, jiù hǎoxiàng chūnfēng hūrán zài yí yè zhī

間 吹 來，
jiān chuī lái,

使 得 千萬棵樹 上 開 滿了白色的梨花 一樣。
shǐ de qiānwàn kē shù shàng kāimǎn le báisè de lí huā yíyàng.

那 飄舞 的 雪花，飛散 進 珠簾，沾 濕了絲綢 所製
Nà piāowǔ de xuěhuā, fēisàn jìn zhūlián, zhānshī le sīchóu suǒ zhì

的幕帳。
de mùzhàng.

即使穿上狐狸皮的大衣也不夠溫暖，蓋上
Jíshǐ chuān shàng hú lí pí de dà yī yě búgòu wēnnuǎn, gàishàng

錦鍛做的被子，也還是覺得寒冷。
jǐnduàn zuò de bèizi, yě háishì juéde hánlěng.

將軍的獸角硬弓被凍得拉不開，
Jiāngjūn de shòujiǎo yìnggōng bèi dòng de lā bù kāi,

都護的鎧甲冷到無法穿在身上。
dūhù de kǎijiǎ lěngdào wúfǎ chuān zài shēnshàng.

浩瀚無邊的沙漠上，縱橫交錯凝結著百
Hàohànwúbiān de shāmò shàng, zōnghéng jiāocuò níngjiézhe bǎi

丈厚的冰雪，
zhàng hòu de bīngxuě,

厚厚的雲層聚集在萬里無邊的天空裡，使人
hòuhòu de yúncéng jùjí zài wàn lǐ wúbiān de tiānkōng lǐ, shǐ rén

看了也覺得憂愁。
kàn le yě juéde yōuchóu.

在主帥的營帳裡設下酒席爲即將返鄉的
Zài zhǔshuài de yíngzhàng lǐ shèxià jiǔxí wèi jíjiāng fǎn xiāng de

朋友送行，
péngyǒu sòngxíng,

樂師拉起胡琴，彈奏著琵琶，吹響羌笛。
yuèshī lā qǐ húqín, tánzòuzhe pípá, chuīxiǎng qiāngdí.

到了黃昏的時候，軍營門外的大雪紛紛，
Dàole huánghūn de shíhòu, jūnyíng mén wài de dàxuě fēnfēn,

飄灑在風中，
piāozǎ zài fēng zhōng,

就算　強風不停地吹著，那紅色的軍旗早已
jiù suàn qiángfēng bùtíng de chuīzhe, nà hóngsè de jūnqí zǎo yǐ

結凍，不會翻動。
jiédòng, búhuì fān dòng.

在輪臺的東門城外，我們　送你回去故鄉，
Zài Lúntái de dōngmén chéng wài, wǒmen sòng nǐ huíqù gùxiāng,

放眼望去，白茫茫的大雪已經掩蓋了天
fàng yǎn wàng qù, báimángmáng de dàxuě yǐ jīng yǎngài le Tiān

山的道路。
Shān de dàolù.

山路彎曲迂迴，很快地就看不見你的身影，
Shānlù wānqū yūhuí, hěn kuài de jiù kàn bú jiàn nǐ de shēnyǐng,

只在雪地上留下馬蹄的腳印蹤跡。
zhǐ zài xuědì shàng liúxià mǎ tí de jiǎoyìn zōngjī.

Line by line analysis:

❶ The poem begins with the bringer of the intolerable coldness-north wind. It attacked the borderland strongly. The white color of grasses looked liveless.

❷ Anyone from central China might speculate that it was a description of a year-end scenery, but it was actually mid-autumn. The North was always colder.

❸ ❹ The poet used the image of pear blossoms as a metaphor for snow-the snow covered everything in one night, and the white snow piled on the bare branches looked like blooming pear blossoms. The winter scene could be confused with a spring scene in a pear orchard.

⑤ The coldness seeped into the ornate tent of the high military officials.

⑥ Those officials soon discovered that the expensive clothes and quilts could do little to protect them from the unimaginable coldness on battle-fronts.

⑦ The bow of horn was frozen, so even the general could not draw it.

⑧ The armor had turned icy cold, and yet the official still had to wear it.

⑨ The poet shifted the focus from what the coldness did inside the tent to what it did outside the camp-the big Gobi Desert was covered in ice.

⑩ The dark masses of clouds kept gathering. They made the snow continue to fall, and made the temperature even lower by blocking more sunlight.

⑪ ⑫ The poet resumed the scene in the tent and narrated the farewell feast held there. The addressee of this poem was among those who were leaving. The exotic music helped create a merry mood there.

⑬ ⑭ The "camera" moved again outside the camp. The snow was still fall-ing. The wind was so freezing that even the flags got frozen up when they were "in the middle of fluttering."

⑮ ⑯ The poet started to talk about how he saw off his friend. He did not talk about how he felt, but about what he saw-the mountain had turned completely white, covered in snow.

⑰ The path in the mountain was a winding one, so people could easily van-ish behind the cliff.

⑱ The friend was gone. The poet involuntarily cast his eye on the only trace of human warmth in this cold and colorless world-the hoofprints of the horse his friend was riding. Beside this there was only void.

賞析
Shǎngxī

這 是 岑 參 在 軍 中 送 他 的 同事 武 判官
Zhè shì Cén Shēn zài jūn zhōng sòng tā de tóngshì Wǔ pànguān

回　長安所寫的詩，詩中　除了　送別之外，更
huí Cháng'ān suǒ xiě de shī,　shī zhōng chúle sòngbié zhī wài, gèng

著重　在描寫嚴寒的邊塞雪景。雖然才是
zhuózhòng zài miáoxiě yánhán de biānsài xuějǐng.　Suīrán cái shì

秋天的八月，但北方的天氣已經是大雪紛飛，這
qiūtiān de bāyuè,　dàn běifāng de tiānqì yǐ jīng shì dàxuě fēnfēi, zhè

是居住在南方的人們無法想　像的。雪景　雖
shì jūzhù zài nánfāng de rénmen wúfǎ xiǎngxiàng de.　Xuějǐng suī

像繁花　盛開般地美麗，但天氣寒冷到皮衣
xiàng fánhuā shèng kāi bān de měilì,　dàn tiānqì hánlěng dào pí yī

不能保暖、棉被不能禦寒、弓箭拉不開、鐵甲
bùnéng bǎonuǎn, miánbèi bùnéng yùhán,　gōngjiàn lā bù kāi, tiě jiǎ

難穿，軍中的生活因此變得更加艱苦了。
nán chuān, jūn zhōng de shēnghuó yīn cǐ biàn de gèng jiā jiānkǔ le.

朋友能回到京城，是值得高興的事，軍
Péngyǒu néng huí dào Jīngchéng, shì zhídé gāoxìng de shì,　jūn

中的主帥特別擺設酒席爲他餞別，但對不能
zhōng de zhǔshuài tèbié bǎishè jiǔxí wèi tā jiànbié, dàn duì bù néng

回去的人而言，心中的感覺是複雜而感傷　的。
huíqù de rén ér yán,　xīnzhōng de gǎnjué shì fù zá ér gǎnshāng de.

最後　眾人目送朋友離去，直到看不見他的
Zuìhòu zhòngrén mùsòng péngyǒu lí qù,　zhídào kàn bù jiàn tā de

身影時，仍捨不得離去，望著　雪地裡馬蹄留下的
shēnyǐng shí, réng shěbùdé líqù,　wàngzhe xuědì lǐ mǎ tí liú xià de

腳印，悵然不已。全詩在時間的安排上　順序
jiǎoyìn, chàngrán bù yǐ. Quán shī zài shíjiān de ānpái shàng shùnxù

井然，主題 明確，就 像 是一部 動人 的 影片，
jǐngrán, zhǔ tí míngquè, jiù xiàng shì yí bù dòngrén de yǐngpiàn,

充 滿 了雪 地 裡 奇特的 風 景 畫 面。
chōngmǎn le xuě dì lǐ qí tè de fēngjǐng huàmiàn .

Overal analysis:

The poet wrote this poem when he was seeing off his colleague, Wǔ Pàn'guān, who was going back to Cháng'ān. Beside the scene of parting, the poem also stresses the depiction of the exceptionally cold snow scenery in the autumn of the North, which was an incredible wonder for any southerner. The beauty of the flying snow rivaled that of the pear trees inf full bloom, but only the eyes were happy with the snow; the severe cold had proven the fur coats, quilts, bows useless and the armor a pain to wear, and made the military life there more difficult. It should be a good piece of news for the poet that his friend was returning to his warm home-that was why the commander-in-chief gave them a feast-but he felt ambivalent about it since he himself had to stay. He was happy to know the good days were coming to his friend, but more sad to realize that the good days were not coming to him-he still had to endure the rigorous weather. In the end, they saw the friend and other people off, and finally exchanged goodbyes on a mountain path covered in snow. He seemed reluctant to leave even where his friend had gone out of sight. He stared at the prints on the white snow, thinking about destiny, feeling lost. The description of scenes and narration of events are arranged pretty orderly in this poem. With a concrete theme, this poem becomes a well-made documentary, which records a selection of wonderful snow scenes and has a pregnant ending.

詩人小傳
shīrén xiǎo zhuàn

1. 王 維
Wáng Wéi

王 維（西元七〇一年～七六
Wáng Wéi (Xīyuán qī líng yī nián ~ qī liù

一 年），字 摩 詰。自 小 聰 明，
yī nián)，zì Mójié. Zì xiǎocōngmíng,

文 學 天 分 很 高，九 歲 就 開 始
wénxué tiānfèn hěn gāo, jiǔ suì jiù kāishǐ

創 作 文 章。安 史 之 亂 時，
chuàngzuò wénzhāng. Ān Shǐ zhī luàn shí,

他 被 安 祿 山 俘 虜，擔 任 官 職，
tā bèi Ān Lùshān fúlǔ, dānrèn guānzhí,

等 到 戰 亂 平 定 時，差 點
děngdào zhànluàn píngdìng shí, chādiǎn

因 此 獲 罪 下 獄，幸 好 他 曾 寫 詩 表 達 忠 於
yīncǐ huò zuì xià yù, xìnghǎo tā céng xiě shī biǎodá zhōng yú

朝 廷 的 心 志，才 免 除 了 刑 罰。晚 年 隱 居 在 輞
cháotíng de xīnzhì, cái miǎnchú le xíngfá. Wǎnnián yǐnjū zài Wǎng

川 的 別 墅，和 裴 迪 等 人 往 來，寫 詩 爲 樂，
chuān de biéshù, hàn Péi Dí děng rén wǎnglái, xiě shī wéi lè,

過 著 平 淡 的 生 活。因 爲 詩 中 常 富 含 佛 學
guòzhe píngdàn de shēnghuó. Yīnwèi shī zhōng cháng fùhán fóxué

的 道 理，所 以 有「詩 佛」的 稱 號。
de dàolǐ, suǒyǐ yǒu " Shī Fó" de chēnghào.

Wáng, Wéi (701-761), the courtesy name is Mójié. At the young age of twenty-one, he managed to pass the examination to become an officer serving in the imperial palace, with a mark higher than everyone else. However, he got involved in some political entanglements and was banished from the court until the age of thirty-five. During the Great Rebellion of Ān Lùshān and Shǐ Sīmíng, Ān Lùshān caught Wáng and forced him to serve in the rebellious court. As a result, Wáng was to be executed as a traitor after the rebellion was put down. Luckily for Wáng, some of his poems were discovered and were found teeming with patriotic fervor for the Táng court, so Wáng was acquitted and restored to his position. Later, he was promoted to the position of Shàng shū Yòuchéng, so the world began to call him Wáng Yòuchéng.

2. 王昌齡
WángChānglíng

王昌齡（西元六九八年
Wáng Chānglíng（xīyuán liù jiǔ bā nián

～七六五年），字少伯。
~ qī liù wǔ nián）, zì Shàobó.

擅長寫邊塞詩，尤其以
Shàncháng xiě biānsàishī, yóuqí yǐ

七言絕句最被人稱讚，有
qīyán juéjù zuì bèi rén chēngzàn, yǒu

「詩家夫子」的稱號。晚年
"Shījiā Fūzǐ" de chēnghào. Wǎnnián

時因有感於世局混亂，所以
shí yīn yǒu gǎn yú shìjú húnluàn, suǒyǐ

辭官返回故鄉，不幸遭奸人忌妒殺害。
cí guān fǎnhuí gùxiāng, búxìng zāo jiānrén jì dù shāhài.

Wáng, Chānglíng (698-765), the courtesy name is Shàobó. He was good at writing the "frontier" poetry, especially renowned for his quatrains of heptasyllabic lines. He was known by his contemporaries as Shījiā Fūzǐ (master in the school of poetry). He served in the court for many years. When he was old, he resigned so as to avoid the turbulence of the politics then. Nevertheless, he was still killed by another courtier who hated him.

3. 王之渙
Wáng Zhī huàn

王 之 渙 （ 約 西 元 六 九 五
Wáng Zhīhuàn (yuē xīyuán liù jiǔ wǔ

年 ～ 七 四 二 年 前 後 ）， 年 輕
nián ~ qī sì èr nián qiánhòu) , niánqīng

時 有 俠 義 的 風 範 ，不 喜 歡
shí yǒu xiá yì de fēngfàn , bù xǐhuān

追 求 功 名 。 中 年 之 後
zhuīqiú gōngmíng . Zhōngnián zhīhòu

開 始 致 力 於 詩 文 的 寫 作 ，和
kāishǐ zhì lì yú shīwén de xiězuò , hàn

岑 參 、 王 昌 齡 齊 名 ，
Cén Shēn , Wáng Chānglíng qímíng ,

詩 作 內 容 大 多 以 邊 塞 戰 爭 爲 主 ， 充 滿 積
shīzuò nèiróng dàduō yǐ biānsài zhànzhēng wéi zhǔ , chōngmǎn jī

極 進 取 的 態 度 。可 惜 作 品 大 多 失 傳 ，僅 留 下 六 首
jí jìnqǔ de tàidù . Kěxí zuòpǐn dàduō shīchuán , jǐn liúxià liù shǒu

絕 句 。
juéjù .

Wáng, Zhīhuàn (695-742), was a special poet in that he did not have many political ambitions when his was young, and instead he was quite fond of chivalry and helping people. When he was in his middle age, he started to devote himself to poetry writing and rose to fame as a poet. He, Wáng Chānglíng and Cén Shēn enjoyed equal fame as the "frontier" poets. He particularly loved to portray the frontier scenery with a positive attitude, so he was very popular. However, only six of his quatrains can be found now although he was supposed to be productive at that time.

4. 王翰
WángHàn

王　翰（約西元六八七年～
Wáng Hàn (yuē xīyuán liù bā qī nián ~

七二六年　前後），字子羽。
qī èr liù nián qiánhòu)，zì Zǐ yǔ .

年輕時個性豪邁，喜歡喝
Niánqīng shí gèxìng háomài，xǐhuān hē

酒，擅長寫邊塞詩，作品
jiǔ，shàncháng xiě biānsàishī，zuòpǐn

中充滿奔放的感情。因
zhōng chōngmǎn bēnfàng de gǎnqíng . Yīn

受到當時宰相張説的
shòudào　dāngshí zǎixiàng Zhāng Yuè de

賞識，在朝作官，但他豪放而不拘小節的
shǎngshì，zài cháo zuò guān，dàn tā háofàng ér bù jū xiǎojié de

個性，得罪了不少人，後來被貶爲道州司馬，
gè xìng，dézuì le bù shǎo rén，hòulái bèi biǎnwéi dàozhōu sīmǎ，

死於任內。
sǐ yú rènnèi .

Wáng, Hàn (687-726), the courtesy name is Zǐyǔ. When he was young, he was bold and generous, loved to drink and write the "frontier" poems, which were expressive and unrestrained. Recognized by the chancellor Zhāng Yuè, he served in the court. Nevertheless, his bold and unrestrained personality made him many enemies. Finally, he was relegated to a remote place and died there.

5. 王 勃
Wáng Bó

王 勃（西元 六 五 ○ 年～六 七 五
Wáng Bó (xīyuán liù wǔ líng nián ~ liù qī wǔ

年 ），字子安，他是 唐代 初 年
nián) , zì Zǐān , tā shì Tángdài chū nián

傑出的 年 輕 詩人。六 歲就 能
jiéchū de niánqīng shīrén . Liù suì jiù néng

寫 文章，十二歲時以神 童
xiě wénzhāng , shíèr suì shí yǐ shén tóng

身 分 被推薦到 朝 廷，後來因
shēnfèn bèi tuījiàn dào cháotíng , hòulái yīn

寫 文章 諷刺王室 鬥 雞，被
xiě wénzhāng fèng cì wángshì dòu jī , bèi

廢 官職。二十六歲時在 前 往 廣 東 的 途中
fèi guānzhí . Èrshíliù suì shí zài qiánwǎng Guǎngdōng de túzhōng

發 生 船 難，受 到 驚嚇 導 致 生 病 而 過世。
fāshēng chuánnàn , shòudào jīngxià dǎozhì shēngbìng ér guòshì .

Wáng, Bó (650-675), the courtesy name as Zǐ'ān, was an outstanding young poet in the early Táng Dynasty. He could write an article at six, and was commended to the court as a child prodigy. Later, he wrote an article to criticize the royal family for cockfighting, so he irritated them and was expelled from the court. When he was 26, he embarked on a ship to Guǎngdōng Province, but the ship was wrecked halfway. He was badly terrified by the shipwreck, so his physical conditions worsened steeply, and he died shortly.

6.白居易
Bái Jū yì

白居易（西元七七二年～八四
Bái Jūyì (xīyuán qī qī èr nián ~ bā sì

六年），字樂天。五、六歲就開始
liù nián) , zì Lètiān . Wǔ , liù suì jiù kāishǐ

學作詩，長大以後更是認眞
xué zuò shī , zhǎngdà yǐhòu gèng shì rènzhēn

讀書，讀到舌頭都長了瘡，
dúshū , dúdào shétou dōu zhǎngle chuāng ,

手肘都磨出了厚繭。在朝作
shǒuzhǒu dōu móchūle hòujiǎn . Zài cháo zuò

官時，因爲不願意參與黨派的
guān shí , yīnwèi bú yuànyì cānyù dǎngpài de

鬥爭，自動要求到杭州擔任太守，勤政
dòuzhēng , zìdòng yāoqiú dào Hángzhōu dānrèn tàishǒu , qínzhèng

愛民，受到百姓愛戴。他的詩平易近人，連老婦人
àimín , shòudào bǎixìng àidài . Tā de shī píngyìjìnrén , lián lǎofùrén

都聽得懂。晚年常往來於香山寺，自號
dōu tīng de dǒng . Wǎnnián cháng wǎnglái yú Xiāngshān Sì , zì hào

香山居士，又因爲喜歡喝酒作詩，自號醉吟
Xiāngshān Jūshì , yòu yīnwèi xǐhuān hē jiǔ zuò shī , zì hào Zuì Yín

先生。
Xiānsheng .

Bái, Jūyì (772-846), the courtesy name is Lètiān. He started to learn how to write poems since he was five or six; when grown-up, he studied even harder, so hard that he grew a boil on his tongue and developed a callus on his elbow. When he served in the court, he volunteered to be relegated to Hángzhōu to avoid the partisan clashes. In Hángzhōu, he was respected and loved by the people for his hard work and genuine care for them. His poetry featured simple language and down-to-earth contents, so his poems were praised as "even the uneducated old ladies can understand." When old he frequented Xiāngshān Temple and called himself Xiāngshān Jūshì (the Retired Scholar of Xiāngshān), and he also named himself Zuì Yín Xiānsheng (the man who is reciting drunk) for his loved drinking and writing poems.

7. 元 稹
Yuán Zhěn

元　稹（西元七七九年～八三
Yuán Zhěn（xī yuán qī qī jiǔ nián ~ bā sān

一年），字微之。他成名的時
yī nián），zì wéi zhī . tā chéng míng de shí

間比較晚，快三十歲時才到
jiān bǐ jiào wǎn , kuài sān shí suì shí cái dào

河南去作官，可惜妻子卻在這
hé nán qù zuò guān , kě xí qī zǐ què zài zhè

時候去世，元稹因不能趕
shí hòu qù shì , yuán zhěn yīn bù néng gǎn

回長安見她最後一面而無
huí cháng ān jiàn tā zuì hòu yí miàn ér wú

比傷心，著名的「遣悲懷」，就是在這時期
bǐ shāng xīn , zhù míng de qiǎn bēi huái , jiù shì zài zhè shí qí

的 作 品。他 和 白 居 易 一 起 提 倡 反 映 社 會 生 活
de zuò pǐn . tā hàn bái jū yì yì qǐ tíchàng fǎnyìng shèhuì shēng huó

的 通 俗 詩 歌，得 到 廣 泛 的 支 持，兩 人 齊 名，
de tōng sú shī gē , dé dào guǎng fàn de zhī chí , liǎng rén qí míng ,

時 稱 「元 白」。
shí chēng yuán bái .

Yuan, zhen (779-831), the courtesy name as Wei-zhi. He went to Henan to be an official. He became famous later, near 30 years old. His wife passed away at this time, Yuan was very sad because he could not return back to Chang-An to see her for the last time. His famous poem: "qiǎn bēi huái" (expressing grief and to cherish the memory with his wife) was just the composition at that period. Yuan and Bi, Juyi advocated general public poetry to express social life together and received extensive support. These two people have are equally famous; called ""Yuan-Bi".

8. 李白
Lǐ Bái

李 白（西 元 七 〇 一 年 ～ 七 六 二
Lǐ Bái (xīyuán qī líng yī nián ~ qī liù èr

年），字 太 白，號 青 蓮 居 士。
nián) , zì Tàibái , hào Qīng Lián Jūshì .

他 的 個 性 豪 放 喜 歡 喝 酒，年 輕
Tā de gèxìng háofàng xǐhuān hē jiǔ , niánqīng

時 四 處 遊 歷，曾 學 習 劍 術，
shí sìchù yóulì , céng xuéxí jiànshù ,

有 俠 士 的 風 範。他 在 京 城
yǒu xiáshì de fēngfàn . Tā zài Jīngchéng

長　安　時，賀　知　章　讀了他的作品，讚美他就
Cháng'ān shí , Hè Zhīzhāng dúle tā de zuòpǐn , zànměi tā jiù

像　天　上　的　仙　人　下　凡　一　樣，所以　有「詩　仙」
xiàng tiānshàng de xiānrén xiàfán yíyàng , suǒyǐ yǒu " Shī Xiān "

的　稱　號。他一度在　朝廷　中　擔任官職，卻因
de chēnghào . Tā yídù zài cháotíng zhōng dānrèn guānzhí , què yīn

得罪　宦　官　高　力士，無法被　重　用，只好辭　官
dézuì huànguān Gāo Lìshì , wúfǎ bèi zhòngyòng , zhǐhǎo cí guān

離開　長　安。他的作品　充　滿　了　浪　漫　的思想，
líkāi Cháng'ān . Tā de zuòpǐn chōngmǎn le làngmàn de sīxiǎng ,

和　他不　受　拘束的性格　相　符合。
hàn tā bú shòu jūshù de xìnggé xiāng fúhé .

Lǐ, Bái or Lǐ, Bó(701-762), the courtesy name as Tàibái, the pseud-onym as Qīng Lián Jūshì (Green Lotus Retired Scholar), is known to the Western world by the older transliteration Li Po. His birth-place is said to be located in what is today the Kyrgyz Republic. He became fervent in Taoist thoughts, like seclusion and freedom, at a pretty young age, when he decided to practice swordsman-ship and befriend those xiákè (chivalrous people who are adept in martial arts and help people in need from time to time but refuse to get earthly rewards, usually leading a free life and not comply-ing with conventions). He left his home, Sìchuān Province, at 25 to peregrinate the Empire, and did not get to the capital, Cháng'ān City, until he turned 40, when he went there with a friend. Before long, an important official Hè Zhīzhāng read his poems and loved his talent so much that he called the poet as "Deity Relegated from the Heaven," hence the world started to call him Shī Xiān (The Deity of Poets). With Hè's recommendations, he had the chance to serve in the court as Hànlín Gōngfèng (could be roughly under-stood as the official who is talented in at least a form of arts so he can entertain the Emperor), but his haughty personality made him a bad friend in the court. As a result, he could not but leave the capital and began to lead a vagrant life. In order to save himself from the frustration, he let himself indulge in drinking, singing and journeying. During the Rebellion of Ān Lùshān and Shǐ Sīmíng, he helped Yǒng Wáng (name as Lǐ Lín, brother of Emperor Sù) vie for the throne with Emperor Sù, but they failed. The winning party punished him by exiling him to Yèláng (a small ancient country in the southwest of Modern China). Fortunately, the punishment was remitted when the poet was on his way there. In the last part of his life he enjoyed himself in Ānhuī Province. He died of illness in Dāngtú, Ānhuī.

9.李商隱
Lǐ Shāng yǐn

李商隱（西元八一三年～八五
Lǐ Shāngyǐn（xīyuán bā yī sān nián ~ bā wǔ

八年），字義山。在朝作官
bā nián），zì Yìshān. Zài cháo zuò guān

時因爲捲入了黨派的紛爭之
shí yīnwèi juǎnrù le dǎngpài de fēn zhēng zhī

中，所以遭人排擠，無法獲得
zhōng，suǒyǐ zāo rén páijǐ，wú fǎ huòdé

重用。内心苦悶的他，寫下
zhòngyòng. Nèixīn kǔmèn de tā，xiěxià

許多詩意曲折而哀傷的詩。他
xǔduō shīyì qūzhé ér āishāng de shī. Tā

的抒情詩文字優美，帶有浪漫的色彩，對後來
de shūqíng shī wénzì yōuměi，dàiyǒu làngmàn de sècǎi，duì hòulái

的 詩 人 影 響 很 深 。
de shīrén yǐngxiǎng hěn shēn .

Lǐ, Shāngyǐn (813-858), the courtesy name is Yìshān. He was involved into partisan clashes when he served in the court. Many other courtiers got in his way of promotion and, as a result, he never fulfilled any political ambitions of his. Feeling destroyed, he wrote many intricate sad poems. His poems were highly lyrical, expressive and romantic; his language was notably opaque and embellished. His new style had a profound impact on Chinese poetry since then.

10.李益
Lǐ Yì

李益（西元 七四九 年 ～八二九
Lǐ Yì (xīyuán qī sì jiǔ nián ~ bā èr jiǔ

年 ）， 字君虞， 曾 經 放棄 官 職
nián) , zì Jūnyú , céngjīng fàngqì guānzhí

到 河北 一 帶 遊歷， 後來 擔任 幽
dào Héběi yí dài yóulì , hòulái dānrèn Yōu

州 節度使 的 從事官。他在 邊 塞
zhōu jiédùshǐ de cóngshìguān . Tā zài biān sài

地區 居住了 十 年 之久，所以 寫了 不
dìqū jūzhù le shí nián zhī jiǔ , suǒyǐ xiěle bù

少 邊塞詩， 描 寫 邊塞的 風景
shǎo biānsàishī , miáo xiě biānsài de fēngjǐng

及 守 邊 將士 的 心情。
jí shǒu biān jiàngshì de xīnqíng .

Lǐ, Yì (749-829), the courtesy name as Jūnyú, gave up his official post and peregrinated around Héběi Province. Later, he served for a frontier military governor who was in charge of Yōuzhōu. He lived near the frontier for ten years, and wrote many "frontier" poems to portray the scenery and the feelings shared by the soldiers who stayed there.

11. 杜甫
Dù Fǔ

杜甫（西元七一二～七七〇
Dù Fǔ (xīyuán qī yī èr ~ qī qī ling

年），字子美，號杜陵布衣，又
nián), zì Zǐměi, hào Dùlíng Bùyī, yòu

稱　少陵野老。年輕時家境
chēng Shàolíng Yělǎo. Niánqīng shí jiājìng

貧窮，到了長安又沒有考
pínqióng, dàole Cháng'ān yòu méiyǒu kǎo

上　科舉，於是在山東一帶
shàng kējǔ, yúshì zài Shāndōng yí dài

流浪了八、九年，認識了李白
liúlàng le bā, jiǔ nián, rèn shì le Lǐ Bái

等　詩人。安史之亂時，在四川擔任工部
děng shīrén. Ān Shǐ zhī luàn shí, zài Sìchuān dānrèn gōngbù

員外郎，所以後世稱他為「杜工部」。後來
yuánwàiláng, suǒyǐ hòushì chēng tā wéi "Dù Gōng bù". Hòulái

因正直的個性得罪了皇帝而丟了官職，晚年
yīn zhèngzhí de gèxìng dézuìle huángdì ér diūle guānzhí, wǎnnián

過著隱居的生活。他的詩作記錄了唐代由
guòzhe yǐnjū de shēnghuó. Tā de shīzuò jìlù le Tángdài yóu

盛　而衰的轉變，反映了社會現實，所以被
shèng ér shuāi de zhuǎnbiàn, fǎnyìng le shèhuì xiànshí, suǒyǐ bèi

稱　為「詩史」。作品與李白齊名，世人尊稱他
chēngwéi "Shī Shǐ". Zuòpǐn yǔ Lǐ Bái qímíng, shìrén zūnchēng tā

為「詩　聖」。
wéi "Shī Shèng".

Dù, Fǔ (712-770), the courtesy name as Zǐměi, was a culmination in Táng poetry. Born to a humble family, he was weak and quite prone to illness as a child; however, he studied hard and managed to show his talent for literature at a young age, when he and his work had been widely appreciated and loved by many figures in the literary circle. Like many knowledgeable young men at his time, he also took the civil service exam, but unfortunately he failed. After such frustration, he went on a journey within Héběi and Shāndōng Provinces, and did not return to Cháng'ān, the capital of the Great Táng Empire, until he turned 35. That was not the end of his hardship, however, since he still did not have a chance to serve in the court and, as a result, barely had any income. Spending many years living among the ordinary people, he was adept at providing a good picture of the everyday life led by the common folk and of the ups and downs of the Táng Dynasty, which won him the name Shī Shǐ (The Historian of Poets). The sympathetic spirit reflecting his love and compassion for humankind embodied in his works, on the other hand, won him the name Shī Shèng (The Saint of Poets). During The Rebellion of Ān Lùshān and Shǐ Sīmíng, he was working for Táng Sù Zōng (The Emperor Sù of Táng Dynasty) for a while in Gōngbù (which could roughly be understood as the Office of Construction), so he was sometimes referred to as Dù Gōngbù, too. Later, he decided to resign and set off to Chéngdū, Sìchuān Province, built a thatched hut there, and led the rest of his life in solitude and poverty.

12.杜牧
Dù Mù

杜 牧（西 元 八 ○ 三 年～八 五 二
Dù Mù（xīyuán bā ling sān nián ~ bāi wǔ èr

年），字 牧 之，是 唐 代 晚 期 著
nián），zì Mùzhī，shì Tángdài wǎnqí zhù

名 的 詩 人。他 才 華 洋 溢，爲 人
míng de shīrén．Tā cáihuá yángyì，wéi rén

不 拘 小 節，加 上 個 性 剛 直，所 以
bù jū xiǎojié，jiāshàng gèxìng gāngzhí，suǒyǐ

在 朝 廷 受 到 排 擠，一 度 離 開
zài cháotíng shòudào páijǐ，yí dù lí kāi

京 城 到 揚 城 去，流 連 在
Jīngchéng dào Yáng Chéng qù，liúlián zài

酒 樓 等 聲 色 場 所 之 間。由 於 生 活 的 不 如 意，
jiǔlóu děng shēngsèchǎngsuǒ zhī jiān．Yóuyú shēnghuó de bù rúyì，

他 的 作 品 常 常 帶 有 憂 傷 的 情 緒， 充 滿
tā de zuòpǐn chángcháng dàiyǒu yōushāng de qíngxù， chōngmǎn

對 人 生 的 感 慨。
duì rénshēng de gǎnkǎi．

Dù, Mù (803-852), the courtesy name as Mùzhī, was born in the last period of Táng Dynasty. Witnessing the decline of the Empire, he was ambitious in politics since he was very young. He showed great care about the imperial affairs of Táng; for example, he wrote the masterpiece Ē Fáng Gōng Fù (A Rhyme-Prose on Ēfáng Palace) at the age of 23 for the Emperor, describing the fall of the Great Qín Empire (roughly a thousand years earlier), in a hope to persuade the Emperor to refrain from indulgence in pleasures. His upright personality earned him a number of political enemies, leading to his self-indulgent attitude toward life. He even became famous as a regular brothel-goer later in his life. In his forties he worked as Zhōngshū Shèrén (can be understood as the official in charge of documents like edicts and memorials), and lived in Fánchuān Villa to the south of Cháng'ān City, the capital, hence he was sometimes referred to as Dù Fánchuān.

13. 岑 參
Cén Shēn

岑 參 （西元七一五年～七七○
Cén Shēn（xīyuán qī yī wǔ nián～qī qī líng

年），早年 家境貧苦，刻苦讀書，
nián），zǎonián jiājìng pínkǔ，kèkǔ dúshū,

至 三十歲才 考上 進士。他 因為
zhì sānshí suì cái kǎoshàng jìnshì. Tā yīnwèi

個性 剛直得罪了權貴，離開
gèxìng gāngzhí dézuì le quánguì， lí kāi

京 城。後來跟隨軍隊到 新疆
Jīngchéng. Hòulái gēnsuí jūnduì dào Xīnjiāng

地區，擔任 判官，在陝西、甘肅
dìqū， dānrèn pànguān， zài Shǎnxī，Gānsù

等 邊塞地區生 活了十多 年。所以他的 詩，
děng biānsài dì qū shēnghuó le shí duō nián. Suǒyǐ tā de shī,

常 常 描寫 邊塞的 風景及軍旅的 生 活，
chángcháng miáoxiě biānsài de fēngjǐng jí jūnlǚ de shēnghuó,

充 滿 壯士 征 戰的 豪情，是 著名的
chōngmǎn zhuàngshì zhēngzhàn de háoqíng， shì zhùmíng de

邊 塞 詩人。
biānsài shīrén.

Cén, Shēn (715-770) was born to a humble family. He studied hard but he did not pass the imperial examination until he turned 30 years old. However, he was soon expelled from the capital because his outspoken personality offended many of those who had power. Since then, he followed the Chinese troops to northwestern China as a military assistant, and spent almost ten years around the frontier areas, which are the present-day Gānsù and Shǎnxī (Shaanxi). Therefore, his poems mainly deal with the frontier landscape and military life, imbued with the heroic spirit of those fighters. He was among the most famous "frontier poets."

14. 孟浩然
Mèng Hào rán

孟 浩 然 （西 元 六 八 九 年 ～ 七
Mèng Hàorán (xīyuán liù bā jiǔ nián ~ qī

四 ○ 年 ） 。 年 輕 時 過 著 耕
sì líng nián) . Niánqīng shí guòzhe gēng

讀 的 生 活 ，四 十 歲 時 才 到
dú de shēnghuó , sì shí suì shí cái dào

京 城 遊 歷，可 惜 參 加 科 舉 考 試
Jīngchéng yóulì , kěxí cānjiā kējǔ kǎoshì

沒 有 考 上 。原 本 有 人 想
méiyǒu kǎoshàng . Yuánběn yǒu rén xiǎng

推 薦 他 到 朝 廷 作 官 ，但 他
tuījiàn tā dào cháotíng zuò guān , dàn tā

卻 因 爲 和 朋 友 喝 酒 作 詩 而 耽 誤 了 約 定 的
què yīnwèi hàn péngyǒu hē jiǔ zuò shī ér dānwùle yuēdìng de

時 間，失 去 了 任 官 的 機 會。後 來 他 回 到 故 鄉 ，
shíjiān , shī qù le rèn guān de jī huì . Hòulái tā huídào gù xiāng ,

繼續過著隱居耕讀的生活，作品大多以描寫
jì xù guòzhe yǐn jū gēngdú de shēnghuó , zuòpǐn dàduō yǐ miáo xiě
田園生活爲主，是盛唐重要的田園
tiányuán shēnghuó wéi zhǔ , shì shèng Táng zhòngyào de tián yuán
詩人。
shīrén .

Mèng, Hàorán (689-740) was a famous poet. He was one of the most important "landscape poets" in Táng Dynasty.   Born at the time when seclusion was highly appreciated, he secluded himself in Mt. Lùmén near Xiāngyáng City, Húběi Province. He not only studied hard for the civil service examination but also let himself enjoy the great landscape there whenever he felt like to. However, he failed the exam when he was forty, an age too old for him to continue the attempt. Once a celebrity liked Mèng Hàorán and intended to introduce him to the influential officials at that time, but when the important day came, Mèng did not show up for he chose to drink and talk about poetry with some of his close friends instead. Although his civil career was unsuccessful, he easily decided to go back to Lùmén to resume his seclusion. To him, communing with Nature seemed to be much more attractive than serving in the court.

15. 孟 郊
Mèng Jiāo

孟 郊（西元七五一年～八一四
Mèng Jiāo（xīyuán qī wǔ yī nián～bā yī sì

年），字東野。年輕時隱居在
nián），zì Dōngyě. Niánqīng shí yǐnjū zài

嵩 山，個性耿直，不善和
Sōng Shān, gèxìng gěngzhí, bú shàn hàn

人交往。他的生活窮困，
rén jiāowǎng. Tā de shēnghuó qióng kùn,

到四十六歲才考上進士，在他
dào sì shíliù suì cái kǎoshàng jìnshì, zài tā

的詩裡常反映了自己愁苦的
de shī lǐ cháng fǎn yìng le zì jǐ chóukǔ de

心情。因為他的詩大多是經過苦思之後再三推敲
xīnqíng. Yīnwèi tā de shī dàduō shì jīngguò kǔsī zhīhòu zàisān tuīqiāo

而成，常流於艱澀冷僻，所以被歸類為怪誕派
ér chéng, cháng liú yú jiānsè lěngpì, suǒyǐ bèi guīlèi wéi guàidànpài

詩人。
shīrén.

Mèng, Jiāo (751-814), the courtesy name is Dōngyě. He secluded
himself in Mt. Sōng when he was young, so he developed an hon-
est, frank and unsociable personality. He led a humble life, and he
did not pass the imperial examination until he turned 46 years old-
the two facts influenced his poetry considerably by adding a sad
tone to it. Unlike other genius poets, he always considered assidu-
ously before he wrote down his work, so his wording was usually
thought to be abstruse and awkward. Thus, he was categorized by
scholars as "freaky poets."

16.柳宗元
Liǔ Zōng yuán

柳 宗 元 （西元七七三 年～
Liǔ Zōngyuán（xīyuán qī qī sān nián～

八 一 九 年），字子厚，是 唐 朝
bā yī jiǔ nián），zì Zǐhòu，shì Tángcháo

著 名 的思想家和 文 學 家。由
zhùmíng de sīxiǎngjiā hàn wénxuéjiā . Yóu

於 捲入了黨 派 的 紛 爭，他被
yú juǎnrù le dǎngpài de fēnzhēng，tā bèi

貶 到 永 州 （湖南）和 柳 州
biǎndào Yǒngzhōu（Húnán）hàn Liǔzhōu

（廣 西） 等 偏 遠 的 地 方 作
（Guǎngxī）děng piānyuǎn de dìfāng zuò

官 ，卻 也 因此有 機會 接觸 到 美麗的 山 水 景色，
guān，què yě yīncǐ yǒu jīhuì jiēchù dào měilì de shān shuǐ jǐngsè，

詩 文 作品 以 描 寫 自然 景 物 爲 主。
shīwén zuòpǐn yǐ miáoxiě zìrán jǐngwù wéi zhǔ .

Liǔ, Zōngyuán (773-819), the courtesy name as Zǐhòu, was an important essay writer and poet in Táng Dynasty. He passed the civil service examination when he was as young as 21, but later he got involved in a political entanglement and thus was relegated to Yǒngzhōu, which was a very remote area, extremely far from the court. Starting at the age of 34, he lived there and wrote out his famous Yǒngzhōu Bā Jì (Eight Narratives About Yǒngzhōu) until he turned 41, when the Emperor summoned him back to the court. However, this time he was demoted again to an even farther area called Liǔzhōu. Although agonized, he still did a great job in ruling this area, and the citizens all loved and venerated him. He died of illness at 47 in that humid, pathogenic area, and people built a temple for him to commemorate this great and well-loved official.

17. 柳中庸
Liǔ zhōng yōng

柳 中 庸 （ 約 七 七 五 年 前
liǔ zhōng yōng (yuē qī qī wǔ nián qián

後 在 世 ） ， 他 是 柳 宗 元 的 姪
hòu zài shì) ， tā shì liǔ zōng yuán de zhí

子 ， 過 世 得 早 ， 僅 有 十 三 首
zǐ ， guò shì de zǎo ， jǐn yǒu shísān shǒu

詩 傳 世 。
shī chuán shì 。

Liu, Zhong-yong (around 775 A.D) was
the nephew of Liu, Zong-Yuan died at
an early age. Only thirteen of his poems
were handed down to posterity.

18. 陳子昂
Chén Zǐ áng

陳 子 昂 （ 西 元 六 六 一 年 ～ 七 〇
Chén Zǐáng (xīyuán liù liù yī nián ~ qī líng

二 年 ） ， 字 伯 玉 ， 幼 年 家 境 富 裕 ，
èr nián) ， zì Bóyù ， yòunián jiājìng fùyù ，

喜 歡 打 獵 遊 戲 ， 直 到 十 八 歲 才
xǐhuān dǎliè yóuxì ， zhídào shíbā suì cái

開 始 認 眞 讀 書 ， 終 於 考 上
kāishǐ rènzhēn dúshū ， zhōngyú kǎo shàng

科 舉 。 曾 兩 次 到 邊 塞 從 軍 ，
kējǔ . Céng liǎng cì dào biānsài cóngjūn ，

後 來 因 爲 意 見 與 主 將 不 合 ，
hòulái yīnwèi yìjiàn yǔ zhǔjiàng bùhé ，

戰 事 結 束 之 後 ， 辭 官 歸 隱 。
zhànshì jiéshù zhīhòu ， cí guān guīyǐn .

Chén, Zǐ'áng (661-702), the courtesy name as Bóyù, was born to an affluent family. In his childhood, he was fond of playing and hunting, and did not have an idea to study hard until he turned 18. Paying much effort, he managed to pass the imperial examination. He joined the army on battlefronts to fight for twice, but he resigned and returned to seclusion when the war ended because he was at odds with his chief commander.

19. 陳 陶
Chén Táo

陳　陶（約西元八一二年～
Chén Táo（yuē xīyuán bā yī er nián ~

八八五年），字嵩伯，曾游
bā bā wǔ nián）, zì Sōngbó, céng yóu

學　長　安，參加科舉考試沒考
xué Cháng'ān, cānjiā kē jǔ kǎoshì méi kǎo

上　，後來過著隱居的　生　活。
shàng, hòulái guòzhe yǐnjū de shēnghuó.

Chén, Táo (812-885), the courtesy name as Sōngbó, left his hometown to study in the capital Cháng'ān, in a hope to pass the imperial examination, but he never made it. He secluded himself for the rest of his life.

20.裴迪
Péi dí

裴迪（約西元七四一年前後
péi dí (yuē xī yuán qī sì yī nián qián hòu

在世），曾隱居終南山，
zài shì) , céng yǐn jū zhōng nán shān ,

和王維等詩人唱和。後
hàn wáng wéi děng shī rén chàng hè . hòu

來擔任蜀州刺史，與杜甫等人
lái dān rèn shǔ zhōu cì shǐ , yǔ dù fǔ děng rén

亦有來往。
yì yǒu lái wǎng .

　　Péi, dí (about 741), he had lived in seclusion in Zhōngnán mountain, sang and responded with Wáng, wéi and other people around them through poems. Finally he served as provincial governor in Shǔzhōu, and he still kept in touch with Dù, fǔ and other people.

21.韋應物
Wéi yīng wù

韋應物（西元七三五年～
wéi yīng wù (xī yuán qī sān wǔ nián ~

八三五年），年輕時在朝
bā sān wǔ nián) , nián qīng shí zài cháo

廷裡擔任玄宗的侍衛官，
tíng lǐ dān rèn xuán zōng de shì wèi guān ,

崇尚俠義風範，個性
chóng shàng xiá yì fēng fàn , gè xìng

狂放不羈。後來他發憤讀書
kuáng fàng bù jī . hòu lái tā fā fèn dú shū

考中了進士，因爲曾作
kǎo zhòng le jìn shì , yīn wèi céng zuò

過 蘇 州 刺 史，所 以 有「韋 蘇 州」的 稱 號。他
guò sū zhōu cì shǐ , suǒ yǐ yǒu wéi sū zhōu de chēng hào . tā
的 詩 以 描 寫 山 水 田 園 和 隱 居 生 活 爲 主。
de shī yǐ miáo xiě shān shuǐ tián yuán hàn yǐn jū shēng huó wéi zhǔ .

Wei, Ying-wu(735-835), had an official in the imperial government
and was emperor Xuan's guardian. He advocated spirit of justice
and his personality was really uninhibited. He read strenuously and
passed a scholar examination. He had acted as provincial governor
in Suzhou, so he is also called Suzhou Wei. His poetry mainly de-
scribes landscape, pastoral and seclusion life.

22. 張 繼
Zhāng Jì

張 繼 生 卒 年 不 詳，字
Zhāng Jì shēng zú nián bù xiáng , zì
懿 孫，爲 人 博 學 多 聞。他 的 詩 大
Yìsūn , wéirén bó xué duōwén . Tā de shī dà
多 是 寫 景 之 作，可 惜 流 傳 下
duō shì xiě jǐng zhī zuò , kě xí liú chuán xià
來 的 不 多。
lái de bù duō .

Zhāng, Jì (birth and death unknow), the
courtesy name as Yìsūn, was a learned,
encyclopedic man. His poems are mainly
about the landscape, but unfortunately only few of them can be
found today.

23.劉禹錫
LiúYǔ xí

劉禹錫（西元七七二年～八四
Liú Yǔ xí（xīyuán qī qī èr nián～bā sì

二年），字夢得，因爲捲入
èr nián），zì Mèngdé，yīnwèi juǎnrù

了政治黨派的紛爭，被
le zhèngzhì dǎngpài de fēnzhēng，bèi

貶到朗州（湖南）及連州
biǎn dào Lǎngzhōu（Húnán）jí Liánzhōu

（廣東）作刺史。也因爲
（Guǎng dōng）zuò cìshǐ . Yě yīnwèi

這樣的境遇，使他有機會了解
zhèyàng de jìngyù，shǐ tā yǒu jīhuì liǎojiě

百姓的生活，並接觸到民間的詩歌。受到
bǎixìng de shēnghuó，bìng jiēchù dào mínjiān de shīgē . Shòudào

民謠音樂的影響，他的作品風格爽朗，
mínyáo yīnyuè de yǐngxiǎng，tā de zuòpǐn fēnggé shuǎnglǎng，

節奏活潑，有「詩豪」之稱。
jiézòu huópō，yǒu " Shī Háo " zhī chēng .

Liú, Yǔxí, or Liú, Yǔxī in Mainland China (772-842), the courtesy name is Mèngdé. Involved into a series of partisan clashes, he was backstabbed by his political enemies and was relegated Lǎngzhōu (present-day Húnán) and Liánzhōu (present-day Guǎngdōng). Although fate pushed him away from the center of politics, she also pushed him to the voice of the common people; he had more chance than other intellectuals to know more about the daily life and the folk songs of the common people. Influenced by the folk songs, with which he was familiar, he wrote poems featuring a rhythmic and hearty style. He was thus named as Shī Háo (The Civil Hero of Poets).

24. 劉長卿
Liú cháng qīng

劉 長 卿（西 元 七 〇 九 年～
liú cháng qīng (xī yuán qī líng jiǔ nián ~

七 八 〇 年），字 文 房。他 擅
qī bā líng nián) , zì wén fáng . tā shàn

長 於 寫 作 五 言 詩，被 稱
cháng yú xiě zuò wǔ yán shī , bèi chēng

爲「五 言 長 城」，是「大 曆
wéi " wǔ yán cháng chéng " , shì " dà lì

十 才 子」之 一。
shí cái zǐ " zhī yī。

Liú, Cháng-qīng (709-780), the courtesy name as Wénfáng. He is good at writing Five Characters Poetry that are called "The Great Wall of Five Characters." He is also one of the dà lì shí cái zǐ (Ten gifted scholars in dàlì year).

25. 韓 翃
Hán Hóng

韓 翃（約 西 元 七 一 九 年～七
Hán Hóng (yuē xīyuán qī yī jiǔ nián ~ qī

八 八 年），字 君 平。他 是「大 曆
bā bā nián) , zì Jūnpíng . Tā shì " Dà lì

十 才 子」之 一，詩 作 受 到 當 時
Shí Cái zǐ " zhī yī , shīzuò shòudào dāngshí

人 們 的 喜 愛，德 宗 皇 帝 甚 至
rénmen de xǐ ài , Dé Zōng huángdì shènzhì

欽 點 他 爲 中 書 舍 人。因 爲
qīndiǎn tā wéi zhōngshū shèrén . Yīnwèi

當 時 有 兩 個 韓 翃，所 以 德
dāngshí yǒu liǎng ge Hán Hóng , suǒyǐ Dé

宗　特別指明是詠「春　城　無處不飛花」的
Zōng tèbié zhǐmíng shì yǒng " chūn chéng wú chù bù fēi huā " de

韓　翃　，可見當時他的名氣之大。
Hán Hóng , kějiàn dāngshí tā de míngqì zhī dà .

Hán, Hóng (birth and death unknown; his rise to political impor-
tance took place during 719-788), the courtesy name is Jūnpíng.
He was among the Dàlì Shí Cáizǐ (the Ten Wits during the Dàlì
years, 766-779).　His poems enjoyed great popularity-even Táng
Dé Zōng (the Emperor Dé of Táng Dynasty) promoted him to an
important position in the court because he loved Hán's poetry.
There were coincidentally two men whose names were both Hán
Hóng, and the Emperor specified this poet by saying "I will pro-
mote the Hán Hóng who wrote 'chūn chéng hé chù bù fēi huā (no
where in this spring city has no flowers flying)'."　This incident
clearly shows how famous his poetry was at that time.

26.駱賓王
Luò bīn wáng

駱賓王（西元六四〇年～六
luò bīn wáng (xī yuán liù sì líng nián ~ liù

八四年），擅長詩文，是「初
bā sì nián), shàn cháng shī wén, shì chū

唐四傑」之一。曾因爲批評
táng sì jié zhī yī. céng yīn wèi pī píng

武則天的專政，被關進
wǔ zé tiān de zhuān zhèng, bèi guān jìn

了監牢，後來得到赦免。
le jiān láo , hòu lái dé dào shè miǎn.

徐敬業起兵討伐武則天時，他
xú jìng yè qǐ bīng tǎo fā wǔ zé tiān shí , tā

寫 了 有 名 的「討 武 氏 檄」，後 來 兵 敗，駱 賓 王
xiě le yǒu míng de "tǎo wǔ shì xí"，hòu lái bīng bài，luò bīn wáng

逃 亡 他 鄉，不 知 所 終。
táo wáng tā xiāng，bù zhī suǒ zhōng。

Luò, Bīn-wáng (640-684), he is good at poetry and writing and also one of the "Early Tang Dynasty Four Prominent Phenom". He had criticized Wu, Ze-tian who exercises dictatorship. Therefore he was punished and sent to jail, but finally was remitted. When Xu, Jing-ye send troops to attack Wu, Ze-tian, Luò wrote his famous article named " send a punitive expedition to Wu" however the battle lost, and Luò escape to another country, where no one knows his whereabouts.

27.盧綸
Lú Lún

盧綸（約 西 元 七 三 九 年 ～ 七 九 九
Lú Lún (yuē xīyuán qī sān jiǔ nián ~ qī jiǔ jiǔ

年），字 允 言，是「大 曆 十 才 子」
nián)，zì Yǔnyán，shì " Dà lì Shí Cáizǐ "

之 一。因 為 曾 擔 任 河（山 西）
zhī yī．Yīnwèi céng dānrèn Hé(Shānxī)

的 元 帥 判 官，經 歷 過 軍 旅
de yuánshuài pànguān，jīnglì guò jūnlǚ

生 活，所 以 寫 出 了 許 多 有 名
shēnghuó，suǒyǐ xiěchū le xǔduō yǒumíng

的 邊 塞 詩。他 的 詩 風 格 豪 放，
de biānsàishī．Tā de shī fēnggé háofàng，

充 滿 悲 壯 的 情 感。
chōngmǎn bēi zhuàng de qínggǎn．

Lú, Lún (739-799), the courtesy name as Yǔnyán, was among the Dàlì Shí Cáizǐ (cf. 韓翃 Hán Hóng). He was a military assistant to the Supreme Commander in Hézhōng (present-day Shānxī). He had many years' experience living with the troops guarding the border, so he wrote lots of famous "frontier" poems. His poetry has a bold and stirring style.

國家圖書館出版品預行編目資料

華語詩詞賞析／楊琇惠著. ーー二版.ーー臺
北市：五南，2013.11
　　面；　公分

ISBN 978-957-11-7274-3 （平裝）

831　　　　　　　　　102016005

1X3P　華語系列

華語詩詞賞析

編 著 者 — 楊琇惠(317.1)

編輯助理 — 林惠美、林昕儀、郭馨維、張郁笙

發 行 人 — 楊榮川

總 編 輯 — 王翠華

主　　編 — 黃惠娟

責任編輯 — 盧羿珊、潘婉瑩

封面設計 — 黃聖文

插　　畫 — 蕭慧君

出 版 者 — 五南圖書出版股份有限公司

地　　址：106台北市大安區和平東路二段339號4樓

電　　話：(02)2705-5066　　傳　真：(02)2706-6100

網　　址：http://www.wunan.com.tw

電子郵件：wunan@wunan.com.tw

劃撥帳號：19628053

戶　　名：五南圖書出版股份有限公司

台中市駐區辦公室/台中市中區中山路6號

電　　話：(04)2223-0891　　傳　真：(04)2223-3549

高雄市駐區辦公室/高雄市新興區中山一路290號

電　　話：(07)2358-702　　傳　真：(07)2350-236

法律顧問　林勝安律師事務所　林勝安律師

出版日期　2013年6月初版一刷
　　　　　2013年11月二版一刷

定　　價　新臺幣450元